漫西 著

他有十分甜 下

重庆出版集团 重庆出版社

第12章 股神自传

当天下午,黎俏坐在实验台检测化学试剂所引起的染色体变化规律图。

没一会,连桢手里拿着数据报告,扯过椅子入座:"师妹,你看看这个。"

黎俏从检测设备中抬起头,顺着连桢的视线看去,是化验分析的结果出炉了:"非金属元素,砷?"

连桢神色郑重地点头:"前天做的十二份化验分析,结果都出来了。根据现有的情况来看,关明玉染色体异变的情况,很可能和砷元素有关。

"你看这里,根据分析的结果……"

短短几分钟,连桢便将他的猜测和看法如实说了出来。

黎俏翻看着手里的分析报告,眯了眯眸:"砷一般都会与化合物运用在农药或者除草剂方面,如果真的是这种元素引起病变,倒也不是没可能。"

"怎么说?"连桢喝水的动作一顿,惊异地挑眉。

黎俏思忖数秒,放下报告:"关明玉之前生活在农村,接触到农药或者除草剂的可能性确实有。"

两人双双陷入了沉默,因为他们都清楚,未必是农药类的化学药剂导致的病变,反而有可能是砷元素中毒。

不多时,连桢突然想到了什么,还没发出声音,他大褂外兜的手机响了。

黎俏别开眼,继续拿着报告翻看,她莫名觉得关明玉的病症很可能另有隐情。

这天,黎俏还在实验室进行研究,维纳斯拍卖会的拍卖管家突然打来了电话。黎俏听完对方的阐述,便眯了眯眸:"股神自传?"

"是的,小姐。大约几个月前,这本《股神自传》就开始流传在各个拍卖会场。说它奇怪是因为它在三场不同的拍卖会上相继流拍了,原因据说是起拍价过高。您也知道,流拍的拍品要么重新评估,要么酌情降低保留价。但这本自传流拍后居然进了维纳斯的顶级名录,价格不降反涨,起拍价从之前的三千万直接抬高至五千万。现在不少人都在打听自传的送拍人到底是谁。"

黎俏听完对方的解释,眼底忽闪玩味。维纳斯身为十大顶级拍卖会之首,能被其收录的拍品必定千金难求。而一本没有市场、流拍三次的自传,竟然被维纳斯收进了名录,的确很离奇。

黎俏若有所思地垂下眸,思忖半晌,问道:"那本自传的拍卖介绍么?"

"有,就四个字,股神自传……"中年男人讪笑着给出回答。

黎俏目光一顿:"没了?"

男人怕黎俏不信,郑重地解释道:"小姐,确实什么都没有,自传人、年代、生平、来历、出处……这些应有的介绍全都是空白。三次流拍其实也很正常,这拍卖会上的竞拍人个个都是人精,您说谁会花高价买一本来历不明的自传呢。"

黎俏望着天边最后一缕霞光,缓缓勾起了嘴角,兴味十足:"自传什么时候在维纳斯上拍?"

随即,听筒里有纸张翻页的声音,几秒后,对方答道:"下周五,在维纳斯大厅有一场文艺复兴艺术品拍卖,《股神自传》也是在那天正式上拍,您要不要来现场看看?"

"好,给我一张邀请函吧。"黎俏淡声说完便挂了电话。

她有些好奇了。《股神自传》,不知和查理斯口中的那位女股神,有没有什么关联。

……

隔天,周五。黎俏白天都泡在研究室里做研究和测试各种化学制剂。偶尔闲下来,她便拿着手机给商郁发几条联络感情的微信消息。比如现在,大家刚吃完午饭,同组的研究员都在午休。黎俏揉了揉僵硬的肩膀,独自去了实验楼的绿植园。

梧桐树下,她坐在长椅一侧,双腿向前平伸叠起脚腕,垂眸给商郁发了个微信表情。这个微信表情,是她跟连桢要的。一个粉色卡通猫咪从门帘后露出脸,头顶飘来五个字"宝宝干吗呢"黎俏盯着发出去的表情包看了三秒,随即面无表情地撤回了。称呼……好像不太合适,还是稳重一点吧。黎俏翻了翻空荡荡的表情包菜单,无奈地撇嘴,最后敲下了几个字:"男朋友,干吗呢?"

一秒后,男人回了消息。商郁:"撤回了什么?"

黎俏咬住嘴角,敲键盘:"打错字了。"

此刻,身在衍皇集团的商郁,站在落地窗前看着手机,给黎俏发了一句询问:"打错了什么?"

黎俏心想,怎么突然刨根问底了?就在黎俏想着如何蒙混过关时,商郁的消息又来了:"叫我宝宝,是打错字了?"

黎俏愣了愣,眼里顿时浮现笑意,原来他看见了。她赶忙回复消息:"也没有,我这不是怕衍爷不适应嘛!"

与此同时,站在商郁背后的流云,还在一本正经地汇报着工作:"老大,双方的合作案已经敲定了,目前……"

话未落,商郁缓缓抬起臂弯,便对着流云吩咐:"嗯,出去吧。"

流云手捧着文件夹,有点不知所措,还没汇报完,他出去干吗?

这时,商郁单手抄进裤兜,深邃的眸凝视着手机,给黎俏发了四个字:"再发一遍。"

梧桐树下的黎俏,捻了捻指尖,重新甩出表情包。

商郁:"在想你。"

黎俏看着屏幕上的三个字,嘴角止不住地上扬。

……

夜里,十点。夜如浓墨,星辰皎洁。当天的研究工作告一段落,黎俏拖着疲惫的脚步走向楼后的员工宿舍。她和连桢并肩踱着步,两人偶尔交流几句,但大多都和实验相关。

实验楼和宿舍几百米的距离,途中路过一家二十四小时便利店,连桢顿步:"要不要吃点东西?"

黎俏顺势看去,神色淡淡地摇头:"不了,你去吧。"头灯昏黄的路灯落在黎俏的脸上,映出一脸倦色。

连桢没强求,目光温和地看着她:"那你先回去,我一会给你带点简餐。最近的实验这么多,你晚上又没怎么吃东西,长期下去身体会熬不住的。"

黎俏动了动唇,想婉拒,但连桢已经迈步走向了便利店。过了几秒,黎俏还是转身跟上了连桢的步伐："连师兄，一起吧。"虽然有点累，但总不能真让连桢把饭菜拿给她送回宿舍。黎俏自认为没那么矫情，更何况他平日里在实验项目上也没少帮助她。

便利店内，两人对窗而坐，不到五分钟，收银员送来了两份快餐牛肉面和一杯果汁。黎俏其实没什么胃口，戳着面条吃了几口，就望着月色开始发呆。

"小黎，你和江院士是怎么认识的？"大概是两人之间的气氛有点尴尬，连桢喝了口牛肉汤，扭头开腔打破了沉默。

黎俏单手托着下巴，望着窗外眨了眨眼，语调懒懒地说："大学的时候，参加过一次实验比赛。当时老师是评委，就认识了。"

闻此，连桢不禁浅笑感慨道："那你很幸运，大学就能认识他。我这次能来江院士身边学习深造，足足用了半年多的时间才得到他的同意。"

"哦……"黎俏不善言谈，又不想太冷场，没话找话，"你不是南洋人？"

连桢微垂的眼角泛起一丝不明显的笑意："我是郦城人，这几年为了工作，已经很久没回去了。"

黎俏垂着眼睑，没什么兴致地点了点头。

大概是两个人都不善与人交际，又过了几分钟，连桢吃完牛肉面，就看着黎俏问道："你吃完了吗？"

"嗯，走吧。"黎俏率先从高脚凳起身，慢悠悠地往门外走去。

途中，彼此都没说话，回了宿舍楼，黎俏和连桢道别。

宿舍楼男寝在一层，女寝在二楼。黎俏缓慢地上楼，绕过拐角，双手插兜闷头往前走。也不知道怎么回事，今晚的宿舍楼异常安静。可能是周五的缘故，很多研究员都回了家。黎俏懒得深想，不疾不徐地往自己的宿舍踱步。她的宿舍在二楼尽头，头顶的感应灯随着她走过一盏一盏地亮起。

直到——尽头的窗前，灯光下那一抹黑色傲岸的身影入目，黎俏才恍惚地停下了脚步。视野里，商郁双手插兜伫在窗前，望着窗外浓墨的夜幕，棱角分明的侧颜轮廓略显紧绷，即便听到了脚步声也没有投来视线。

黎俏舒展眉心，加快脚步走向他，眼里噙着明亮的神采："你怎么来了？"她几步来到他身畔。宿舍门前乍亮的感应灯像是某种催化剂，随着商郁缓慢地偏过头来，黎俏才注意到他紧抿的薄唇和深不见底的黑眸，似乎都写满了冰冷。

黎俏的心，骤然漏了一拍。他生气了！几乎是潜意识里的认知，黎俏只消一眼就看出了他的不对劲。

男人面色冷沉，眼里噙着浓得化不开的墨色，喉结一滚，手掌擒住了黎俏的下颌。他挑眉，俯身，语气没有一点温度："我来得，不是时候？"

黎俏一阵茫然过后，隐隐有了猜测。她没有挣扎，反而向前迈了一步，微凉的手指钩住了商郁的手腕，扬起浅笑："你什么时候来都可以，先进屋说呗。"宝宝生气了，得哄。她大概能猜出商郁动怒的原因，心里有点懊悔，早知道就不和连桢去吃饭了。

这时，男人钳着她下颌的手卸了几分力道，深呼吸过后，他滚着喉结松开了黎俏，转身，迈步，音色紧绷到极致："不必了。"

他要走？在商郁错身而过的刹那，黎俏飞快地拉住他的手腕，有些无奈，又有些小窃喜。他这是吃醋了？"男朋友，我挺累的，你想知道什么，让我进屋坐下跟你说，嗯？"最后一个字，黎俏轻轻扬起了尾音，像是春风化雨般的小调呢喃，带着笑，卷着俏。

商郁的身形果然停下了。

黎俏垂眸弯唇，拉着他的手腕走到宿舍门前，输入了密码锁便推门而入。她拉着男人进门，开灯后，回手关门的刹那，整个人防不胜防地被扑在了门板上。黎俏抵着门，仰头之际，薄凉的唇霸道地覆了上来。和公馆那晚不同，今夜的商郁隐隐又有失控的迹象。他吻得很凶，一点也不温柔，压着黎俏，擒着她的下巴，极尽可能地在她唇中索取。如大风过境，狂扫战场。没有缱绻，没有柔情，是独属于南洋商少衍的霸道和强势。

黎俏被迫仰头受着，却也没有推拒。几秒后，她调整呼吸，尽可能地迎合。也许是察觉到她的乖顺，商郁的动作渐渐有所收敛，也让黎俏有了喘息的机会。

这个吻结束后，黎俏靠着门板，伏在他胸前大口大口地呼吸。再多几秒，她都怀疑自己要窒息了。这番猛烈的深吻，像是要把她吞了一样。

此刻，黎俏的眉梢眼角退去了疲惫，又红又烫，明媚中泛着一丝娇软。她双手撑着商郁肌理结实的胸膛，抿了抿酸麻的唇瓣，挑眉喘息地望着他："我……"

"他是谁？嗯？"这时，男人单手撑着门板，并挑起了她的下颌，高深的眸中燃着一簇火，语气低冽，"舍不得他一个人去吃饭？和他坐在窗

271

前说说笑笑？你是不是没想到今晚我会过来？"

商郁是真的生气了。尤其是他眼底迸射出的冽光和冷厉，让黎俏一阵心惊。她甚至觉得，如果自己和连桢真的有什么，很可能会诱发商郁的偏执症状。

黎俏抿着嘴角，望着商郁杀伐阴翳的双眸，她贴近他，笑得无奈："男朋友，你对自己……这么没有信心吗？"

商郁虎口钳着黎俏的下颌微微抬起，压下俊脸，一字一顿："回答我的问题。"

黎俏目光坦荡地与他四目相对，叹息一声，轻言细语地说："他叫连桢，是实验室的研究员。今晚我们只是一起回宿舍，途中他说要帮我买饭送回来，我不想平白欠人情，所以才跟着他进了便利店。"

解释这番话的同时，黎俏也仔细回忆了方才所有的画面。她和连桢边走边聊，然后站在便利店门前望着他的背影踌躇，最后又跟着他走了进去。放在旁人眼里，这一切或许稀松平常，可是商郁不同。他内心暗藏偏执，又极度敏感，在等她归来的宿舍门前亲眼看到这一幕，可想而知是一种什么样的心情。

此刻，听完黎俏的解释，商郁阴鸷的神色没有半点缓和。他喉结不停地滑动，眼里如同蒙了一层冷雾，森冷又深邃："喜欢他？"

黎俏郑重地摇头："怎么可能。"

"为什么要他帮你买饭？"商郁眯着眸，眼含凌厉，"是黎家养不起你，还是我养不起你？"

黎俏心想，看看，都气成什么样了？她扯着嘴角："主次颠倒了。是他要帮我买饭，不是我让他买。而且，这只是同事间的正常相处，就类似……我和落雨一样。"

商郁抿唇不语，但气势明显弱了几分。见状，黎俏往他面前凑了凑，再接再厉："他也是老师的学生，而且我们两个是同一小组的成员，就只是正常交流而已。况且人家有女朋友，你冤枉我了。"她之前见过连桢的手机相册里，有一个漂亮女孩照片，对方的桃花眼极具辨识度。黎俏下意识地认为，那女孩应该就是连桢的女朋友。

此时，商郁听完她的话，瞳孔骤然一缩，呼吸凝滞，猛地盖住眼帘挡住了眸底的阴翳。良久后，他似乎调整好了情绪，睁开眼，却回避着黎俏的目光，伸出臂弯握住门把手，声线沙哑得不像话："既然累了，早点休息。"

冷静下来的男人，很清楚自己今晚失态又失控了。有些情绪的迸发就在一瞬间，毁天灭地又不讲道理。哪怕他极力隐忍克制，但看到黎俏和别的男人在一起，仍旧控制不住几欲发狂的偏执暴戾。担心伤了黎俏，更怕看到她嫌恶的眼神，只能暂时离开。

这时，门把上的手被微凉的指尖按住，耳边一句轻飘飘的撒娇传了过来："男朋友，我嘴角好像破了……"

黎俏软软的声调飘入商郁的耳畔，所有失控的情绪和暴戾的因子瞬间偃旗息鼓。理智回笼，男人的手松开了门把，紧紧抿着薄唇重新看向黎俏。女孩的眉梢挂着一抹明艳，眸光流盼，忽闪着几分无辜。视线向下，便是格外红肿的唇。

男人的目光沉了，手掌有些僵硬地捧起黎俏的脸颊："我看看。"

黎俏顺势仰起了头，左边嘴角确实因为他激烈的亲吻而破了皮，不严重，只有轻微的痛感。但失控后的商郁想离开，黎俏也只能试着用这样的方法留下他。显然，她赌对了。

黎俏不禁神游天外，暗暗猜测商郁会不会给她嘴角也贴上纱布的时候，眼前的光线忽然一暗，男人已经俯身而来，再次吻住了她。

不似先前的暴烈，也不再那么冲动。

黎俏心想，不疼了，开始麻了。

商郁心疼地捧着她的脸吻得小心翼翼，不带一丝情欲。半晌才将黎俏纳入怀中，下颌抵着她的头顶，宽厚的肩膀紧紧拥着她，两人近乎严丝合缝地贴在一起。他的语气低沉沙哑，噙着不易察觉的自责："宿舍有药箱么？"

黎俏心想，果然……不出所料！她伏在男人胸口，哭笑不得。不会真的要在她嘴上贴纱布吧？是生怕别人不知道她和男朋友接吻把嘴皮子给亲破了？

黎俏在他怀里挣扎了两下，稍稍后仰着身子和他对视，一本正经地摇头："没有。"

"我让流云去买。"商郁的视线又落到她的唇上，嫣红湿润，却因为一道极小的伤口破坏了这样的美感。

黎俏抬手抹了把脸，以肩膀顶着他，忍俊不禁："不用，已经不疼了，别折腾流云，你陪我进去坐会儿吧。"进门到现在，总算是安抚好了他的情绪，但随之而来的就是一阵如释重负般的疲惫。

这时,男人的黑眸中闪着波澜,妥协道:"好。"

……

宿舍里,黎俏拉着商郁走进客厅,房间格局类似酒店标间的构造。正中央摆着一张双人床,墙面做了嵌入式的桌柜,旁边落地窗附近摆着两张圆椅和玻璃茶台。整体设施很简洁,但原木色的装修风格又不乏温馨和舒适。

此时,两人相继入座,彼此的倒影被灯光投射在窗户上,一个淡然,一个沉默。

黎俏偏头看着窗上的倒影,把桌上的矿泉水推到他面前,打破沉寂:"你什么时候过来的?"

"九点。"商郁深幽暗涌的眸,一瞬不瞬地凝视着黎俏。即便再若无其事,但目光依旧不受控制地多次看向她的嘴角。

黎俏注意到商郁的眼神,不动声色地侧头,将带伤的嘴角扭到他看不见的另一侧:"突然过来也没说一声,你一直在走廊里等我?"她和连桢大约十点钟才从实验室离开。中途又去了便利店吃饭,来来回回耽搁了不少时间。早知道商郁会过来,她说什么也要提前回来找他。

此时,男人从裤袋里拿出烟盒,摩挲着两下,低沉的口吻理所当然:"明天不是想看他们四人的考核?"

黎俏一怔,这才想起明天周六四大助手考核的事:"你……特意过来接我的?"

商郁深暗的眸敛着微光,手指夹着烟却没有点燃,沉声道:"如果太累,今晚先休息,明早再回去也来得及。"他似乎恢复了慵懒的常态,所有失控的情绪全部敛入眼底深处,似乎又变成了高高在上矜贵野性的南洋商界霸主。

黎俏望着他,随即轻声道:"不累,还不到十一点,不如现在回去吧。"他明明那么忙,还惦记着自己明天想看四大助手考核的事。黎俏说着就站了起来,越过玻璃茶台对着男人伸出了手。她站,他坐。商郁浓墨般的眸子深深锁着黎俏的身影,缓缓伸手拉住了她的掌心,下一秒稍加用力便将人拽到了跟前。男人强健的臂弯顺势一钩,这样的举动让黎俏猝不及防地跌坐在他的大腿上。和拥抱不同,这般亲密的距离,让她身体微微绷直。黎俏不得不搂住商郁的肩膀稳住身形,睇着他浅笑:"不走吗?"

商郁没说话，却收紧臂弯，下一秒就埋在黎俏的脖颈之间，炽热的呼吸洒在了她肌肤上，酥麻又灼人。房间里安静了几秒，黎俏也明显感觉后腰的手臂勒得她越来越紧。直到——他贴着她的脸，啄了啄，而后手掌落在黎俏的后脑，穿过发丝轻轻抚摸。大概是还没有彻底从方才的情绪中脱离出来。商郁的嗓音发紧，又沉默了半晌，才开口："走吧，回家。"

　　不多时，两人一前一后走出宿舍，商郁牵着她的手，走在灯光乍亮的宿舍楼中。自始至终，黎俏都十分淡然从容。面对男人偏执的一面，没有抱怨，没有嫌弃，哪怕嘴角破了，也还是耐着性子安抚他。商郁想，这辈子再不会有任何女人，能够像黎俏这样，带给他如此深刻的悸动。也正因如此，才会在看见她和别人在一起时，生出了毁天灭地的愤怒。所以，黎俏，这条命都可以给你，只要你……别背叛我。

　　深夜十二点半，衍皇车队回了南洋公馆。黎俏窝在男人肩头，睡得很沉。商郁动作轻缓地抱她下车，垂眸看着怀里的女孩挂满疲惫的脸色，抿着唇将她送回了客房。

　　黎俏被放在舒适的大床上，蹙了蹙眉，悠悠转醒。她眼角困倦地掀开了一条缝，咕哝道："几点了？"

　　"还早，睡吧。"商郁倚着床畔俯身在她额头上亲了亲，见黎俏迷迷糊糊地梦呓着什么，他眸深如墨，为她盖上薄被便出了门。

　　……

　　第二天，周六，不到八点。黎俏迈着慵懒的步子走出客房。彻夜好眠，她眼角的疲惫也一扫而空。

　　黎俏轻车熟路地下楼，打算去客厅找商郁。刚来到一层大厅，就隐隐听到斜后方传来一段五音不全的rap。"画画的贝贝，画画的贝贝，奔驰的小野马和带刺的玫瑰——"

　　黎俏一言难尽地回眸，蓦地瞧见了边走边唱的追风。哦，这是为了考核临时回来的？！黎俏面无表情地收回视线，继续往前走。她在想，如果他们的考核项目有唱歌这个选项，追风势必垫底。就没听过谁能把说唱歌曲唱跑调的……

　　这时，追风也捕捉到前方那一抹隐隐有些熟悉的纤瘦背影。他目光一闪，加快脚步，嘴里还喊了一声："那妞儿，你等一下。"

　　恰在此时，流云、落雨、望月三人并肩从门外走进来。大厅中回荡着追风的那句话,几人不约而同地投去视线。只一眼,三人对视一瞬,默默地开始为他祈福。这厮还需要考核吗?直接下葬吧。

此刻,黎俏没有停下脚步,依旧不急不缓地往前走。落雨等人也相继来到她身后,三人异口同声地颔首道:"黎小姐。"黎俏淡淡应声,看着他们弯唇道:"好好考。"

被无视的追风三步并作两步来到几人身后,顺着他们的肩头打量黎俏,臂弯撞了下望月的胳膊,谨慎地问道:"那位是……"望月瞥他一眼,没理会,走了。追风扭头,看着落雨和流云,刚张开嘴,话都没说出来,那两人也跟着黎俏走了。

追风被丢在原地,一张妖娆的脸颊写满了困惑。为了印证自己内心的猜测,他定了定神,单手插兜挺胸抬头地走进了客厅。一抬眼,原地爆炸了。前方视野中,铺满了细碎阳光的沙发附近,他们家老大钩着那妞儿的肩膀,正低头在她耳边说着什么。不远处站着望月等人,各个面色坦然,见怪不怪。

追风壮着胆子往前挪了几步,直到黎俏那张明艳的脸颊映入眼帘,他才猛地倒吸一大口凉气。竟然真是他心心念念想抱在怀里稀罕的妞儿。果然和老大有一腿!

这时,商郁和黎俏耳语过后,余光微晃就睨向追风,深沉的口吻透着不悦:"你在看什么?"

男人背后洒下大片明亮的阳光,偏偏那道慵懒的眼神扎在追风的身上,平白让他抖了抖。

追风抿着嘴,一脸幽怨地低下头:"没、没什么,老大您忙。"何其倒霉的人生啊,他居然被自家老大挖墙脚了!

十点整,考核正式开始。楼下近千平米的训练室内,摆着各种考核所需的设备。四大助手穿着黑色训练服,负手跨立站在正中央。不少拳手伫在周围,现场旁观。

黎俏坐在懒人椅中,看着手里的十项考核清单,暗暗咂舌。四大助手的要求的确不是普通助理那么简单。这清单上的项目,从身手和体能到头脑和格局全部都列有详细的考核规范。包括排名的依据也清清楚楚地写明其上。

第一轮比试,金融模拟。"开始吧。"商郁一声令下,四人纷纷走到了电脑前落座。他们神情严肃,翻看着手边的考核内容,很快就投入其中。

这项考核检验四人对于未来金融市场的分析能力以及实际的操盘能力。衍皇旗下产业无数，他们的身份并不仅仅是保镖，更是衍皇对外的名片和代表。

此时，黎俏和商郁面前，同样摆着一台高配置的电脑。上面分割成四个画面，是四大助手的虚拟操盘过程。四人手里都持有相等的虚拟资金，对于交易中的买入走势和后市预测，都需要有敏锐的洞察力以及对股市走向的应变能力。

黎俏目不转睛地盯着画面，随着时间流逝，半个小时后，她眯了眯眸，侧耳对商郁低语："三年前的金融模拟第一名是落雨？"

"嗯，十项考核，她七项第一。"商郁目光温厚地看着黎俏，给出了答案。

黎俏视线玩味地看着电脑屏幕，三秒后，淡声道："今年，恐怕要易主了。"

闻此，商郁睨着黎俏，微微勾起薄唇，目光深邃："看出了什么？"

黎俏对着前方努了努嘴，嗓音压低，指了指追风的曲线图："目前看来，追风对金融局势的掌控是最精准的。他应该是看出了这只蓝筹股改变不了弱势格局，而且又很谨慎地没有投资往年的涨幅明星，他很稳，资金池的货币流动也控制得最好。"

一番有理有据的分析，让商郁唇边的笑意逐渐加深。他姿态慵懒地叠起双腿，侧首对黎俏说道："过去三年，追风在本部担任CEO职位，主要负责股东会议和证券监管。"

黎俏和他对视，笑了笑："难怪……"虽然追风看起来像个不着调的花花公子，但对于金融市场的掌控能力确实强悍。

此刻，随着他们二人细声的交流，电脑上的金融模拟也给出了最终的结果。第一名，追风。而后分别是流云、落雨、望月。这样的结果，并不意外。唯独落雨怔怔地坐在电脑前，似乎……有些失落。

这时，黎俏拿过桌上的水杯，轻轻抿了一口，余光瞥着商郁："你之前把追风送到帕玛，其实是有意想调回落雨吧？"

"看出来了？"商郁音色醇厚地应声，目光流连在对面的四大助手身上，"他们四个身兼数职，若长时间固定在某一个领域，其他技能必定会被弱化。物竞天择，适者生存。适当的轮职替换，对他们有利无害。"

这便是衍皇培养出四大助手最根本的原因。如此，黎俏也再次了解到了商郁不为人知的一面。虽霸道，虽偏执，但在培养手下方面，也确实有他独到的手段。

时间转瞬即逝，四人的考核也已经进行到了第四项。目前来看，几人的表现都中规中矩，各有优异。

临近晌午，考核中场休息。黎俏和商郁来到公馆外的露天平台，天气晴好，万里无云。两人坐在阳伞下，享受着短暂的安宁。

黎俏端着桌上的热茶呷了一口，目光不经意地落在了男人身上。此时，商郁垂眸看着手机，头顶的阳伞在他脸颊上落下一片暗影，连带着眼睑下淡淡的青黑色也逐渐明显。黎俏欲言又止。他的神色一看便知昨晚没有休息好，大概是宿舍发生的事，仍旧让他耿耿于怀。这男人啊，内心深处骄傲和敏感共存。有些事心照不宣就好，倒也不必追根究底。黎俏思忖着，最终还是什么都没问，放下杯子，别开眼看向了远处。

不多时，落雨的身影出现在视野中。她一个人站在半山草坪附近，夹着手里的烟，不断地吞云吐雾。落雨抽烟的速度很快，一根结束又点了一根，似乎有些心烦意乱。就连那张线条硬朗的脸颊，也愈发紧绷。黎俏又凝神片刻，这期间落雨抽烟的速度不减，整个人都陷入了前所未有的焦躁状态。

恰在此时，耳边传来商郁磁性的嗓音：“落雨这几年过于顺利，这次考核的打击，难免让她有挫败感。”

闻声，黎俏收回视线，手指轻轻点着茶杯，眼里有促狭：“这也是你故意安排的？”

商郁把手机放在桌上，姿态慵懒地靠着椅背：“不完全是，是她自己骄傲自负，才会取得这样的成绩，怨不得人。”

上午结束的四项考核，落雨综合排名第三，这样的成绩确实令人意外。

黎俏看着商郁高深的目光，弯唇戏谑：“落雨要是听见你这样的评价，估计会把那一盒烟都抽了。”

商郁幽深的眸划过一丝笑意，随即向前俯身，匀称的手指将手机推到了黎俏面前：“看看这个。”

黎俏不解，刚拿起手机，就听到男人低沉的嗓音补充：“女股神的照片，查理斯找到了。”

一瞬，黎俏心跳加速。她之前对查理斯的客套话并未放在心上，好歹也是英帝国的金融巨鳄，日理万机，未必会记得她的小请求。不承想，查理斯言而有信，竟然真的发了照片。

黎俏抬眸望着商郁，见他目光温和地垂了下眼睫，便带着莫名的情绪看向了手机。屏幕上，是一张泛黄的黑白老照片。一位梳着盘发的女人坐在老式钢琴前，手指还保持着敲琴键的动作，脸颊却扭头看着镜头的方向，扬眉浅笑。那弹钢琴的姿态明明高贵典雅，偏偏挑着眉梢淡笑的神情却透着张扬与随意。

黎俏仔细观察着照片，也许是年代久远，画面中的很多细节都变得模糊不清。唯一值得注目的，便是黎俏和对方眉目间的轮廓略有重叠，但也仅此而已。若说相似，大抵是眉眼神情都散着不羁和轻狂。若说迥异，她们的脸廓和五官也确实各具特色。

黎俏看了半晌，而后举起手机放在腮边，对着商郁挑了挑眉："我俩像吗？"

男人不知何时点了一根烟，抿着唇吐出薄雾，语气慵懒："不像。你，独一无二。"

黎俏垂眸，忍俊不禁。她放下手机又看了看，重新递给商郁，道："照片能发我一份么？"

商郁接过手机，顺势就将照片转发。黎俏盯着微信中的照片渐渐陷入了沉思。她和这位女股神，会不会真的有什么渊源？

傍晚，六点半，四大助手的考核临近尾声。

黎俏一直坐在不远处旁观，她略略看了眼电脑上的计分器，不禁叹息。落雨，综合排名第三。若非望月在擒拿格斗术的比赛中意外失误，落雨的排名怕是要垫底了。从三年前的综合排名第一，到今年的倒数第二，这样的落差不知落雨会作何感受。

"在担心她？"这时，身畔沉默的商郁突然开腔，睨着黎俏，口吻似玩味似调侃。

黎俏心知他说的是谁，挑眉淡笑："担心倒不至于，我反而觉得这样的结果，对她来说不一定是坏事。说不定下一次的考核，她又能惊艳全场了。"落雨这样骄傲的人，不会允许自己失败太久的。

闻声，商郁幽幽睇着黎俏，慵懒地勾起薄唇，落下几个字："那就三年后……拭目以待。"

一场三年之约，就这么被他言辞笃定地说了出来。仿佛从不担心三年后他们是否还在彼此身边。黎俏不免心怀悸动，抿唇说了句"好"。

月光皎洁，公馆四周亮起了昏黄朦胧的灯辉。半山草坪附近，有一个背影坐在台阶上,腿侧放着烟和打火机,阵阵白雾从她的口中飘出,地上也积了七八个烟头。

身后,浅浅的脚步声由远及近。落雨夹着烟,往后一仰,手肘半倚着上一级的台阶,嗓音很哑:"让我自己待会。"

黎俏神色淡淡地走到她身后,单手插兜,口吻平淡:"要不要再给你拿一包烟?"

落雨目光凝滞,回过头看到黎俏的身影,连忙站起身,颔首:"黎小姐,怎么是你?"她还以为是流云他们,所以说话也没了顾忌。

黎俏视线下坠,看着一地的烟头,扯了下唇角:"我不来的话,你打算一直抽?"

落雨低着头,把夹烟的手往身后藏了藏,又用脚尖踢开地面的烟头,语气颇为晦涩地说道:"让黎小姐看笑话了。"

"这不算笑话。"黎俏睇着落雨沉寂的神色,微微勾唇,朝着前方努嘴,"陪我走走?"

落雨看了她一眼,将手中的烟头丢在地上,点头:"好。"

夜幕浓稠,台阶附近的地灯将两人的身影拉得斜长。黎俏不紧不慢地走着,落雨则稍稍落后半步,偶尔抬眸打量着她的背影。

"你一个人在这里坐了两个小时,是接受不了今天的考核结果?"不多时,黎俏淡声询问。

落雨垂着眼睑,自嘲地说:"就算接受不了,也没办法改变,确实是我技不如人。"

黎俏微微侧头看她一眼:"你想过原因吗?"

"什么原因?"落雨不解地反问,声音发涩。

黎俏挑了下眉梢,目视着远方沉浸在黑暗中的山峦:"你不是技不如人,而是争强好胜,太想赢了。"

黎俏的直言不讳,像是一记重拳打在了落雨的心坎上。她顿住步伐,借着灯色看向黎俏:"我……"落雨想借口反驳,可到嘴边的话,又生生咽了回去。因为借口永远是借口,内心深处她比谁都清楚,自己确实好胜想赢。

黎俏回身睨着落雨一副难言的表情,继续单刀直入:"因为你在意输赢,所以考核的过程里才失了水准。今天整场考核下来,你多次分神去关注其他几人的进度。这么心浮气躁,注定会失败。"

落雨震愕的眼底流露出一丝难堪,她倔强地撇开眼,语气有点僵硬:"技不如人就是技不如人,黎小姐不用帮我开脱……"到底还是不想承认自己被胜负欲蒙蔽了理智,落雨表现出几分顽固不化的执拗。

这时,黎俏深深凝视着落雨,目光有些意味深长:"你输得这么惨,居然还认不清现实……"

落雨怔住了,这话太扎心。

黎俏似乎有些失望地摇了摇头,转身就往回走。就当聊了个寂寞吧。

身后,落雨目光闪烁,双手紧绷在身侧,猛然吸气对着黎俏的背影问道:"黎小姐,如果换做是你,还能这么坦然面对吗?"

黎俏缓下步伐,幽幽回望着她:"为什么不能?巅峰即低谷,这个道理你不懂吗?"

黎俏转身走了。落雨则愣在原地,久久无法回神。

几分钟后,黎俏折回到露天平台。灯火阑珊处,是商郁伟岸修长的身影。他单手抄着裤袋,举着手机似乎正在打电话,随着黎俏的趋近,男人十分自然地对她摊开了掌心。黎俏不急不缓地上前,牵住他的手,两人在平台缓行漫步。

耳畔,商郁对着手机说道:"我暂时不回,有什么事先交代给追风。"

挂了电话,黎俏扭头瞅着他:"帕玛那边有事?"

"嗯,小事。"商郁钩着她的手指沉沉应声,而后瞥了眼半山草坪的方向,"和她聊得如何?"

黎俏带着几分漫不经心的懒散,撇了撇嘴:"还可以。"

商郁不期然地垂眸,薄唇微侧,耐人寻味地反问:"确定?"

黎俏心想,果然,什么都瞒不过他。她扬着下巴和男人目光交会,数秒后,叹了口气,如实回答:"不好不坏吧,就是有点固执。"从巅峰坠入谷底,打击确实不小。

这时,商郁视线轻缓地看向了远处的草坪,眸深似海,音色略显薄凉:"你今晚在她身上浪费的时间太多了。"

黎俏目光一怔,旋即望着男人噙着不悦的眸子,隐隐发笑:"落雨的醋……你也吃?"

商郁捏着她的手指微微用力,眯了眯眸,卷着一丝危险,俯身:"不可以？"

"可以，你说什么都可以。"黎俏无惧地迎着他的目光，从善如流地笑着回应。

过了半个小时，时间来到夜里十点。

黎俏在公馆门前和商郁道别："那我回去了，你早点休息。"

男人伫在她跟前，肩头落满了水晶灯的清晖。他抬手揉着黎俏的发："下次休息是哪天？"

"周三。"黎俏思忖后，又颇为遗憾地耸肩道，"不过，周三要去医院，外公要做手术。"

商郁默了几秒，而后对着商务车昂了昂下巴："嗯，有事打电话。"

黎俏道了句"晚安"，在男人的目送中转身上了车。

……

两天后，周二。关明玉和关明辰兄妹如约来了人禾实验室。会议室中，黎俏和连桢坐在他们对面，桌上还摆着近期的研究报告。

关明玉面色略显紧张地望了望黎俏，小心翼翼地问道："黎小姐，是不是有什么问题？"

黎俏微微摇头，并翻了翻手里的资料："没什么问题，研究还在继续，叫你过来是有点事想和你确认一下。"

听到这番解答，兄妹俩如释重负地松了一口气。

关明辰安抚似的拍了下关明玉的肩膀，声音洪亮地来了一句夸奖："都说了让你别紧张，黎小姐这么厉害，肯定能治好你的。"

黎俏神色淡然地瞥他一眼，视线重新落在资料上："抱歉，我们无法保证。"

关明辰想，马屁拍马蹄子上了。

这时，连桢温润地笑了笑，语气和煦地缓解了尴尬："关先生，我们确实不能做出保证，但一定会尽力而为。"

关明辰挠了挠头，讪笑着应声："知道知道，麻烦你们了。"

这时候，黎俏抬眸看向关明玉，直截了当地开口："今天叫你们过来是想问问，你们之前生活在乡下？"

关明玉不假思索地回答："是的，在岑县的赵家村。"

黎俏没听过，见连桢也是一脸莫名地摇头，她又问道："家里除了你们，还有别人么?"

"没了。"关明玉抿唇摇头,"十几年前家里起了火,爸妈都在那场大火里去世了,就剩下我和我哥两个人。"说到这里,关明玉的脸上不禁流露出一丝伤怀。

黎俏蹙眉,若有所思地看着她:"那其他亲戚呢?"

关明玉依旧摇头:"也没有,爸妈不是赵家村的人,据说当年只是临时去了那边落脚,没有任何亲戚。"

听完她的解释,黎俏和连桢目光交会,眼里饱含深意。

不多时,关明辰抑制不住内心的疑惑,试探地往桌前靠了靠:"黎小姐,赵家村有什么问题吗?"

黎俏并未隐瞒,沉默片刻,便说出了猜测:"我们经过检测发现,有一种化学元素会导致染色体病变,和你妹妹的情况很类似。不如你们两个仔细想想,之前生活在乡下,有没有碰过农药或者除草剂一类的东西。如果确定有的话,把细节说出来,这样我们的研究方向也会清晰很多。"

虽然猜测是砷元素导致的病变,但化学元素种类繁多,究竟是单一元素,抑或其他混合物引起的反应,目前不能一概而论。

这时,关明玉和关明辰面面相觑,两人的表情都一脸茫然。

不待关明辰说话,关明玉就郑重其事地说道:"我没有碰过这些东西,我学过化学,知道农药属于化学药剂。而且……我们不是赵家村的人,也没有分配到土地和宅基地,我和我哥这些年都是住在村头的农舍,家里也没有这些东西。"关明玉头脑清晰,脸色发白地把所有过往全盘托出。

连桢见她神情紧张,示意她喝口水,温和地反问:"那你在学校有没有做过化学实验?"

关明玉端着水杯,苦笑了一声:"我目前还在上高三,学校里的化学实验课并不多,就算有也都是老师陪同操作,我自己没有上手做过实验。"

她在学校被孤立,也没朋友,就算是同班同学一起上实验课,也没人愿意和她同组,顶多是个旁观者。

此刻,会议室再次陷入了沉寂。黎俏手指撑着额头,看了看研究报告,眸光略显高深。

连桢也不禁叹了口气:"如果是这样的话,可能还要再给我们一些时间。不过关小姐也不用太担心,实验室的药品研发团队已经在针对你身体的变化研究相关的控制药物了,等有消息我再通知你们。"

关明玉神情恍惚地点了点头,心里惊惧又不安。她从来都没想过,自己的体内居然有化学元素,她和哥哥的生活轨迹简单,就算想接触也根本没有门路。

不一会,兄妹俩打算离开。他们刚站起身,黎俏抬起头,目光平淡地望着关明玉:"高考好好发挥。"

还有一个星期就是高考的日子了。

关明玉肩膀一颤,连忙点头:"我会的,谢谢黎小姐,谢谢连大哥。"她说着就给二人鞠了一躬,虽样貌变丑,身材臃肿,但她仍然满怀良知和感恩。

兄妹俩离开后,黎俏长舒了一口气,合上报告,敲了敲桌面,若有所思地喃喃:"砷属于有毒元素,微量就能要人命,如果关明玉真的是砷中毒,她不可能会活到现在。"

连桢也蹙起了眉头:"你的意思是?"

黎俏眯眸沉思着,手指敲击桌面的速度也越来越快:"她不是砷中毒,应该是砷化合物产生的病变。连师兄,我们的检测方向可能错了。砷的确会引起染色体病变,但绝对不是这一种元素。"

连桢的目光也亮了,恍然大悟般拍了下手:"对,小黎你说得没错。我们一直在纠结砷这种物质,但是忽略了砷化合物可能会引起的生理病变。这样,我现在就去把砷化合物常见和不常见的全部列出来,咱们立刻开始分项做检测。"

两人找到了新的研究方向,便再次投入到实验当中。

深夜十一点,黎俏拖着疲惫的身躯回了宿舍。她仰面躺在床上,脑海中还在思考着实验工作。今晚,好像少了点什么。

黎俏分神想了想,这才注意到手机没在身边。仔细回忆一番,便想起电话放在了白大褂的兜里,忘了带回来。黎俏从床上坐起来,揉着太阳穴,面无表情地盯着墙面,三秒后无奈地起身,回实验室取手机。

早知道就该把商郁送给她的那部备用手机也带到宿舍来。信息时代,身边没有手机就好像没穿衣服似的,浑身别扭。

回了实验室,黎俏从白大褂里翻找出手机,打开屏幕一看,十几条微信消息和两通未接电话。

电话是陌生号码打来的，黎俏没在意，回到微信页面，第一时间看向了置顶。商郁："要按时吃饭。"消息是下午六点发来的，那时候她和连桢还泡在研究台盯着测试结果。

黎俏用脚尖顶开椅子坐下，想了想便给他回了个 OK 的手势。已经快半夜十二点了，她压下想和商郁聊天的念头，刚关闭聊天框后，手机恰好响了。

黎俏清了清嗓子，懒洋洋地靠着椅背接起了电话："还没睡？"

电话那端，商郁晃着手中的酒杯，问道："有没有按时吃饭？"

黎俏暗暗松了一口气，仰头枕着椅背，懒散地应他："晚上八点多吃的。"

"太晚了。"商郁抿了口白兰地，声音愈发如酒醇厚，"实验再忙也要注意身体。"

黎俏长叹一声，不想再继续这个话题："你怎么还没睡？"

"没等到女朋友的消息，睡不踏实。"商郁如是说。

黎俏嘴角上扬："那我要说抱歉么？"

"不需要。"男人的口吻理所当然又满含纵容，"等你多久都可以。"

少顷，两人又简单聊了几句，便挂了电话。

黎俏嘴角敛着笑，抬起臂弯搭在了额头上，轻轻舒了一口气。真好。每天都有一个人在等着你的消息，关心你的生活。这种被需要和被呵护的感觉，让黎俏浅浅扬唇，心情格外舒畅。

然后，工作台的后方突然传来一声轻咳。黎俏敛去笑意淡淡地回眸，就瞧见连桢倚着研究室门口的消毒柜，单手握拳抵在唇边，眼神里还透着几分戏谑。"抱歉，不是有意偷听，刚才进来看到你在打电话，所以就没打扰。"

黎俏想，形象没了。她不紧不慢地站起身，轻叹道："连师兄怎么也回来了？"

"我想拿一份报告，打算回去再做一遍分子结构分析。你呢？"连桢边说边走到工作台，翻找出两份报告文件，便转身望着她。

见状，黎俏扬了扬手机："回来拿这个。"

连桢了然，对着门口扭头："要回去吗？"

"嗯，走吧。"

……

翌日清早，黎俏从实验楼驱车前往附属医院。外公段景明的脑部支架手术安排在上午十点进行。

不到九点，黎俏缓步来到了病房。此刻，所有人正围在床前，听着老爷子一副交代后事的口吻，各个神色无奈。

"老大家的，要记住我的话，你们是大哥大嫂，平日里要多照顾其他兄弟姊妹，知道吗？"段景明生无可恋般靠着病床，指着段元泓和他夫人，耐着性子叮咛着。接着又对着段淑华开始唠叨。

黎俏没有上前，安静地听着老爷子的唠叨。

不多时，段景明也看见了她，顿时佯怒地板着脸："臭丫头，来了怎么不过来和外公打招呼？"

黎俏走上前搀扶着他的胳膊，笑盈盈地道："外公有什么话，可以等手术完事再跟我说。"

段景明动作一顿，唉声叹气地说道："你啊，就会说好听话。外公要往脑袋里放东西，就算现在技术再好，也总有个万一。这要是下不来手术台，以后可就看不见你了。"

黎俏扶着他，语气笃定又自信："不会有万一。"

"真、真的？"别看段景明之前絮絮叨叨一大堆，不过都是为了掩饰心里对手术的恐慌罢了。越是年纪大，越是对生命有一种执念。若能健康，谁不愿意长命百岁？！

这时，黎俏从容淡定地望着段景明，比任何人都要冷静，浅笑点头："真的。所以外公不用担心，我在手术室门外等你。"

段景明抿着唇，呼吸重了许多："好、好，那你等外公出来，我有话要跟你说。"

午后，不到一点，手术室外的指示灯熄灭。医生走出来，表示老爷子的植入支架手术很成功，但因为上了年纪，所以要送到监护病房监控二十四小时后，才能和家属见面。

段家人纷纷移步到监护病房区域，透过窗户望着里面的段景明。由于手术的位置是从大腿股沟动脉建立的通道，老爷子没怎么遭罪，精神松懈下来，此时已经陷入了沉睡。

段淑媛看了看监护室里的段景明，随即和其他兄弟姐妹商量了一番，便点头道："那咱们都回吧，医生说爸最起码也要明天中午才能出来，现在干等着也没用,明天再来。"

虽然段淑媛在段家排行老三,许是因为首富夫人的名头,所以她的话很有分量。一时间众人纷纷点头应和。

楼外停车场,段淑媛拉着黎俏细心地叮咛了几句,随后接了通电话,就率先离开了医院。黎俏目送着车子远走,转身也钻进了自己的奔驰。车内,她单手扶着方向盘敲了敲,思忖数秒,便发动引擎驶向了南洋CBD商务区。现在是下午两点,还有半天假期,该去陪陪男朋友了。

衍皇总部,顶层一〇一,黎俏拎着两杯冰美式咖啡轻车熟路地走进了办公区。

前台助理看到她的身影,先是一愣,然后便热情地打了声招呼。消失已久的特别助理回来了欸!

黎俏勾唇示意,刚走到走廊拐角,前方两道背影吸引了她的注意。是望月和流云。

此时他们背对着黎俏,站在不远处低声交谈:"她什么意思?大老远从帕玛过来,就为了和老大叙旧?"望月的语气夹杂明显的嫌恶和轻蔑。

流云则蹙眉抿唇,目光中噙着冷肃,嗤笑道:"依我看,居心叵测还差不多。"

黎俏倒不是有意偷听,只是他们讨论的声音一点也不收敛,任谁站在附近都能听得清清楚楚。

望月一脸焦虑地揉了揉脑门:"这事不简单,幸好最近黎小姐不在,算是躲过一劫吧。"

她不经意地挑起眉梢,眼底浮现出浓浓的兴味:"此话怎讲?"

望月一时没反应过来,有些犯愁地叹气:"那女人心狠手辣,要是遇见黎小姐……"

话没说完,望月的腿窝被流云踹了一脚。他身形趔趄,来不及多说,猛地瞧见流云闪烁的视线,扭头一看,顿时想给自己一嘴巴。让你嘴欠!

"黎小姐,您怎么来了?"流云踱步到黎俏面前,毕恭毕敬地颔首问道。

黎俏瞥了眼董事长办公室紧闭的大门,不冷不热地反问:"不能来?"

"能,当然能。"流云暗暗瞪了眼望月,随即对着会议室的方向伸出手,"要不您先到会议室稍等片刻,老大他在……见客。"

黎俏点了点头:"见谁?"是什么样心狠手辣的人,能让望月他们如临大敌?

这时,流云和望月面面相觑,两人的犹豫黎俏都看在眼里。她眸光眯了眯,没再追问,径直走进了隔壁的会议室。

这一等,就是半个小时。流云和望月各自去忙碌了,黎俏一个人跷腿坐在会议室里,托着下巴望着对面的墙壁,眼底压着不耐。

又过了十分钟,她不想等了。从兜里拿出手机,看了看半小时前发给商郁的微信消息,他始终没有回复。

黎俏面色微凝,点进通讯录,直接拨出了电话。半分钟,电话自动挂断,商郁没接。

黎俏看着桌上冰块已经融化的美式咖啡,眼睑垂着,手指在桌面上敲击的节奏也渐渐乱了。她阖眸缓了口气,重新拿起手机,面无表情地打开浏览器,搜索了一个问题,然后截图返回微信,甩给了商郁。图片上,有这样一行文字:"男朋友不接电话不回短信他是不是想分手?"整段话没有加标点符号,可见搜索人的心情是何等烦躁。

消息发出不到三秒,电话响了。黎俏顺势按下免提,满身低气压:"我要是不发图片,你是不是还不打算理我?"手机那端安静一秒,伴随着男人吐出烟雾的声音,仿佛还有脚步声。

直到——黎俏耳朵一动,隔壁董事长办公室的大门似乎被打开,而听筒里也适时传来男人低沉磁性的嗓音:"等着急了?"她没说话,而是眯眸拿起手机,起身上前直接打开了会议室的门。

走廊外,商郁单手插兜举着电话,听到背后的声响以余光瞥了一眼,目光瞬间沉了。黎俏来不及仔细看,男人已阔步走来,钩着她的肩膀折回会议室。

商郁关上门,低眸看着俏脸微寒的女孩,缓缓勾起薄唇:"什么时候来的?"

黎俏仰头,表情平淡到没有一丝波动:"是不是打扰到你了,不方便的话,我就先回去了。"

这么明显赌气的话,商郁自然听得出来。他瞳孔微缩,俊颜也变得高深莫测起来:"都知道了?"

知道什么?黎俏突然察觉到事情似乎并没那么简单。她抿唇,挑眉,目光深沉:"你是不是有事瞒着我?"

商郁垂眸，好半晌才向前一步钩着她的肩膀拍了拍："一开始确实是这么打算的，不过现在不需要了。"

黎俏紧绷的神色依旧没有缓和，别开脸看着落地窗，一副洗耳恭听的冷淡模样："那说吧。"

这可能是黎俏第一次和商郁闹小情绪，其实无伤大雅，但商郁偏生觉得这样的她有点可爱。

这时，商郁抬手挑起黎俏的下颌，在她耳畔提醒："隔壁是商氏家族旁支的人，如果做好了准备，那就和我一起过去见见。"

黎俏心想，所以望月口中心狠手辣的人，是商家旁支一脉？

几分钟后，黎俏坐在了宽敞明亮的董事长办公室里。休息区对角沙发，此时坐着一名年约三十的妖娆女人，长发及腰，身穿一字露肩裙，端端正正地并着双腿，透着良好的教养和优雅的姿态。有多妖娆？就算是边境火玫瑰南昕放在她面前，怕是也要逊色几分。风情万种，明艳魅惑，用在她身上恰到好处。黎俏端着茶杯抿了口清茶，顶着对面那道肆无忌惮的打量，她处之泰然，视若无睹。

"少衍，这位是？"女人开口了，说话的嗓音甜而不腻，绵言细语的音调很容易让人对她放松警惕。

所以，这是一个心狠手辣的美艳女子？黎俏垂眸看着手中的茶杯，眼里俱是盎然的兴味。

独自坐在单人沙发中的商郁，绷着唇线抿了口烟，俯身点烟灰，嗓音沉稳："女朋友。"

他没介绍她的名字，看向对面女人的表情，透着疏离。

这时，对方拢了下长发，视线噙着暧昧，在黎俏和商郁之间穿梭而过："原来你真的交女朋友了，我还以为是谣传。"说完，她重新望向黎俏，眼里噙着精光站起身，走了几步，伸出手："你好，我是商芙。"

黎俏睐了眼对方的手掌，看起来细皮嫩肉，但指腹和掌心有着明显的薄茧。她挑了下眉梢，举止随意地起身，和商芙握手："你好，黎俏。"

两人手掌扣紧的刹那，一股强悍的力道瞬间捏紧了黎俏的手背。商芙妖娆的眉眼始终挂着亲和温雅的笑，但手臂却持续用力，一双精锐的眸凝视着黎俏。

然后，黎俏微微撇嘴："商大姐这么用力是想干什么？"

商芙心想，商大姐？她商芙艳绝帕玛，多年来享誉美称，还从没听人喊过这样土味十足的称呼。

商芙依旧没有松手，笑容也越来越明艳："黎妹妹到底还是年纪小，心性太不成熟，交际场合有些话可不能乱说。"

见面就来下马威，还诋毁她心性不成熟？行吧。黎俏坦然接受了对方的"批评"，手掌也随之缓缓收紧："商大姐教训得对，以后，我改。"

话音落下的刹那，商芙的脸色发生了微妙的变化。因为对方的手指突然施力，转眼就把她的手牢牢握住，力道比她还大，神态却言笑晏晏。

两人这番暗中的较量，还未分出胜负，一旁慵懒抽烟的男人，语含警告地念出了对方的名字："商芙——"

一瞬间，商芙卸下了所有的力道。她垂下臂弯，再次回到沙发入座，望着商郁，打趣道："你看你，我就是和你的小女朋友开个玩笑，怎么还当真了？"

商郁一寸寸掀开眼帘，空气中飘荡着薄雾，冷眸中浮光暗影："这里是南洋。"

商芙嘴角的笑稍显凝固，歪头和商郁对视，音调压低几分，意味不明地反问："是吗？那南洋之外呢？"

商郁压了下薄唇，墨色的眸森冷且漠然，但男人还没开口，一道懒洋洋的讽刺从旁边传来。黎俏说："你可以试试。"

此刻，商芙斜睨着黎俏，数秒后低头笑出了声："不错，你这个小妹妹，我很欣赏，希望你以后……不要让我失望才好。"这番话别有深意，或者说更像是挑衅。

黎俏呷了口茶，漫不经心地点头："嗯，但愿商大姐也是。"

商芙面不改色地甩了甩发丝，而后缓慢地起身，对商郁说道："行了，那我也不待了。本来想着和你一起吃个晚饭，不过有外人在场，还是算了吧。"

她拎起手边的名贵皮包，绕过沙发走了两步，回头，眯了眯眸："少衍，你不送送我？"

商郁偏头看着黎俏："陪女朋友，没空。"

黎俏和他四目相对，旁若无人地闲聊道："晚上吃什么？"

"听你的。"商郁掐了烟，摊开掌心，示意她过来。

黎俏放下茶杯起身走到他跟前，递上自己的手指，煞有介事地说："给我吹吹，你姐刚才捏疼我了。"

商芙被冷落在原地，瞬间沉下脸，落在黎俏身上的目光浮现出一丝阴霾。她轻声笑了笑，转身走向办公室大门。先前在办公室，她多次侧面打探，商少衍都四两拨千斤地回避了她的问题。那时她就发现，对方有意要保护他身边的女人。没成想，年少轻狂的小姑娘，倒是自己送上门了。更意外的是，商少衍对她果真如传言所说，格外呵护在意。

思及此，商芙低头看了看自己泛青的手背，眼里顿时噙满了期待。一个看起来文文弱弱的小姑娘，竟然有这么大的手劲儿，有意思了。

商芙走后，商郁眼底杀气弥漫，拉过黎俏的手仔细看了看，嗓音紧绷到沙哑："很疼？"

黎俏望着他，勾唇轻笑："没有，她应该比我疼。"刚才她最少用了七分力道，别说商芙是个女人，她的七分手劲，就算是黎三也要掂量掂量。

商郁回以沉默，却不断揉搓着她的手背。

这个商芙出现得突兀，黎俏心有疑惑，默了几秒，直言问道："她为什么突然来南洋？"

商郁眸底暗藏汹涌，拇指摩挲着黎俏的手，目光悠远，坦言道："大概是……为你而来。"帕玛商氏一族，眼线遍布南洋，黎俏的存在许是已经引起了他们的注意。

这时，黎俏睨着商郁深沉的脸颊，似笑非笑地戳了戳他的手指："那我还真是荣幸。"商芙若是因她而来，那么必定知晓了她和商郁的关系。这个让望月等人颇为忌惮的女人，她倒是想见识见识，到底有多……心狠手辣。

时间来到下午三点，商郁临时被流云叫走，据说有一场重要的跨国视频会议需要他出席。黎俏一个人窝在办公室的沙发上，目光瞥着以前的工作台，少顷，她眯了眯眸，起身信步走了过去。办公桌还摆着她实习期用过的那台电脑。黎俏入座，开机，映入眼帘的画面依旧是她喜欢的星辰宇宙图片。她不经意地弯唇，往商郁的大班台看了一眼，笑意渐深。

这时，手边的电话响了。黎俏拿起看了一眼，漫不经心地接听："宗叔。"宗叔是维纳斯拍卖行安排给黎俏的私人拍卖管家，平时负责她在维纳斯的各项拍卖事宜。

听筒里，宗叔不乏恭敬地说道："小姐，拍卖会的邀请函已经快递到雅墅园了,后天周五晚八点在维纳斯大厅准时开始。"

"嗯,知道了。"挂了电话,黎俏微微凝神,那本三次流拍的《股神自传》,她有点期待它在维纳斯拍卖会上的表现了。

接下来的二十分钟,黎俏一直坐在电脑前忙碌,手机偶尔传来消息,她抽空扫一眼,但也没怎么仔细看。随着她的手指轻轻敲下回车键,商芙的个人信息也完整地呈现在眼前:商芙,二十九岁,出身帕玛商氏,选美皇后,顶级金融分析师,国际会内部成员……

黎俏手指摩挲着下巴,表情似笑非笑。从名头来看,商芙确实有点资本。不过,她居然是国际会的成员。

临近傍晚,商郁开完会折回办公室。他进门就看向休息区,没见到黎俏的身影,视线一归,就发现女孩趴在办公桌上,似乎睡着了。

男人薄唇微挑,走到她跟前,单手插兜,俯身看着她的脸颊。许是连日来的实验工作太繁重,女孩浓密的睫毛下,覆盖着淡淡的阴影。眉眼间的张扬,在沉睡中少了平日的生动,多了些安然的恬静。

几秒后,黎俏眼睫轻颤,来自上方凝视的目光引起了她的警觉。她睁开眼,抬头就撞上了商郁深邃含笑的目光。"唔……"黎俏懒洋洋地从桌上爬起来,身子一歪,脑门就磕在了男人的怀里,"开完会了?"

商郁宽厚的掌心揽住她的肩头,低头看着怀里乱蹭的小脑袋,嗓音磁性且温柔:"久等了。"

刚睡醒的黎俏,神志还不太清醒。尤其是窗外连绵的黄昏霞光,映在办公室里,柔和了黑白风的装修格调,更令人昏昏欲睡。

黎俏埋在他的怀里,脑门蹭了蹭,鼻息间全是他身上的乌木香,很踏实的感觉。缓了缓神,她仰起头,望着商郁俯首的俊脸,淡笑:"我饿了。"

"想吃什么?"此时,男人稍稍后退一步,单手撑着她的椅子扶手,弯下腰和黎俏平视。

两人的脸颊近在咫尺,黎俏眨了眨眼,视线游移之际,意外落在了商郁的衬衫领口上。他弯腰的动作,导致衣领敞开,麦色的胸膛和线条性感的锁骨不期然地映入眼帘。

黎俏发现,商郁锁骨的形状真的很好看。好看到……她一不留神就摸了上去。莫名想试试,弧线流畅的锁骨摸起来是什么感觉。然后,手就被攥住了:"你在干什么?嗯?"

男人眯着眸，声音低哑地开腔，尾音轻扬的语调让黎俏眼皮跳了跳。她恢复了一丝理智，看着自己被攥住的手指，冷静抬眸："你这儿有片烟灰。"

这时，商郁唇边漾出一抹极淡的笑纹，默了一秒，偏过头在她耳边低语："确定？我怎么记得，下午开会到现在，我还没抽过烟。"

黎俏想，就挺尴尬。

商郁报着笑，见她神态微恼，薄唇间溢出了浑厚的笑音，顺势拉起她的手腕："走吧，带你去吃饭。"

夜如浓墨，当晚八点，衍皇的车队以及一辆奔驰停在了实验室楼下。

此时，黎俏被男人搂在怀里，啄了啄她的唇，叮咛道："早点休息，有事打电话。"

"好，晚安。"黎俏蹭了下商郁的侧脸，淡笑着推门下车。

她从流云手里接过自己的车钥匙，并站在原地目送车队驶远，抿了抿唇，转身打算上车。但刚迈了一步，黎俏目光微晃，视线定格在路边的车身，嘴角缓慢扬起："出来吧。"

此时，安静的辅路旁，一道清浅的脚步声从黎俏的斜后方传来。她漫不经心地转身，挑眉定睛，却顿时眯起了眸："怎么是你？"

另一边，衍皇的车队驶向南洋公馆的途中，流云坐在副驾驶，斟酌再三，不禁回眸说道："老大，商芙在南洋的落脚点是雅墅园。"男人慵懒地仰靠着椅背，闻声掀开眼皮，睇流云挑了下眉梢，示意他继续说。流云心领神会，表情略显郑重："黎小姐在雅墅园也有一处公寓，您说，商芙会不会……"

后面的话，流云没有说完，但车厢里凝聚起慑人的寒意。

商芙这个女人，倒不至于一手遮天，但她太善于利用自己的先天优势搞事情。就那张魅惑的脸和妖娆的身段，曾经在帕玛有无数男人愿意为她赴汤蹈火。说她心狠手辣，并不是危言耸听。因为前段时间商陆的游艇意外爆炸，调查结果显示和她有关。

商郁浅浅地阖眸，一阵寂静过后，他面容冷峻地吩咐道："去和江院士打个招呼，在实验室安排一些人手，暗中护着她。"

"是，老大。"流云精神一振，非常痛快地应了声。他就知道老大对黎小姐不会放任不管。虽然他们都相信黎小姐能力出众，可是面对商芙这种无所不用其极的女人，不得不防。

实验室楼下，黎俏面无表情地看着对面走来的人，蹙了蹙眉，目光深沉。先前下车的时候，她就察觉到暗处有人在盯着自己。本以为是刚刚打过照面的商芙，结果对方竟是娱乐城的调酒师，温时。黎俏转念一想，商芙若真的出现在这里，倒是令人失望了。一个善于伪装的女人，不会这么快暴露实力。

　　此刻，温时徐步走到黎俏的面前，那双温润的眉眼被路灯照得愈发清润似水。他穿着白色衬衫搭配黑西裤，短发偏分，眉目干净，颇具几分校园少年的清秀俊朗。

　　"抱歉，是不是吓到你了？"温时开口道歉，在黎俏的凝视下，表情明显划过一丝懊恼。

　　黎俏端看着他，几秒后移开视线，口吻疏离地问："找我有事？"印象中，她和温时的关系并没熟稔到可以随意寒暄聊天的地步。他的出现有些莫名其妙。

　　这时候，温时睇着黎俏冷淡的模样，垂下眼睑，目光中噙着一抹自嘲："抱歉，我没有你的电话，所以和小唐打听了你的消息。我没别的意思，就是……想当面和你道个别，娱乐城的工作我已经辞掉了，过几天就会暂时离开南洋。这段时间你一直没去娱乐城，好歹认识一场，所以今晚我才贸然过来，希望你别介意。"温时的解释滴水不漏，甚至口气还带着点感伤。

　　黎俏波澜不惊地看着温时，口气微妙地反问："哦，那你研究生的课程呢？"

　　"我和学校申请了休学，等处理完老家的事情，再回来继续读书。"温时有问必答。

　　见此，黎俏并未有太多的情绪波动，只是有些敷衍地点了点头："那就……有缘再见。"

　　温时不露声色地蹙了下眉头，察觉到黎俏并不想和他继续交谈，有些话硬生生哽在了喉间。

　　随着一阵夜风轻轻拂面，黎俏舒展眉心，晃了晃手里的钥匙："先走了。"温时欲言又止，最终以沉默作为回应。

　　黎俏深深看了他一眼，说了句"再见"，不紧不慢地上了奔驰车。

　　当车子驶入实验楼后院的停车场时，黎俏透过后视镜望向还站在原地的温时。她嘴角露出耐人寻味的冷笑。温时在撒谎。唐弋婷的确知道她最

他有十分甜　294

近在实验室做研究,却根本不知道具体的地址以及名称。可温时,却轻而易举地找到了这座没有任何标识牌的实验楼。又如此巧合地等在她归来的路上。这也就意味着,温时清楚她今天所有的动向。这个不起眼的娱乐城调酒师,似乎……没有看起来那么简单。

黎俏将车驶入停车位,望着浓稠的夜色,若有所思。

……

第二天,午后。烈日微灼,初夏绽放。

黎俏趁着午休时间离开实验室,打算前往医院去探望外公段景明。据说上午十点钟左右,老爷子术后状态良好,已经从监护室转入了高级病房休养。

到了医院,黎俏在门口的水果店买了个果篮,停好车,不紧不慢地来到病房附近。进了门,黎俏在床边坐下:"外公今天感觉怎么样?"

"好着呢。"段景明摸了摸自己的脑袋,"这做完手术,脑袋都清醒了不少,以前总觉得糊里糊涂的,说起来还是现在的医术发达啊。"

黎俏看着外公恢复了神采的模样,不禁弯唇浅笑:"昨天手术前,外公是不是有话想跟我说?"她一直记得老爷子当时的表情,郑重其事的,仿佛有什么天大的事要交代给自己。

段景明神色恍然,连声道:"对、对,你不说我差点忘了。俏俏啊,你过来点,外公跟你说……"

黎俏见他煞有介事的神态,倒是没多想,俯身靠近床头,听着外公在她耳边的细声交代,转瞬……哭笑不得。

"外公,不……"不待黎俏说完,段景明就板着脸,佯怒:"不什么不!你必须要,这是外公给你的,好好接着就行。"

黎俏垂眸叹息。原来,老爷子最近一直担心自己下不来手术台,于是在手术前夕,私下联系了律师,把他名下的财产全部做了分配公证。段景明告诉黎俏,他名下总资产的70%,将全部无偿赠予她。而剩下的30%,平分给其他的小辈。且不论这样做是否合适,但段景明对黎俏的偏爱在财产分配上体现得淋漓尽致。

这时,段景明又拉着黎俏的手,苦口婆心地叮嘱:"俏俏,这件事你自己知道就好,虽然手术成功了,但人啊,总有去世的一天。财产赠予明细我都已经交给律师做了公证,你也别跟外公见外,这是你应得的,知道吗?"

黎俏抿唇和外公视线交会,看着他布满皱纹的脸颊以及满含殷切的目光,心里五味杂陈。黎俏在医院陪了段景明半个小时,直到接了一通实验室的电话才匆匆离开。

而她走后,门外的拐角,大姨段淑华缓步走了出来。段淑华满脸复杂地望着虚掩的病房门,目光闪烁不迭。老爷子竟然偷偷找律师公证分配的财产,而这件事他没有跟大家说,反而先告诉了黎俏。难道在他眼里,这群亲生的子女,还不如一个外孙女重要?

回了实验室,黎俏和连桢碰头,两人坐在检测仪器前,翻看着新出炉的报告。

这时,江院士穿着白大褂,面色疲惫地走来,站在黎俏二人身后,撑着他们的椅背,说道:"俏俏,有空吗?咱俩……商量个事?"

黎俏放下报告,点头起身:"好。"

不一会,两人进了江院士的办公室,黎俏顺手关门,江院士点了下桌面,示意她坐下。

黎俏入座,江院士抬了抬眼皮,迂回地问道:"俏俏啊,你看你在实验室工作有两个星期了,感觉……怎么样?"

"挺好的。"黎俏双手塞在白大褂兜里,微拢在腹前,淡声给了句回应。

江院士瞥她一眼,又假意翻了翻桌上的报告,挑眉:"难道不觉得少了点什么?"

话里有话?黎俏眸光闪了闪,似笑非笑地"哦"了一声:"老师,您直说吧,要什么?"

江院士尴尬地摸了下眉毛,叹道:"倒也不是要什么,你难道不觉得咱们实验室的安保措施太差了吗?"

经过江院士的提醒,黎俏认真地想了想,看着他满脸期冀的神态,没好意思说实话,委婉地垂下眸:"嗯……可能吧。"其实实验室平时基本没有外人过来,而且也不对外开放。即便楼宇临街,但创立以来白天黑夜都有研究员,也没发生过不安全事件。

这时,江院士目光一亮,顺着黎俏的话往下说:"你看,你也觉得需要加强安保对吧。咱们实验室经过这几年的发展,各项研究也都趋于成熟。而且这么多实验药物和器材摆在明面上,我担心要是没有保护措施,万一丢了重要的东西，那就得不偿失了。"

黎俏没想太多，顺势点头："那我明天找个安保服务公司，让他们……"

"不用不用。"不等她说完，江院士就急忙抬手截过了话头，"我有个朋友，最近刚开了一家安保公司。你要是也没问题的话，我打算卖他个人情，把实验楼的安保措施交给他们负责。"

这么巧？黎俏歪头看着江院士一本正经的神色，扬眉笑了笑："我没意见，老师决定就好。"

江院士长舒一口气，微凝的表情也逐渐舒缓下来。

随后，不到两个小时，泡在研究室里的黎俏和连桢就听见走廊外面传来嘈杂凌乱的声音。两人对视一瞬，继而起身走到玻璃窗附近张望。

此时，走廊里一群穿着搬家公司服装的人，正在往各个研究室搬运着最新款的医疗设备。江院士则笑眯眯地跟在他们身后，一边指挥一边搓手，途经而过恰好看到黎俏和连桢，他立马招手道："你们俩快过来，认识这个设备吗？"

黎俏和连桢来到江院士的身旁，看着那些新型医疗仪器，诧异地挑了下眉梢："YH-ⅡA 基因测序设备？"这是年初刚刚获得国际专利的顶尖仪器。而且……产量不多，当初一经问世就吸引了各大医院的关注和疯抢。

江院士颇为自豪地拍了拍胸脯："没错，我给咱们实验室争取了三台，都是刚从国外运回来的。以后你们用这个设备进行基因组测序，时间能缩短一半。"

见状，连桢也面露惊喜地往研究室里看了看："真的是 YH-ⅡA？您从哪儿争取来了？听说这个设备一台的造价就超过了八百万，市面上根本买不到。"

江院士扶了下镜框，笑得见牙不见眼："我有个朋友送的。快，赶紧进去看看，这设备我还没见过，说明书你们可别弄丢了啊，晚一点咱们好好研究研究。"

此时，黎俏斜倚着研究室旁边的玻璃墙壁，望着眉飞色舞的江院士，撇了下嘴角，老师今天的朋友，貌似有点多呢。

当晚，黎俏结束研究，和连桢并肩下楼时，意外发现实验室的楼外多了个临时岗亭。包括楼内的大堂入口处也放了一张保安席位。

两人的脚步顿了顿，连桢诧异地环顾四周："怎么突然安排了保安？"

黎俏没言语，眯眸打量着坐在门口的保安，眼里浮现玩味。你见过坐姿端正挺拔，双手贴着膝盖，体形魁梧且气势如虹的看门保安吗？不止如此，就连门外的岗亭里，那些人也是背手跨立挺胸抬头一副气势凛凛的模样。黎俏掠了几眼，垂下眸眼底染了笑。

她和连桢徐步走出门，幽幽瞥了眼门口的人，走出实验楼之际，模棱两可地说道："大概是为了保护基因测序设备吧。"

连桢恍然大悟，倒也觉得很正常，毕竟一台造价就将近千万，他们足足有三台。

只有黎俏，看到这些人的第一眼就心下了然，他们不是保安，而是训练有素的保镖。再结合今天老师的反常，以及那些新晋医疗设备，有些答案呼之欲出。

回了宿舍，刚过夜里十点。黎俏洗完澡，换了身轻便舒服的睡衣，躺在床上就想给商郁发微信。她捞过手机，意外发现有三通唐弋婷的未接电话。黎俏拽下头上的毛巾，给她回拨的同时，按下了免提。

"哎哟喂，你总算回我电话了，再不和我联系，我就要报警了。"唐弋婷叽叽喳喳的声音立时从听筒里传来。

黎俏盘腿坐在床上，边擦头发边问："怎么了？"

电话那头，有台球撞击的声音。唐弋婷拿开手机喊了句"小点声"，然后又对着电话说："俏俏，小温辞职了，你知道吗？"

"嗯。"提及温时，黎俏神色淡了，"你在娱乐城？"

"对啊，我刚才去蓝夜找他，结果酒吧经理说他前几天就辞职了。"唐弋婷的语气透着点扫兴，她本想找温时继续学调酒的，看来也没机会了。

第13章 拍卖会

这时，黎俏停下擦头发的动作，稍加思索，便问道："他走之前，有没有找你？"

唐弋婷"哼"了一声，挺不高兴的："找什么呀，我要不是去蓝夜问了一圈，还不知道他辞职了呢。而且他的手机号也变成空号了，这什么人啊，好歹认识一场，说走就走，差评！"

嗯，如她所料，昨晚温时说的那番话，全程都在撒谎。黎俏拿起手机下地，丢下毛巾，坐在桌前打开了电脑，口气带着几分轻嘲："那你知不知道，温时并不是研究生？"

电脑屏幕上，一个加密文档被黎俏打开。上面显示着温时寥寥数字的个人资料，内容少到不正常。

电话那端，唐弋婷倒吸一口冷气，声音也瞬间稳重了许多："什么意思？他不是研究生，那他是干吗的？之前不是说他家境普通在蓝夜里勤工俭学吗？"

黎俏滑动着鼠标，音调微凉："不仅如此，有可能连温时这个名字……也是假的。"

唐弋婷骂了句脏话，起身走出私人台球室，靠着墙壁神色紧绷："俏俏，有件事……我之前一直没和你说。"

"嗯，和他有关？"黎俏看着屏幕，手指顿了顿。

唐弋婷兀自点头，三言两语就说了个大概，末了，又语气沉重地嘀咕："之前我还以为他喜欢你，才会跟我打听你和商先生的事。可是现在看来，肯定没这么简单。不过你放心，他问过我好几次，但我都挡回去了，什么都没和他说。"

　　唐弋婷出身豪门，从小受到家族的培养，耳濡目染下，她很清楚什么该说什么不该说。更何况涉及黎俏和那位大佬的事，她也不敢说啊！

　　此刻，黎俏眸光高深地挑起眉尾，说："嗯，知道了。"

　　随即，两人又闲聊了几句，挂了电话，黎俏再次凝神看着温时的资料。这是昨晚调查出来的，结果不算太意外，反而情理之中。温时突兀地出现在实验楼下，又悄无声息地离开了南洋，不管怎么说，整件事都透着蹊跷。

　　就在黎俏眯着眼思忖之际，脑海中莫名浮现出商芙的身影。时间确实有点巧合。商芙出现，温时消失……黎俏蹙了蹙眉，但愿是她想多了。

　　十几分钟后，黎俏将温时的资料重新做了标记，而后就回到床上，捧着手机给商郁发了条微信，"宝宝干吗呢"的图片。

　　这个图片，已经成了她的固定开场白。

　　已经快深夜十一点了，不知道他睡没睡。果然，消息如石沉大海。黎俏等了几分钟，没见他回复，扯了扯唇，捫手关了床头灯，打算睡觉。

　　万籁俱寂，夜窗上映着月色的皎洁。黎俏半梦半醒中，感觉枕下的手机小小地振动了一下。她伸手摸索，眯眼看着屏幕，果然是男人回复的消息。

　　商郁："睡了？"

　　黎俏翻了个身，揉了揉眼角，敲了几个字："还没有。"

　　紧接着，秒回的消息，让黎俏愣了愣。随后她翻身下床，从衣柜里翻出一件卫衣和牛仔裤套在身上，径直出了门。而被她丢在床上的手机微信页面，男人发来了两个字："下楼。"

　　星月争辉，初夏的夜晚偶有几声夏虫脆鸣。黎俏抄着卫衣外兜走出宿舍楼，柔顺的发丝垂在胸前两侧，一阵清风拂过，荡在她眼角眉梢处。

　　楼前，一盏路灯下，伫着一道人影，落了清辉的身躯，似这月色里最浓墨重彩的一幕。黎俏的嘴角浅勾上扬，向他走去。许是错觉，今晚的商郁比任何时候都要英挺俊逸。一袭剪裁得体的黑西装，胸前口袋还露出酒红色方巾的一角。这般正式的打扮，像是刚从宴会一类的场合归来。

　　黎俏在他面前站定，借着灯色仰望着稳重成熟的男人，心跳有点紊乱。他今晚，真好看。碎发打理得一丝不苟，五官轮廓被路灯柔和了棱角。相比之下，黎俏觉得自己的穿着过于随意了。

　　她伸手拨开眼角飘荡的发丝，小鹿眼缀满了星光，清脆地发声："你刚忙完?"

商郁低沉地应了声,下一秒走上前,拥她入怀:"还没休息?"

"本来打算睡,不过你的消息发过来,把我吵醒了。"

商郁撑着她的肩膀拉开距离,削薄的唇角微微勾起,睇着女孩嘴边的发丝,以食指轻轻拂开:"听起来是我的错。"

黎俏无辜地眨眼,语气懒散地回:"我可没这么说。"

两人短暂地拥抱了一会,商郁便揉了揉她的发:"回去吧,早点睡。"

黎俏没说话,却目不转睛地盯着他看了几秒。今晚的他来得突然且匆忙,即便没有表现出来,可黎俏还是读懂了他眼底暗藏的担忧。或许是担心商芙对她不利?最终,黎俏还是没有多问,在商郁的凝视下逐步回了宿舍楼。

……

维纳斯拍卖会前夕。傍晚时分,黎俏驱车前往雅墅园公寓。

停好车,她来到公寓门前,用指纹解锁了门旁的私人信箱,打开就看到一封维纳斯管家宗叔寄给她的邀请函。厚重的金色信封,拓印着古典女神维纳斯的完美雕像。黎俏锁上信箱,转身进了电梯。

回到大堂,黎俏低头向前踱步,突地眼前一暗,一双火红色的高跟鞋挡住了她的去路。"小妹妹,这么巧?"商芙甜腻的嗓音从身前传来,黎俏不露声色地挑了下眉梢,幽幽抬起头,弯唇一笑:"原来是商大姐。"

又是这个难听俗气的称呼。商芙甩了下肩头的长发,笑意淡了许多:"原来你也住这里?"

黎俏单手捏着维纳斯的邀请函,耸肩:"不可以吗?"雅墅园算得上高端公寓,但并非顶奢。

商芙这种身份,初来乍到却选择在这里落脚,怕是司马昭之心了。

这时,商芙视线一闪,意外看到了那张邀请函:"维纳斯的邀请函?"

黎俏"啊"了一声,含糊道:"是吧。"

"少衍给你的?"商芙仔细打量着,随即脸色明显僵了。维纳斯邀请函的含金量极高,分为金银铜三个颜色,代表了顶级、中级和初级入门的三种会员级别。黎俏手中的那张信函分明是金色款,顶级会员的入场标志。

商芙难以置信,望着黎俏的目光中也多了些审视。她突然记起,大约两年前,维纳斯拍卖行当众宣布,有两位神秘成员升级为最高级别的至尊会员。商芙一直怀疑商少衍是至尊之一,此时看到黎俏手里的金色邀请函,愈发觉得自己的猜测无误。因为只有至尊会员才能向普通人发出金色邀请函。

商芙自以为是地思忖着，直觉这张函一定是少衍给黎俏的。她压根不认为黎俏能通过自己的能力跻身维纳斯的顶级行列。毕竟区区南洋首富，在动辄上亿的拍卖场面前，太不值一提了。

这时，黎俏低头看了看手里的邀请函，撇撇嘴，盖住了眼底的玩味："我需要他给我吗？"

"我需要他给我吗？"商芙咀嚼着黎俏的这句话，妖娆的眉眼间泛起一丝讥诮。年纪不大的小姑娘，果然虚伪又贪慕虚荣。

此时，黎俏半垂着头，商芙看不到她的表情，忖了忖，便双手环胸嘲讽道："既然不是少衍给你的，难不成是你自己争取的？那要不你给讲讲，顶级会员在维纳斯的待遇是什么样的？"

商芙笃定，黎俏说不出来。她努力了这么多年，也仅仅是维纳斯的中级会员。黎俏，她有什么资格跻身顶级？

这时候，黎俏拿着邀请函在手里转了转，不咸不淡地道："要是好奇的话，自己加入顶级会员不就知道了。"

商芙失笑，真是个牙尖嘴利的小丫头，她挑眉继续反讽："所以，你说不出来，对吗？"

黎俏不想再浪费唇舌，拿着邀请函对着商芙懒洋洋地挥手："随你怎么想，我还有事，回见，商大姐。"

商芙手指蜷缩，转身望着黎俏慵懒踱步的身影，妖艳的眉眼间划过厉色。她倒要看看，今晚黎俏要怎么挥霍商少衍的钱。

……

七点半，暮霭沉沉。位于南洋城国会中心的维纳斯拍卖大厅，在夜色中显得金碧辉煌。维纳斯的人物雕像矗立在建筑顶端，一束束的金色射灯交替闪过，增添了几分神秘的高贵。

不多时，火红色的最新款玛莎拉蒂从VIP通道驶入了地下车库。编号312的停车位附近，毕恭毕敬地站着一名身穿英伦西装的中年男人。车门开，一个纤细高挑的身影倾身而出。对方穿着黑色休闲西装，白皙的脸颊也被黑色口罩遮住了大半，只露出一双黑白分明弧形完美的小鹿眼。正是黎俏。

中年男人信步上前，躬身行礼："小姐。"

黎俏甩上车门，将手中的邀请函递出："宗叔，麻烦了。"

宗叔双手接过邀请函，举止郑重地朝着不远处的电梯示意："您客气了，这边请。"

五分钟后，黎俏摘下口罩坐在了顶级会员专属的独立休息室。前方硕大的屏幕上，是拍卖现场的同步转播画面。

黎俏坐在沙发正中间，身前的鱼白大理石桌上陈列着今晚的拍品名录以及介绍。她随手翻了翻，很快就在名录最后一页找到了《股神自传》的图片。那是一本棕色皮质的小手札，看起来也就巴掌大小，毫无特色可言。流拍三次，也不足为奇。

这时，宗叔端着果盘和花茶放在了桌上，瞧见名录的页面，便下意识地问道："小姐，除了这本自传，其他的拍品有相中的吗？"

黎俏的指尖敲着桌角，往前看了看其他的介绍："我的资金池里还有多少钱？"

宗叔连忙从怀里拿出维纳斯的特制手机，点开屏幕就递给了黎俏："目前还有七个亿。"

"嗯，先暂定这本自传，我的底线，五亿。"黎俏指着自传的介绍，语气平静而淡然。

闻此，宗叔问："小姐，会不会太高了？这本自传来历不明，虽然进入了维纳斯，但也未必会有人竞拍。"

维纳斯拍卖行对客户的隐私具有严格的保密措施。进入了顶级会员行列的竞拍人，全场都不需要露面，且匿名竞拍。只需将底线价格告知维纳斯的管家，而拍卖现场的细节通过屏幕直播观看即可。宗叔作为黎俏的代拍管家，依据他多年的从业经验来看，这本自传，根本不值。

这时，黎俏拿过桌上的花茶送到嘴边吹了吹，她浅抿一口，眸子里精光四溢："能进入维纳斯的东西，宗叔觉得还会没人拍吗？而且，它还是今晚最后一个出场。"

"这……"宗叔哑然，又猛地回想起这段时间诸多竞拍人对自传的讨论，或许……真的不一定。

黎俏挑眉看向他，一锤定音："底线价格先按照五亿吧，如果中途有变，我随时告诉你。"

"好好，那我先去准备了。"宗叔离开前，特意和黎俏测试了对讲耳麦，确认信号正常，这才后退转身离开了休息室。

近百平的休息室内，黎俏百无聊赖地托腮看着对面的屏幕。少顷，她从桌上拿过遥控器，将直播画面切换到维纳斯大厅的入口处。会员制的拍卖行，身份越是尊贵，能享受的特权就越多。比如黎俏身为顶级会员，就能通过转播画面看到所有中低级会员走红毯的景象。

此刻，维纳斯大厅入口，长长的红毯上陆陆续续走来诸多的竞拍人。男人西装革履，女人鬓影衣香。宛如参加豪门盛宴，其中不乏南洋城的政商名流，场面空前盛大。

黎俏看了一会，蓦地在人群中发现几道熟悉的身影。哦，商芙来了。刚刚获得影帝殊荣的欧白也来了。黎俏有些诧异地挑眉，欧白居然要走正门，难道他还不是顶级会员？

这时，黎俏的目光落在了商芙的身上，一袭香槟色惹眼的鱼尾裙，身段窈窕，姿态高贵，孤身行走在红毯上吸引了不少男人瞩目的视线。她似乎很享受，偶尔撩拨一下长发，魅惑又妖娆。黎俏微微扬起嘴角，笑意逐渐高深。

八点整，拍卖会正式开始。业内著名的拍卖师张埔站在台前，讲述了一大段渲染气氛的开场白。维纳斯上下两层的拍卖会场，此时座无虚席。

黎俏对其他的拍品并不感兴趣，按照名录的顺序，《股神自传》是最后出场的拍品。她窝进沙发，拿过一块果切放在嘴里，兴致不高地看着直播。这时，桌上的手机突然振动。黎俏扫了一眼，接听并按下了免提："傅师兄？"

电话是傅律亭打来的。最近他一直在附属医院忙碌，倒是没怎么去实验室。听筒那端，傅律亭的声音略显低沉，似是刻意压低了语调："明天周末，你有空吗？"

"怎么了？"黎俏手指摩挲着茶杯，淡声询问了一句。

傅律亭犹豫了几秒，往自家后院的厢房看了看："是九公，最近我感觉他的状态不是很好。那天回来之后，他整个人恍恍惚惚的，明天正好周末，实验室如果不忙，你要不要过来看看？"

黎俏目光沉了沉，不假思索地应允："好，我明天过去。"

上次从屠安良手里救下九公，她直接让傅律亭带去了傅家拳馆照顾并保护，自己确实因各种繁忙琐事没有抽空去探望。思及此，黎俏垂下眸，眼底不禁掠过一丝自责。

傅律亭大概是听出了黎俏骤然紧绷的语气，又下意识地安抚道："你不用太担心,我只是觉得老爷子每天心事重重的,所以想让你来看看他。傅家这边的人和老爷子都不太熟悉,他平时也不爱言语,我担心他闷出病来,才想着跟你说一声。"

"嗯,知道了,明天见。"挂了电话,黎俏瞬间觉得拍卖会也索然无味起来。当日送九公去傅家拳馆,本意是让拳馆保护他,防止屠安良再动歪心思。现在看来,或许九公心里还是放不下过往,才会一直精神恍惚。

约莫过了二十分钟,拍卖会的第一件拍品已经成交。是一对龙凤造型的血玉,成交价八千万。黎俏敛了敛神,耐着性子继续观看拍卖会的现场。

今晚总共二十件拍品。维纳斯拍卖行从来不做亏本的买卖,往常的压轴都是价值千金可遇不可求的珍品。这次,把来历不明的自传放在了最后,倒是用心良苦。估计这本自传在今晚要被人疯抢了。不为别的,就因为它上了维纳斯并且成了最后一件拍品。

少顷,就在黎俏沉思之际,台上的第二件拍卖品已经展出,起拍价一千万。是一对欧洲皇室流传下来的金丝雀钻袖扣,复古且时尚。黎俏听着拍卖师的讲解,又看了看手中的名录。一位欧洲皇室御用设计师打造的顶级袖扣,也是他在世时留下的最后一件作品。袖扣距今已有近百年的历史,却保存完好,崭新如初。

黎俏若有所思地看着屏幕,金丝雀钻的袖扣和黑色高贵的衬衫,好像很搭呢。毕竟,黑金永恒嘛!

黎俏顺势戴上耳麦,对宗叔说道:"宗叔,袖扣拍下来。"

"好的,小姐。"

随着宗叔应答,黎俏也随即用遥控器将画面屏幕一分为二。一边是台下,一边是台上。她需要评估和她争夺拍品的对手,是否值得与之一较高下,或者直接碾压。

这厢,拍卖师张埔话音方落,宗叔还没举牌,一道清脆甜腻的嗓音就响彻在安静的大厅里。"两千万。"

黎俏登时挑眉,看着画面里那抹香槟色的身影,饶有兴致地笑弯了眉眼。商芙也要这枚袖扣?黎俏扶了扶耳麦,颇有闲情逸致地叮嘱道:"宗叔,和她争。"说这话的同时,她打开手机,再次往维纳斯的个人资金池里转入二十亿。

宗叔也收到了资金池到账的消息,随即不免同情地看向了举牌的商芙。

在维纳斯拍卖会，但凡小姐指定入手的拍品，就没有人争得过她。当然，除了至尊。不过小姐加入拍卖会三年，还没撞上过至尊。

于是，宗叔举牌："三千万。"

又有其他人跟着叫价，但递增幅度都在一千万左右。三分钟过后，袖扣的价格马上破亿。

商芙坐在拍卖现场第一排的位置，志在必得地昂起下巴，举牌："一亿。"

场下，已经有人开始窃窃私语。其实维纳斯的竞拍人，大多有品鉴的能力。那枚袖扣根本没什么入手的价值，即便是皇室流传下来的，但也只是一对鸡肋的袖扣。摆在家里没有观赏价值，戴在手上……他们就算家境再富裕，但谁会戴着上亿的袖扣满大街招摇？钱多也不是这么耍的啊！如此，在商芙叫价之后，拍卖会现场就陷入了沉寂。

不多时，商芙以为自己胜券在握了，坐在她不远处的宗叔非常淡定地再次举牌："一亿一千万。"

商芙脸上的笑容凝固了几分，继续加价："一亿两千万。"

宗叔没动静了。

拍卖师四下观望，视线隐晦地扫过宗叔，然后举起了小槌："一亿两千万一次。"

全场安静。

"一亿两千万二次。"

拍卖师定了定神，准备落槌："一亿……"

这时，宗叔得到了耳麦中的指示，慢条斯理地举起了号码牌："两亿。"

拍卖师手中的小槌差点飞了。

全场，哗然。所有人的视线全部聚集在宗叔的身上，想看看谁这么二百五，倍数叫价。但，只一眼，他们就不免失望地移开了视线。原来是维纳斯的代拍管家。那他背后的人，就是顶级会员了，人家不露面的。

此时，商芙神色紧绷，妖娆魅惑的表情不复存在，脸颊刻满了不悦的僵硬。两亿对她来说并不算什么。可这价格已远高于这枚袖扣的价值，再加价无疑是浪费钱。商芙心下犹豫，倾身朝着另一边的宗叔投去视线，又捕捉到他手里的号码牌，看那动作，似是准备随时再加价。几秒后，商芙作罢。一枚物非所值的袖扣而已，大不了她以后再寻个更好的送给少衍。

商芙没再举牌，而金丝雀钻袖扣也随着拍卖师落槌而正式成交。

他有十分甜

两亿买一对袖扣,真有钱。

与此同时,维纳斯顶层的奢华贵宾室里,秋桓双腿平伸,没什么形象地摊在沙发软椅中。他望着袖扣的成交价,不免咂舌:"维纳斯顶级会员都这么有钱了?一对袖扣砸了两亿,吃饱了撑的吧。"

秋桓说着就看向了叠腿坐在斜对角沙发的商郁,不怀好意地戏谑:"少衍,你说……商芙要拍下来那对袖扣,是想送给谁?"

此时,商郁倚着沙发,手指夹着烟送到唇边,睨了眼秋桓,淡漠地回:"你可以去问她。"

秋桓讪笑一声,从边桌拿过酒杯,晃了晃里面的贵腐甜白葡萄酒,嗅着香气,挑眉道:"我听说……你们维纳斯至尊级别都有权限查看所有会员的基本信息?"

商郁吐出一口烟雾,惜字如金地"嗯"了一声。

闻此,秋桓兴味十足地朝着男人探身,提议道:"那你要不要查一查,看看是谁砸了两亿买袖扣。我太好奇了,也不知道是哪家的土大款这么彪悍。"

维纳斯拍卖会场向来不缺奇闻,但这次两亿砸袖扣,真的太少见了。哪怕拍个青花瓷抱回家,也比袖扣的增值空间大。

商郁掸了下烟灰,瞥着一脸求知欲的秋桓,言简意赅:"想查自己去查。"

秋桓冷笑撇嘴,重新仰躺在沙发上,嘴里还在嘀咕:"我要是有权限,还用问你?!"

整个维纳斯拍卖行,就两位至尊成员。除了商郁,另一个至今没露过面,是男是女更无从得知。秋桓觉得有点浪费资源。听闻至尊成员的权限在维纳斯高到离谱,甚至有一条不成文的规定,只要是至尊相中的拍品,其他会员最好别争,趁早让路。因为争不过!人家至尊想要的东西,就算你败光家底去争取,也毫无胜算。

秋桓越想越觉得可惜,那么高的至尊权限,少衍一次没用过,太浪费了。他默了几秒,又凑到商郁跟前,商量道:"要不……你让人给我查查,对方是男是女。我猜八成是个女的,这么贵的袖扣,我身为男人都不感兴趣,所以……"

话音方落,商郁抬起夹烟的手,浓眉微皱:"安静。"

秋桓内心暴躁到想骂街。

转眼,时间来到九点半,前面十九件拍品都已经完美成交。总成交价已超五十亿。而最后一件拍品《股神自传》终于出场。

原本略显嘈杂的拍卖大厅瞬间鸦雀无声。所有人都看向拍卖师，目光流连在拍品介绍的大屏幕上。这本自传三次流拍，如今出现在维纳斯，早就引起无数竞拍人的好奇和关注。甚至早有人准备好充足的资金，打算将这本自传收入囊中。因为它足够稀奇。

这时候，拍卖师的表情一言难尽，他实在是不知道该怎么介绍这本没有来历的自传。会场安静了几秒，拍卖师一咬牙，省略了所有的赘述，直接进入主题："最后一件孤本《股神自传》，起拍价五千万，现在开始。"

随着拍卖师话音坠地，这场拍卖会的气氛也随之被推向了高潮。无数人争相举牌，叫价声音此起彼伏。宗叔坐在头排往后面看了看，心中不免感叹，小姐说得果然没错，这本自传进入了维纳斯，竟然真的遭到了疯抢。三次流拍，仿佛不存在似的。

不到五分钟，随着举牌人数越来越多，这本自传的价格已经飙升至三亿。宗叔还没举过牌，一直等待着耳机中的指示。又过了几分钟，价格还在攀升，但抬价的人明显少了许多。在座的都只是中低级的会员，资金池的可用信用余额顶多几个亿，完全扛不住这一本自传加价的递增速度。眼看着举牌人数逐渐回落到个位数，加价金额也越来越小。

有人喊："四亿三千万。"

现场沉寂了片刻，立马有人追价："四亿三千五百万。"

这个价格喊出来，有人开始窃窃私语。

"老戴，自传到手之后，记得给我们瞻仰瞻仰啊。"

"就是就是，让我们好好看看，这本自传到底是什么来头。"

被称为老戴的中年人，一副高高在上的表情抿唇点了点头："嗯，可以。"

众人见他如此反应，不禁低语调侃："老戴就是人傻钱多，四亿多买本破自传，还沾沾自喜呢。"

"也不能这么说，那自传能进入维纳斯，说不定大有来头。"

"嗨，就算大有来头又能怎么样，这价格也太高了。"

"说真的，你们难道没发现，到现在为止，顶级会员都没出价吗？连他们都不争的自传，说明压根没价值，咱们还在这里自嗨什么。"

有了这句提醒，周围人顿觉很有道理，纷纷点头附和。维纳斯拍卖会上，但凡顶级会员或者至尊出手的东西，那绝对是好物件。但如果他们连

他有十分甜　308

叫价环节都放弃了，那足以说明拍品没价值。于是，无法再加价的竞拍者，顿时心安理得地开始看戏。而叫价四亿三千五百万的老戴，脑门冒汗了。

恰在此时，拍卖师还在重复着第二次的拍卖价格，宗叔缓缓举牌："五亿。"现场，有人倒吸冷气，张望着宗叔的方向，一看到他不少人都笑了。哦，又是那个两亿砸了一对袖扣的顶级会员。有钱有钱！

但也因为顶级会员叫了价，这本自传的风评又变了。然而，却再没有人举牌出价。就算那本自传里有黄金屋，也没人会去争抢了。面对顶级会员，很可能抢不过，所以算了吧。宗叔老神在在地拿着牌子拍了拍大腿，看来今天晚上小姐又能如愿以偿了。

此刻，拍卖师都恍惚了，看着宗叔的眼神变得无比恭敬，这本自传终于不再流拍了。他举起小槌，语速很快地重复："五亿一次，五亿两次。"

"等等——"突地，拍卖大厅紧闭的双扇木门被人从外推开。所有人循声看去，就见维纳斯的拍卖总监手中端着托盘，一步步走到了拍卖师的面前。托盘上面，摆着一张维纳斯黑色的至尊稀金卡。

拍卖师愣住了，全场都愣住了。至尊已经半年多没有出手了，这次竟然为了一本自传重出江湖了？维纳斯的总监毕恭毕敬地将卡片从托盘上拾起，递给了拍卖师。

"这……"拍卖师丢下小槌，呼吸急促地将至尊卡捧在掌心，缓了缓神，语气激动又高昂地对着台下所有竞拍者问道，"各位，至尊出价，还有人要加价吗？"

谁敢？有毛病吗？至尊稀金卡被维纳斯的总监送出来，那就意味着《股神自传》非至尊莫属。因为不管你出价多少，至尊卡都会倍数加价。你出十亿，至尊二十亿，以此类推，直到你加不起为止。

原本怡然自得的宗叔也是满脸震惊，他连忙对耳麦那端的黎俏小声提醒："小姐，坏了，至尊出手了。"

至尊出手了。黎俏的表情瞬间冷沉，叩击着桌面的手指也蓦地顿住。三年，她第一次和维纳斯的至尊相遇。

宗叔紧张地望着拍卖师，同时也心焦地等着黎俏的吩咐。说实话，至尊出手，小姐的胜算几乎为零。除非对方退出，否则……这时候，宗叔压低嗓音，对着耳麦建议道："小姐，放弃吧，至尊卡一出，就算您把资金池注满，也根本赢不了。"顶级会员的资金池，封顶金额三百亿。可这些钱在至尊的面前，顶多就是两三个回合的倍数加价而已。

黎俏没有回应宗叔，而是在思考她手里的闲钱能和至尊来往几次。

此情此景，这本《股神自传》对全场的吸引力，已然被推上了巅峰。许久未出手的至尊都出来竞拍，足以证明它的价值。但是至尊一出，无人敢争。连其他的顶级会员，也早就安静下来了。

须臾的天人交战之后，黎俏眯起眸，手指渐渐蜷缩，冷声给宗叔报了价格："三十亿。"

宗叔愣了，眉眼间划过一道无奈，却没有犹豫地举起了号码牌："三十亿……"他有些惊讶，没想到小姐对这本流拍的自传居然有这么大的执念。

这时，所有人的目光都集中在宗叔的身上。一片哗然。五亿到三十亿，六倍加价，摆明和至尊杠上了。

就连始终旁观的商芙都不免啼笑皆非。她笃定至尊就是商少衍，这般情景，不知深浅的顶级会员竟想和他抢东西。这人的头脑，似乎不太灵光。

此刻，会场的竞拍人再次移动视线看向了维纳斯总监。顶级会员六倍加价，按照规则，至尊也必须要六倍跟价。应该不至于吧。一本破自传，一百八十亿？至尊真舍得出手？

然后，维纳斯总监听到了耳麦中的吩咐，一瞬间满是同情地看向了宗叔，清了清嗓子，道："至尊跟价，三百亿。"

十倍加价。至尊，真是名副其实！这一刻，在维纳斯的拍卖现场，金钱彻底沦为了数字。无数人对至尊的身份产生了好奇，又不禁顶礼膜拜。三百亿抛出来，那位顶级会员也要跟十倍的加价。三千亿？注定输了。

这时候，宗叔已经大汗淋漓，他捂着耳麦，如释重负地说道："小姐，放弃吧，已经结束了，这价格超出你资金池的总额度了。"

维纳斯的会员系统有着严格的规范，会员的级别划分也以此为依据。因为这既是资金池，同时也是维纳斯给的无责任消费额度。假如你没有灵活的现金流，那么资金池的额度可以任君使用，只要三天内补齐款项即可。顶级会员，资金池额度最高三百亿，也表示着黎俏在单场拍卖会的封顶成交额同样如此。而至尊会员，资金池无限额，这便是至尊权限的倚仗。

眼下，黎俏抿唇没有出声，但她知道自己今晚输了。不是输给了至尊。而是输给了会员权限。确实，这本自传对她来说并没那么重要，但是难得和至尊撞车，却因等级制度被迫收手。对方也明显故意抬价到她的封顶额度。

他有十分甜　310

这种感觉,如鲠在喉般难受。

黎俏目光阴凉,眼底染了躁,非常不爽,手指紧紧捏着茶杯,骨节泛白。

现场安静了几秒,宗叔没听到黎俏的回应,也终于松了一口气。

最终,三次流拍的《股神自传》在维纳斯拍卖会上,以三百亿的价格成交。同时也变成了拍卖界口口相传的奇闻。维纳斯这变废为宝的能力,确实世间罕见。

拍卖会结束后,黎俏坐在休息室里浑身冒火,面无表情地盯着前方的大屏幕,暴躁的情绪在体内横冲直撞。

不多时,宗叔捧着一个小小的手箱从门外走进来。休息室里蔓延着令人心惊的窒迫感。宗叔小心翼翼地将手箱放在桌上,劝解道:"小姐,您也别太生气,这事……很正常。之前咱们没遇见过至尊,但就算今晚撞上了,也虽败犹荣啊。我在维纳斯这么久,还真没见过顶级会员给至尊挖坑的。您想想,三百亿买一本破自传,估计至尊心里也恼火。"

这番话,宗叔完全是为了安抚黎俏。其实谁都知道,对于至尊来讲,就算三百亿买瓶可乐,人家也不会有任何情绪。因为那是金钱带来的底气和从容。

这时,黎俏深深吸了一口气,阖眸之际,语调极低地说:"我没给他挖坑。"

她是真的打算和至尊一较高下。闻声,宗叔怔了怔,竟无言以对。

半分钟后,黎俏理好情绪,目光落在手箱上,定神说道:"宗叔,今晚的至尊,你见过么?"

宗叔茫然地摇了摇头:"没有,至尊的身份在维纳斯是高级机密,我的职级不够,连贵宾楼层都进不去,更别说见他了。"

黎俏垂下眸,遮住了眼底的烦躁。她顺势拎起桌上的手箱,又戴上口罩,叹息着离开了休息室。

宗叔护送她来到VIP停车场,凝视着那辆驶远的红色跑车,不禁摇了摇头。这是小姐第一次在维纳斯拍卖场败北,可想而知是何等心情。

没一会,黎俏开车从地下通道驶出,刚行驶到车库和辅路相连的转弯处,就被前方路边的一道人影挡住了去路。换作平时,她大概会减速让行。但此刻的黎俏,心情极度压抑,冷着脸按喇叭,引擎的轰鸣声也传出了巨大的噪声。

这时，路边晃悠的人影听到喇叭声，非但没有闪躲，反而继续横穿路面。车身越来越近，在人车相撞的前一秒，刺耳的紧急刹车声划破了夜色的宁静。

玛莎拉蒂的车头，与街边男子的腿窝不足半米距离。对方手里夹着烟头，轻蔑地回眸看了看车身，下一秒，侧身冷笑着抬腿，一脚踩在了玛莎拉蒂的车标上。

而他转过脸颊的这一刻，黎俏也看到了那张熟悉的面孔——秋桓！

此时，秋桓单脚踩着引擎盖，手肘压着膝盖，对着玛莎拉蒂的驾驶室冷笑道："超速赶去投胎？"他看不清驾驶室里的人，但隐约能辨别出似乎是个女的。戴了口罩，扎着丸子头，大半夜的见不得人？

车窗缓缓降下，秋桓再次用鞋跟碾了碾引擎盖："朋友，你知道如果撞了我，是什么后果么？"

车厢里，一片安静。黎俏那双幽暗的小鹿眼目不转睛地看着秋桓，目光缓缓下移到前机盖上。踩她的车标，很好！

黎俏舒了口气，解开安全带，推开剪刀车门，倾身走了出来。这时，后方一辆黑色商务车从地下通道的出口徐徐驶来。但秋桓没留意，维持着踩机盖的动作，望着黎俏邪气地扬唇。不过……那道身影有些熟悉，尤其是极具辨识度的小鹿眼，怎么越看越眼熟？

黎俏面戴口罩，不紧不慢地来到秋桓面前，平静地看着那条腿，眨眼间，猛地屈膝顶在了他的腿窝上。

秋桓被撞开，一个趔趄就收了腿，猝不及防之下连手里的烟都掉了。

"秋少横穿马路，是故意找死？"黎俏的语气格外低沉，仔细听不难听出一丝愠怒。

秋桓蒙了："黎、黎俏？"他站稳身形，听出了黎俏的声音，又看了看那双眼睛，怎么是少衍家的小姑娘。秋桓用余光扫了眼玛莎拉蒂前机盖上的脚印，心虚地摸了摸眉毛："不是，妹子，你怎么突然换车了？"他明明记得黎俏平时经常开的是奔驰大G。什么时候换成了最新款的玛莎拉蒂？他还以为是谁在路上装逼飙车呢！

黎俏眉眼淡漠地瞥着秋桓，刚摘下脸上的口罩，身后那辆黑色的商务车也停在了他们的附近。自动门打开，暖光灯下赫然映着商郁的身影。黎俏面无表情地转身，乍一对上男人挑眉的俊颜，立马垂下眸，挡住了眼底的戾气。

"站在这里做什么？"商郁睨了眼红色的玛莎拉蒂，又看着目光闪烁的秋桓，深邃的眸微眯。

恰在此时，欧白的身影从不远处的维纳斯大厅正门走了过来。他也戴着口罩，步履匆匆，看到前方辅路上并排停着的黑红两辆车，不解地加快了脚步。

黎俏没吭声，眉眼沉沉地看着秋桓。见状，他强装镇定，讪笑道："没什么，发生了一点小误会。"秋桓不敢说实话，但也有种自己撞了邪的错觉。他只是提前离开贵宾室出来见个人，见完面本打算在通道口等商郁出来。结果好死不死地碰上了黎俏。啥运气啊！

此刻，商郁睇着他牵强的笑意，收回目光便对黎俏弯唇："上来。"

男人话音落下之际，前排副驾驶的落雨便心领神会地推门下车。她走到黎俏跟前，低语道："黎小姐，您上车吧，跑车我来开。"

黎俏微一点头当做回应，绷着脸钻进了商务车。没一会，欧白和秋桓也相继躬身进了车厢，两人很识趣地坐在了最后排，顺便和抱着手箱的望月打了声招呼。

两辆车一前一后地离开了辅路，而某处射灯下，一抹香槟色的身影缓缓现身。她望着商务车远走的方向，了然地勾起嘴角，商少衍今晚果然也在维纳斯。看来，她的怀疑……没有错。

行车途中，车厢里的气氛近乎凝固，好半天都没人说话。任谁都看得出来，黎俏的情绪不对，浑身卷着生人勿近的低气压。小姑娘俏脸寒霜地坐在窗边，随着路灯的光晕照亮脸颊，那眉梢眼角俱是冰凉的冷漠。

秋桓跷腿坐在后排，心里打鼓，他怀疑黎俏是在跟他生气。完了！他可能把少衍的小心肝给惹毛了。

欧白一头雾水，用脚尖踢了踢秋桓，对着黎俏的方向努嘴："什么情况？"

秋桓一言难尽地抹了把脸，摇着头什么都不肯说。他在思考，明天给那位祖宗送一辆新车能不能弥补今晚的过失。

欧白没什么耐心地翻了个白眼，靠着椅背，闭目养神。

这时，黎俏微凉的手背蓦然一热，男人宽厚的手掌正拉过她的手轻轻捏住，声线沉稳地问道："怎么了这是？"

黎俏抬了抬眼皮，对上商郁噙着柔光的眸，嘴角一抿，随手掀开两人之间的扶手挡板，身子前倾直接栽进了男人的怀里。她把整张脸埋在他的

313

脖颈处，嗅着他身上令人安心的气息，有气无力地要求："抱紧点。"

其他人想，这是真的不拿他们当人啊。欧白掀开眼睑瞅了瞅，嫌弃地扭开脸，继续装睡。秋桓则单手撑着脑门，故作镇定地低头看手机，屏幕上是车行刚发来的最新款跑车介绍。坐在旁边充当工具人的望月，则默默地抱紧了怀里的小手箱。至于开车的流云一脸镇定，明显习以为常了。

此刻，商郁目光含笑，依言收紧了臂弯，将黎俏紧紧箍在怀里，垂首亲了亲她的侧脸，耐性极佳地问道："谁惹你了？嗯？"

秋桓抖了抖腿，想跪。要不……他自己招了吧？就在他打算坦白从宽的时候，无比安静的车厢里，黎俏带着浓浓的小情绪，闷声磨牙："维纳斯里的一个傻逼。"

秋桓这心，上不去下不来的。听听，这是真生气了。都把他比喻成傻逼了。

商郁听到她的话，眉心隆起，臂弯用力箍了她一下，沉声道："今晚去了维纳斯？"

"嗯。"黎俏在他脖颈中蹭了蹭，重重叹了口气，恢复了几分理智后，捏着他的手指，问道，"你怎么也来了？"

说话之际，流云恰好将车停在九尊会所的草坪入口附近，回头提醒："老大，会所到了。"

转眼，一行人下车。草坪周围氤氲着地灯的朦胧光幕，前方内流河的交界处，摆着圆桌和几把藤椅，水天一色，风景独好。

几人陆续入座，黎俏靠在藤椅中，一副兴致不高不想搭理人的颓废模样。这时，会所管家送来了香槟和各种小吃，秋桓接过酒杯的刹那，特别狗腿地送到了黎俏面前："妹子，喝点酒，压压惊。"顺便也让他心里踏实踏实。

黎俏懒懒地睐他一眼，接过香槟杯，在几人的凝视下，直接一饮而尽。

秋桓啪啪鼓掌："妹子，牛逼牛逼，好酒量。"

欧白看傻子似的看着秋桓，用膝盖撞了他一下："你吃错药了？发什么疯呢？"没看见少衍的脸色都沉下来了？

秋桓回给欧白一个"你不懂"的眼神，正想着再拍几句马屁，黎俏已然自顾自地伸手去拿商郁面前的酒杯了。但，她的手还没碰到高脚杯，手腕就被男人按住了。

商郁偏头看着黎俏冷躁的眉眼，勾着薄唇，嗓音浑厚地开腔："说说看，今晚到底怎么回事？"

他有十分甜

秋桓瞬间正襟危坐，紧张地不停滑动喉结。如果一辆跑车解决不了问题，他愿意送两辆。只要……别告状。

这时，黎俏收回手，垂头看着地面，言简意赅："东西被人抢了。"

"什么东西？很重要么？妹子你说，是谁抢的，哥帮你教训那傻逼。"秋桓第一时间表明态度，气势汹汹的模样，恨不得立马就去找人算账。

黎俏抿了抿嘴角，淡声丢出四个字："一本自传。"

秋桓撸着袖子，继续大放厥词："什么自传，哥去给你……"话音未落，他却突然闭了嘴。

宽阔安静的草坪深处，此时除了内流河潺潺流淌的声音，静谧得能听到风声。

秋桓莫名感觉后脑勺发凉，滚了滚喉结，小声试探："妹子啊，自传具体是什么名字？"

欧白也捏紧了手中的高脚杯，目不转睛地盯着黎俏。

"啪嗒"一声，打火机的响动惊了在场的几人。商郁薄唇咬着烟卷垂眸点烟，唇线抿着，口吻耐人寻味："嗯，说来听听，什么自传。"

黎俏睨着他点烟的动作，语气淡淡："《股神自传》。"

秋桓眨了眨眼，哦，真的是同一本呢。那他刚才说什么来着？是不是扬言要去教训那傻逼？操，他人没了。

至于欧白，此时正单手扶额，忍俊不禁。

大概是他们的表现太诡异，黎俏下意识地蹙眉，沉着脸反问："有什么问题？"一本《股神自传》而已，他们这都是什么表情？

这时，逐渐冷静下来的秋桓，心知自己不是黎俏口中的"傻逼"，顿时放松了紧绷的情绪。他端着酒杯抿了一口，似笑非笑地往桌前探身："妹子，这么说来，你今晚也在维纳斯拍卖现场？"

欧白也缓了缓神，定睛看着黎俏："你坐哪儿了？我怎么没看见你？"其实他今晚本应该跟着商郁一同去贵宾室看直播。但由于他刚刚获得影帝殊荣，为了给媒体增加一些路透素材，经纪人让他务必在维纳斯拍卖大厅现身。也因此，他只能整晚坐在大厅现场观看拍卖，但确实没注意到黎俏的身影。

面对他们二人的询问，黎俏沉默了数秒，余光瞥着商郁高深的表情，也没想隐瞒，直接公布答案："我没在现场。"

"那你……"秋桓目光闪了闪，和欧白四目相对，有些难以置信，"该不会是在会员休息室？"

维纳斯的私人休息室，只有顶级会员才能进去。真的假的？

黎俏看着秋桓大惊小怪的神色，张扬地挑眉："嗯，不行么？"

秋桓被噎住，一时不知该如何作答。她才多大，又有多少资金储备，年纪轻轻就进入了维纳斯顶级行列？秋桓敛了敛神，蓦地想到当初他借来的那款徕卡相机。那时他就怀疑过黎俏是维纳斯三年以上的老会员，但也完全没料到她居然位列顶级会员。

少衍家的小姑娘，有点东西啊！

然后，相对冷静的欧白，睨着黎俏淡然的脸颊，清了清嗓子："所以，你就是和至尊争夺《股神自传》的那位顶级会员？"

提起这个，黎俏淡然的神色肉眼可见地冷了下来："嗯。"

秋桓抿着唇，想说一句"那个抢你东西的傻逼就在你身边"。

但这话要是说出口，恐怕秋家就要亡了。

于是，秋桓看热闹不怕事儿大地招呼远方的流云："把拍卖会的手箱拿过来。"

黎俏蹙眉眯眸，某个诡异的想法也在脑海中一闪而过。但来不及深想，一转头就看到了维纳斯专属的手箱被流云送了过来。

这时候，沉默许久的商郁，叠腿抽着烟，斜睨了一眼黎俏："送你的。"

黎俏瞳孔缩了缩，猛地蜷起了指尖。她凝神，不紧不慢地拧开了手箱的暗扣。其间，她瞥了眼商郁，随即掀开手箱，里面赫然躺着那本《股神自传》。

一旁的秋桓和欧白，顿时失笑出声。

秋桓抹了把脸，笑得不能自已："所以，整场拍卖会最大的竞拍看点，居然是你们俩贡献出来的？"

此刻，黎俏面无表情地看着手箱里的棕色皮质小手札，大脑放空了。

然后耳边一道沉凉的嗓音夹着烟草味幽幽飘了过来："我就是那个抢你东西的……"傻逼。

"哈哈哈哈！"秋桓和欧白瞬间放声大笑。怎么说呢，这种场面，真没见过。

黎俏盯着手箱看了半分钟，而后在秋桓喋喋不休的打趣声中，她"啪"的一声盖上手箱，腿窝顶开椅子，起身就走。

秋桓二人的笑陡地僵在了嘴边,怔了怔,看向商郁:"这……怎么走了?"

男人抽烟的动作顿住,眉眼间的神色也瞬然阴沉。是因为他拍下了这本《股神自传》,所以生气了?

"少衍,去哄哄吧。"秋桓收敛了笑意,望着黎俏走向玛莎拉蒂的身影,不禁对面色冷沉的商郁建议。

欧白也煞有介事地附和:"拍卖现场能感觉到她特别想要这本自传,结果你用至尊特权截和,人家生气也在所难免。"

与此同时,黎俏来到跑车副驾驶,拉开剪刀车门,俯身从里面拿出了另一个维纳斯的同款手箱。她隔空望了望草坪深处,抿唇沉淀了情绪,拎着手箱再次折返。

看到这一幕,秋桓用脚尖踢了下桌腿,提醒商郁:"欸,人回来了,不过她手里拿的什么?"

刚说完,秋桓脑海中飞快闪过一个画面,无声沉默了。争夺《股神自传》和拍下袖扣的是同一个代拍管家,也就意味着——两亿砸袖扣的土大款,原来是她。秋桓默默竖起了大拇指,牛逼了!

须臾,黎俏折回,将手箱往商郁面前的桌上一丢,闷声说:"送你的。"

月色当空,草坪深处格外宁静。黎俏丢下手箱就重新坐在了商郁身边,她半垂着眸,余光却偷偷觑着男人。

这时,秋桓左右看了看,视线定在了那只手箱上。他无比好奇两亿的袖扣到底是什么样的。于是,在商郁探身掐烟头之际,秋桓幽幽朝着箱子伸出手,企图先睹为快。

"手拿开。"突地,一道深沉的嗓音砸在了秋桓的耳畔。

他手掌一颤,望着对面的商郁,悻悻地撇嘴,缩回了手:"少衍,两亿的袖扣,你不打开看看。"

男人睨他一眼,吐出最后一口薄烟,眸里噙着淡淡的笑意看向了黎俏,低低缓缓地开腔:"怎么不说话?"

黎俏眸光闪了闪,一本正经地答非所问:"那个袖扣,挺好看的。"

闻声,商郁薄唇扬起愉悦的弧度,探手拉住黎俏的手腕,边起身边说:"走,回家看。"

欧白凉凉地瞥着他们的身影,哼笑:"少衍,你应该还记得我俩今晚都没开车的事吧?"他要是走了,自己和秋桓怎么回家?打车?太掉价了。

317

叫人来？时间太久了。

这时，黎俏顺着商郁的动作站了起来，睨着欧白，不冷不热地开口："我的车，明天帮我送回黎家。"言外之意，跑车给你们开。

欧白看着黎俏，想都不想就拒绝："不需要，我……操，秋桓你踹我干什么？"

秋桓一脚差点没把欧白的藤椅踹翻。

他瞪了欧白一眼，掐腰起身挡在他面前，对黎俏笑得特别友好："没问题妹子，放心，明天我亲自给你送回去。"送两辆。

黎俏点了点头，转身和商郁并肩走向了商务车。流云和望月则福至心灵地捧走了两个小手箱。秋桓眼巴巴地行注目礼，到底还是没有眼福啊。

回程途中，黎俏坐在商郁身边，两人谁都没有说话。黎俏偏头看着霓虹街景，微抿的唇角弧度上扬。不消片刻，她心痒难耐，视线从窗外移动到了商郁的身上。谁知，刚转过头，就撞进了男人瞳深如墨的眸中。

黎俏的嘴角持续上扬，捕捉到商郁唇边也露出了笑纹，她了然地出声："你是至尊？"早知道是他，她也不会整晚都这么烦躁了。

商郁揉着她的头顶，夹着低沉浑厚的笑音将人拉进了怀里。他垂眸，看着黎俏明媚的脸颊，俯首对她耳语："不是一直对股神感兴趣？那本自传借花献佛。"

黎俏的心泛起密密麻麻的悸动，抿着笑嘀咕："说得倒是好听，但最后竞拍的时候，你加价十倍，是不是故意堵我后路？"

"嗯。"商郁浓眉舒展，睇着黎俏瞥来的眼神，笑意渐深，"生气了？"

黎俏侧过身，面对窗外仰靠着他的肩头："确实挺生气，你说……怎么办？"生气是假，但憋屈是真。她因为那本《股神自传》闷了一肚子火，到头来在拍卖会和她作对的是自己人。简直是一场令人啼笑皆非的乌龙。

这时候，商郁缓缓叠起双腿，由着黎俏姿态懒散地倚着他，微微俯身，勾唇道："回家给你赔罪。"

黎俏回眸望着他，压了压嘴角："那行吧。"

夜里十点半，南洋公馆。黎俏坐在客厅沙发上，小口小口吃着慕斯蛋糕。商郁则斜倚着沙发扶手，深邃的眸映着明亮的灯色，目不转睛地看着她。

不一会，流云拎着两个手箱送了进来。黎俏目光一凝，放下餐盘就挪到商郁的跟前坐下。两个手箱一模一样，她顺势打开其中之一，里面恰好是棕色小札。

　　黎俏伸手摸了摸皮质的封面,挑着眉尾望着商郁:"三百亿,你觉得值吗?"

　　商郁眸光掠过小札,深沉的语气理所当然:"送你,值。"

　　行吧。黎俏摇头笑了笑,不经意想起了他之前借给查理斯三百亿美金的事。果然,您财大气粗。

　　这时候,随着黎俏拿出了那本《股神自传》捧在掌心翻看,商郁也适时打开了袖扣的手箱。一对金丝雀钻的袖扣在水晶灯下闪着璀璨熠熠的光芒。男人拿出一枚放在指尖端详,冷金色的钻石看起来美轮美奂,格外夺目。

　　他轮廓分明的棱角渐渐变得柔和,看向黎俏,却见她面无表情地捧着小札,不知在想什么:"怎么?有问题?"

　　商郁放下袖扣,黎俏也慢慢扭过头,不乏失望地叹了口气:"亏了。"

　　男人转眸看了眼翻开的书页,映入眼帘的是一堆极其难懂的抽象文字。在黎俏眼里,即使她仔细分辨,也根本认不出一个字。三次流拍,找到原因了。这大概就是一本鬼画符的废纸吧。

　　"不亏。"此刻,商郁从她手中接过小札,眸光高深地眯了眯,"这是帕玛本土的起源文字。"

　　黎俏眼眸一亮,往他身前探了探:"你认识?"

　　商郁温和的目光看着她,随即抿唇摇头:"这种文字帕玛已经弃用很久了。我之前在商氏流传下来的古医书中,倒是见过类似的文字籍。"

　　帕玛……黎俏定定地看着满是鬼画符的小札记,眯眸沉思:"那你在帕玛有听说过股神这号人物么?"

　　"怀疑对方来自帕玛?"商郁把自传重新递给黎俏,目光微沉。

　　黎俏不紧不慢地点头:"既然是你们本土的起源文字,外来人应该不会写。"毕竟连商郁都不认识,那书写这本自传的人,只可能来自帕玛。

　　不多时,沉默了片刻的商郁缓缓倚着靠背,睨向那本自传,伸手抚着黎俏的发丝:"我让人去查,不急。"

　　黎俏垂着眉眼,叹息一声,扬手就把自传丢回了手箱。来路不明的自传,以及古老起源的文字……三百亿,到底买了个什么玩意儿?

　　少顷,黎俏忖了忖,后仰着靠在了商郁身侧,睨着他:"现在帕玛还有人认识这种文字么?"

"有。"商郁敛眉,眼底掠过一丝玩味,"想找人翻译?"

黎俏和他四目相对,顿了几秒,应声:"能翻译出来当然最好,但前提是……翻译的人必须信得过。"

交谈至此,黎俏敏锐地发觉商郁眼里的兴味越来越浓,她凝着眉心,从后颈拉下他的手掌:"你怎么这个表情?"

男人慵懒地勾起唇,伸手拾起一枚袖扣,递给黎俏时,浑厚磁性的声音里隐着一丝笑意:"没问题,你商伯父……应该信得过。"

黎俏怔了两秒,惊讶又意外地挑高了眉梢:"伯父认识这种文字?"

商纵海认识?好巧!

这时,商郁将上卷的袖口从臂弯处抚平,一边示意黎俏给他戴袖扣,一边沉声解释:"嗯,他曾为了研究商氏的古医书,特意学过。"

黎俏接过袖扣转了转,余光睨了眼商郁,又不乏深意地说道:"直接把自传拿给伯父让他帮忙翻译,是不是不太礼貌?"

她心想,商纵海那般城府的人,当初正面交谈都经常含糊其词。真把自传交给他,黎俏觉得……就算翻译出来,真实性也有待考证。不是不相信商纵海,是拿捏不准他的城府。

闻此,商郁垂视着衬衫上的袖扣,眼尾轻扬:"所以?"

黎俏想了想,开门见山:"除了伯父,还有别人吗?"

"信不过他?"商郁理了理衬衫,嘴角掀起淡淡的弧度。

黎俏摇头,瞥着他,摇了摇头,模棱两可地说道:"那倒不是,伯父那么忙,我不好意思麻烦。"

商郁眼波深深地看着她,薄唇微侧,敛眉:"这种小事算不上麻烦,我来解决,嗯?"

见他如此说,黎俏也没再推拒。

不一会,她把两枚袖扣都戴在了商郁的袖口上,仔细看了看,颇为满意地点点头:"好看!"黑金永恒,尤其是搭配在纯黑色的衬衫上,愈发凸显出男人华贵矜冷的气质。

"明天周末,什么安排?"这时,商郁轻轻摩挲着袖扣的钻面,抬了抬眼皮问道。

黎俏看着手箱里的札记,淡声道:"上午去一趟傅家拳馆看看九公,下午要回实验室。最近项目有了点眉目,所以会比较忙。"今晚为了参加维纳斯的拍卖会,她是特意请假出来的。明天还要回去处理积压的工作。

商郁抬起手背,蹭了蹭她微凉的脸颊:"那睡吧,明早送你去傅家拳馆。"

黎俏抿唇看着他,眨了眨眼,很应景地打了个哈欠:"晚安。"

黎俏上楼后,商郁孤身坐在客厅里,冷眸睨着手箱里的自传,眸光暗沉。

不多时,流云出现在客厅,伫在男人的跟前,汇报道:"老大,刚刚得到消息,维纳斯的账户已经将《股神自传》的拍卖收益款项汇出去了,接收人的账号……"

流云明显迟疑了几秒,见商郁投来视线,才晦涩地说:"对方账号没有做任何隐藏,是……家主的。"

商氏现任家主——商纵海。

商郁深邃的瞳孔一缩,意味不明地眯了眯眸:"确定?"

流云抿着唇颔首:"非常确定,我利用至尊权限和维纳斯确认过,那本自传的送拍人,是家主身边的心腹。"

一瞬间,客厅里寂静蔓延。

流云杵在原地,偷偷打量着商郁的神态:"老大,这事说不定另有隐情……"

他的话还在嘴边,男人已经蹙着浓眉,抬起了臂弯:"下去吧。"

"是。"

商郁从桌上拿起烟盒,抽出一支烟,转眸望着窗外的夜色,表情高深难测。

……

第二天,不到清早八点,黎俏下楼准备离开公馆。刚走到大厅,一抬头就看到前方的门廊下,商郁挺拔修长的身影负手而立。她惊了惊,逐步走到他身边,打了声招呼:"要出门吗?"

商郁侧眸睨着黎俏,见她眼尾泛红,似乎还没睡饱,便嗓音磁性地回应:"嗯,不是要去傅家拳馆?"

黎俏歪头,挑了下眉:"你送我去?"往常她离开公馆,大多是流云开车护送。今天这是怎么了?突然要亲自送她。

然后,黎俏听见男人低沉的语气含着笑:"给女朋友赔罪。"哦,为了维纳斯竞拍的事。

说罢,商郁顺势牵起她的手,两人迈下台阶,朝着前方的车队走去。

行车途中，黎俏略显困倦地窝在后座，随着车子偶尔降速转弯，她惯性使然直接歪着身子靠在了商郁的肩膀上。

"睡吧，到了叫你。"男人抬起手臂绕过她的头顶，搂着她纤瘦的肩膀，把人往怀里拢紧。

黎俏往他脖颈中埋了埋，鼻端萦绕着清冽安心的乌木香，没一会儿就睡着了。

此刻，商郁单手搂着黎俏，仰头靠着椅背，耳边不禁回荡起清早和父亲的那通电话。

"少衍，我知道你想问什么，但现在我无可奉告。"

"如果你想知道细节，那就找个机会，把黎俏带来帕玛。"

简短的两句话过后，商纵海就结束了通话。他似乎早就料到一切，或者说……步步为营地筹划了所有。

商郁深沉的目光凝视着黎俏，无声地收紧了臂弯。

……

八点半，城西傅家拳馆。黎俏在车速缓下来的时候就提前醒了。她并没来过傅家拳馆，对这里的了解也仅限于傅律亭的阐述。据说，傅家拳馆历经半个多世纪的发展，算是南洋武术界排名前三的武术会馆。

黎俏下车前，回身看着商郁，抿了抿嘴角："伯父那边如果有消息，记得告诉我。"既然商伯父精通帕玛起源文字，黎俏便把那本自传留在了公馆。但愿，结果别让她失望。

商郁压了下俊脸，俯身钩着黎俏的腰，在她唇上用力吮了一口："嗯，去吧。"

黎俏弯唇浅笑，和他道别后倾身下了车。

此时，商郁缓缓阖眸，对着前排的流云低声吩咐："留一辆车，一会儿让落雨送她回实验室。"

另一边，黎俏来到傅家拳馆门前，掏出手机打算给傅律亭发个消息。刚低下头，前方便传来脚步声，以及傅律亭熟悉的嗓音："你来了。"

黎俏停下手里的动作，抬眸望着他："嗯，老师在哪儿？"

傅律亭穿着黑色的运动服，脸上还挂着汗，他随手擦了擦，对着拳馆后院一指："老爷子在我以前住的厢房，那边学员止步，平时比较安静。走吧，我带你过去。"

他有十分甜

黎俏应声道谢，将手机塞进兜里，便跟着傅律亭去了后院。

　　傅家拳馆的面积很大，前前后后有多个练习场。随着他们穿过武术操场，周围的练武木桩和各类器材也多不胜数。此时，不少学员都在练习场刻苦练功，瞧见傅律亭，便纷纷停下来喊了一声"大少爷"。傅律亭摆摆手，让他们继续。而黎俏神色淡淡地跟在他身旁，目光若有似无地扫过训练场，兴致缺缺。

　　后院，西厢房。

　　黎俏站在雅致的西厢拱门附近，略略看着四周的环境，中空天井的设计保留着原始的古韵风貌。四周环形的厢房也透着岁月静谧的安然，确实很适合养病。

　　这时，傅律亭朝着前方的雕花木门示意了一下："你进去吧，我在外面等你，有什么事就叫我。"

　　"嗯，多谢。"黎俏领首，随即信步上前，来到仲九公所在的门前，她抬手敲了敲，木门却自动开了。一股淡淡的药味从房间里飘了出来，黎俏没迟疑，迈过门槛走了进去。

　　此时，仲九公正坐在木桌前，左手拿着笔，举止生疏地在纸上写写画画。听到脚步声，他没抬头，声音略显无奈地叹气："傅家小子，你一天来我这八百趟，到底有什么不放心的？"

　　黎俏单腿屈膝，斜倚着门框，听到九公的口气，不禁扬眉："看来……这傅家小子似乎把老师烦得够呛。"

　　陡地听见黎俏的声音，仲九公笔尖一顿，颇为惊喜地抬起头，立马笑弯了眼："你个小丫头，还知道来看我？"

　　黎俏见九公笑呵呵的神态，眉宇间的阴霾也一扫而空："让老师久等了。"

　　不一会，两人坐在彼此对面，黎俏仔细打量着九公，虽然看起来有些颓废，但还算精神。黎俏思忖着，便开门见山地问道："老师，在这里感觉如何？"

　　仲九公左手端着茶杯抿了抿，透过杯沿睨着她："还不错，安静又省心，除了傅家小子天天来烦我，都挺好的。"

　　闻言，黎俏淡淡一笑："当日没和您商量就私自把您送到这儿了，如果住得不舒服，随时和我说，我可以再……"

　　"丫头。"话音犹在，仲九公却放下茶杯率先接话，"你不用为我操心，这里挺不错的。我猜你今天突然过来,肯定是傅家小子跟你说了什么吧?"

黎俏展了展眉,一脸坦然地出卖了傅律亭:"嗯,确实。"

"呵,这个臭小子,整天就瞎琢磨,他老觉得我心事重重,其实压根没有,我这是在设计图稿。"

九公边说边将桌角的草稿推到了黎俏面前,努了努嘴:"最近闲来无事,我就琢磨着把我那个丧仪店给重新翻修一下。正好你看看,我这图纸画得怎么样?"

黎俏接过图稿看了两眼,又抬眸瞥着一脸期待的九公,沉默几秒,说了句善意的谎言:"嗯,挺好。"她是真的没看出来图稿上歪歪扭扭的曲线是房屋结构图。

这时候,仲九公颇为自豪地昂着下巴,开始絮絮叨叨地讲述他的设计理念和翻修理由。

黎俏安静地听着,黑白分明的眸子望着仲九公。

几分钟后,九公说得口干舌燥,灌了半杯水,眉眼逐渐沉寂下来:"所以啊,你不用担心,我一切都好。"

大概所有年迈的长辈都不愿意向小辈展露出内心深处真正的情绪。黎俏早就发现,九公在强颜欢笑。如此,她也没拆穿。

时间缓缓流逝,黎俏陪着九公聊了半个小时,叮嘱他安心养病就打算离开。行至房门口,坐在桌前的仲九公突然唤住了黎俏:"丫头……"

他面带犹豫,隔空望着她,敛着眉喃喃道:"阿良年轻气盛,做事冲动,如果有一天他真惹到了你,能不能看在我的面上,放他一马?"当日他被傅律亭接走之后,一直没过问屠安良和黎俏之间的矛盾是怎么处理的。这两个孩子,一个是他儿子,一个是他徒弟,若有可能他并不希望他们结怨。

此时,黎俏神色平静地看着仲九公,脑海中划过了这三年来他们师徒相处的每一帧画面。她抿了抿唇,垂下眼睑,点头:"好。"只要屠安良安分守己,她可以既往不咎。因为老师,值得她让步。

这一刻,得到了黎俏的首肯,仲九公压抑的情绪终于得到了释放。他不停地眨着眼,心头备受触动:"丫头,我替他谢谢你了。"

"老师,好好养病。"

仲九公心中的大石落了地,也很快恢复了往日的温和:"行,我听你的。"

黎俏深深看了眼仲九公,便转身出了门。其实所有的恍惚和心神不宁,

他有十分甜　324

大抵都是在担心屠安良罢了。就不知道那位城南地头蛇，能不能理解老师的良苦用心。

上午十点，黎俏回到了实验室。她换上白大褂就投入繁忙的工作当中，一直到傍晚都没有歇一口气。

这时，连桢端着一杯水放在了她面前，温润地说道："你歇会吧，这些分子式的排列复杂多变，需要慢慢来。"

黎俏头不抬眼不眨地"嗯"了一声，但手里的动作压根没停。

连桢摇头失笑，拉过椅子入座："其实也不用这么着急，昨晚你不在，我们和药物研发那边临时开了个交流会。他们最近的实验药物有了进展，似乎找到了一种替代药，能够暂时抑制住关明玉继续发胖的症状。"

黎俏蓦地抬眸，对上连桢含笑的视线，略显惊讶："这么快？"正常来讲，药物研发是个非常漫长的实验过程。这才短短一个月的时间，研发部门就找到了替代药？

闻声，连桢敛了敛笑，正色地点头："嗯，听说是江院士和某个慈善基金会达成了合作。对方在医疗实验技术方面给我们提供了不少经验，包括医疗设备也都是国际上最前沿的专利仪器。尤其是药物研发这一块，对方赠予了大量的药物临床文献，所以大大缩短了研发部门的制备阶段。"

这番解释，让黎俏陷入了沉默。慈善基金会什么时候会给私人实验室做慈善赞助了？即便是打着合作的旗号，似乎也有些牵强。

"那家慈善基金会叫什么名字？"黎俏若有所思地问道。

连桢抿着嘴角，思忖道："江院士没说，有什么问题吗？"

黎俏摇了摇头，沉思着看向了手里的报告。江院士最近的秘密，似乎有点多呢。

晚八点，还在忙碌的黎俏，意外接到了黎家管家的电话。

"小姐，有一位姓秋的先生，刚刚送了两辆车过来，他说……您知道这事？"管家狐疑的口吻似乎并不太相信那位流里流气的秋先生。

黎俏闻声怔了怔："两辆车？"不是应该只有她的小玛莎么？怎么又多了一辆？

管家举着手机往车库的方向看了看，十分肯定地回道："小姐，的确是两辆，除了您那辆玛莎拉蒂，还有一台新款的紫色星光兰博基尼。"

黎俏挑眉，想了想，便交代管家先将车存放好，率先结束了通话。

紫色星光兰博基尼，年初上市不久，一车难求。秋桓突然大手笔送她豪车是什么意思？他们似乎并没有熟悉到互相送礼的地步。何况……她又不是买不起。

黎俏想到某种可能，便打开了微信页面，踌躇了几秒，给商郁发了条微信消息："秋少的电话给一下？"她懒得找人去查秋桓的手机号码，问商郁无疑是最快。

然后，男人很快回复了一个简简单单又透着不满的"？"。

黎俏挑眉一笑，手指飞快地敲着屏幕，将事情大概转述了一遍。等了片刻，就在她以为商郁去翻查秋桓的手机号时，聊天页面蹦出了三个字"收着吧"。

无奈，黎俏搓了下脑门，决定曲线救国。她返回短信页面，找到流云的手机号，给他发了条言简意赅的短信："秋桓手机号，谢谢。"

一秒，流云回复了一串号码，非常之迅速。

黎俏懒洋洋地靠着椅背，嘴角上扬，笑得狡黠。看来以后找流云办事，好像更方便快捷。

黎俏没再耽搁，存好了秋桓的手机号，就直接拨了过去。

与此同时，东郊保龄球馆，欧白正在球道附近扔球，秋桓和商郁坐在休息区，低声聊着什么。

"所以，我怀疑商芙是想拉拢关系……"秋桓难得收敛了玩笑的神态，一脸郑重地揣测着商芙来南洋的意图。

坐在他对面的商郁，手臂搁在桌上，指尖燃着细支雪茄，微微敛眉垂眸，唇角微扬的弧度透着几分野性桀骜："想多了。"

秋桓话音一顿，往前倾身，试探道："这么说，你知道她来南洋的目的？"

商郁夹着烟送到薄唇吞吐，淡漠的口吻倨傲又不以为然："她还影响不了大局。"

这时，欧白已然从球道大步流星地走了回来，阴沉着脸，很不高兴的样子。听到脚步声，秋桓回头一瞅，乐了："你这技术都退步成这样了？"十个球瓶击倒了两个，跟手残没什么区别。

欧白不理会秋桓的打趣，一脸冷漠地坐下，兀自生闷气。

"嗡嗡——"恰好，一阵嗡鸣声吸引了秋桓的注意，是他放在桌上的手机响了。

秋桓蹙了蹙眉，看着上面的陌生号码，凝神静气，平淡地接听："哪位？"

"我是黎俏。"女孩清脆又透着懒散的语调从听筒传出，也很诡异地飘进了另外两人的耳畔。

秋桓捏紧手机，闪神看向商郁，一见他沉下的眉眼，就知道他肯定也听见了。

"哟，妹子，找我有事？"秋桓跷起二郎腿，饶有兴致地睨了睨商郁。

他还没等到黎俏的回答，男人用匀称的手指敲了敲桌面，眼眸深邃地看了眼他的手机。

秋桓想，懂了，这是让他开免提。

秋桓似笑非笑地将手机丢到桌上，顺便按下了免提键。紧接着，黎俏淡声询问的那句话，差点吓得他魂飞魄散："秋少，为什么突然送我跑车？"秋桓怔住了，当着少衍的面，这怎么解释？

商郁抿了口烟，昂着眉梢，也是一派玩味地看着他。

大概是没听到秋桓的回答，黎俏直言不讳："是因为昨天你拦路踩我车的事？"

拦路，踩车。商郁危险地眯起眸，深暗的眼底也掀起了一丝波澜。

秋桓有口难言，这几个字组合在一起，任谁听了都会认为他是故意拦路找茬。他生无可恋地顺了顺头顶的发丝，含糊地应声："嗯，算是吧。"

黎俏"哦"了一声，挂断电话之前，不冷不热地说："如果是道歉的话，诚意我收下了。车你找人开走吧，兰博基尼星光款我有三台。"

电话挂断，秋桓面无表情地看着手机，沉默好半天，才一言难尽地抬起头，望着商郁："最新款星光兰博基尼全球也才发售了一千台，她怎么就有三台了？早中晚换着开？"

商郁薄唇轻勾，垂眸噙了口烟，嗓音夹着一丝危险："你昨天踩她车了？"

秋桓眼波闪了闪，干巴巴地笑了一声："不是跟你说了，一点小误会而已。"

"什么误会需要你拦路踩车？"商郁目光沉了沉，夹着烟点了点灰，"你找死不要紧，别连累她。"

秋桓想，你到底是谁的好兄弟？

……

转眼，又三天。黎俏连日都泡在实验室里，除了必要的活动，基本没

327

离开过。他们的实验项目有了很大的进展,几种常见和不常见的砷化合物都进行了详细的排列检测。其中,有两种会引起的病变反应,和关明玉的症状颇为类似。

这天午后,黎俏仰头枕着椅背闭目养神,半梦半醒中,大褂兜里的手机似乎在振动。她掏出手机,缓慢地掀开眼帘,是黎父打的电话。

黎俏舒了口气,滑动接听:"爸。"

黎广明温和的嗓音传来:"闺女啊,还在实验室呢?"

"嗯,在,爸找我有事?"黎俏揉了揉额角,脸上也泛着明显的疲倦。

闻声,黎广明先是心疼地唠叨了几句,而后才清了清嗓子,步入正题:"闺女,这周末你安排一下时间,跟爸出趟门吧。"

"去哪儿?"黎俏有些头晕,今早醒来也感觉浑身沉甸甸的,这会更是没什么精神,懒懒地问了一句。

黎广明也没卖关子,解释道:"周末是南洋五大家族的内部家族会,你小时候还跟着参加过一次,还有印象吗?今年爸想带着你一起过去,你意下如何?"

哦,五大家族聚首。说白了就是一场以利益为名的内部商业交流会。毕竟是南洋金字塔端的五大家族,互相牵制,互相成就。且各个旗下产业无数,经济市场一点风吹草动就能影响到每个家族的收益变化。所以五大家族每年都会在特定的时间齐聚一堂,大概就是关上门讨论明年的赚钱方向。

黎俏半阖着眼,下意识婉拒:"爸,我不去了,实验室这边很忙,没时间。"

紧接着,黎广明开始长篇大论地劝说:"嗐,再忙也不差一个周末。闺女,这些年你几乎没在五大家族成员的面前出现过。好歹也是咱家唯一的小千金,现在这天下太平了,你也该出去露个面了。"

当年一直把黎俏藏在家族背后,无非是惊惧于她七岁时的那场绑架。如今事情过去了十五年。黎家地位越来越稳固,黎家三子也各有所成,凭借家族在南洋的影响力,保护好黎俏自然不在话下。

电话那端,黎广明似乎很坚持,不由分说地叮嘱:"闺女,爸先去开会了,你准备准备,记得跟实验室请假。"

黎俏看了看挂断的手机屏幕,垂下眼睑,重重叹了口气。南洋五大家族的内部聚会,她有什么参加的必要吗?

黎俏懒得深思,把手机扔在桌上,靠着椅背打算再睡一会。结果,这一睡就到了两点半。黎俏再次睁开眼,是被连桢叫醒的,她倦懒地撑着眼皮,只觉得天旋地转。

连桢面露担忧地俯身,看着黎俏略显苍白的脸色,询问道:"小黎,你是不是不舒服?"

黎俏没精打采地垂着脸颊,头脑也特别昏沉。

"需不需要去医院?你脸色不太好,最近这么忙,说不定是累病了。"

连桢蹙着眉头,想伸手探一探她额头的温度,但碍于男女有别,便招呼了附近的女研究员。女同事走过来,小心翼翼地摸着黎俏的脑门,又用手背摸了摸自己,摇头:"没发烧啊。"

黎俏有气无力地挥了挥手,缓口气就撑着桌子站了起来:"不用去医院,就是有点头疼,我先回宿舍睡一会,晚点再过来。"

连桢立马阻止她:"你别过来了,先好好休息,实验进展我盯着,有什么变化我随时跟你说。"

黎俏确实不舒服,倒是没再逞能推拒。她走后,连桢便暂时揽下了她手头的部分工作。

……

黎俏回了宿舍,关房门的间隙,她腿一软,直接把脑门抵在了门板上。头痛欲裂,眼眶酸涩,典型缺觉的表现。

黎俏扶着门框缓了缓,拖着沉重的脚步走到床前,直接倒头蒙上了被子。窗帘没有拉上,她却渐渐睡得香沉。其实最近一段时间,黎俏每天为了早起,晚上睡觉都不会拉窗帘。因为清早炽烈的晨阳,能够第一时间唤醒她。

这一觉,黎俏昏昏沉沉地睡了五个小时。夜里八点,昏暗的房间只能看到楼下幽幽亮起的路灯光晕。黎俏敲了敲脑门,头疼的症状缓解了不少。她坐起身,抱着膝盖望着窗外的夜色发呆。最近每天晚上她都是后半夜两三点才回宿舍,早上不到七点又去了实验室。如此往复,外加白天还要应付各种繁琐的化学公式,确实身心疲惫。

窗外的夜晚格外宁静,黎俏安静地坐了一会,便伸手在枕下摸手机,也不知道现在几点了。天都黑了,她一整个下午都在睡觉,倒是忘了和商郁联系。但手机还没摸到,宿舍的房门突然传来异响。黎俏蹙着眉心扭过头,

329

黑黢黢的房间视线不佳，她单手掀开被角，还没动身，伴随着"嘭"的一声，房门被踹开了。

黎俏顿时浑身戒备，眯眼望着门口逆光的几道身影。夜闯实验楼宿舍，胆子不小。下一瞬，宿舍的灯被打开，乍亮的光线让黎俏不适地眯了眯眼，视野中那道卷着凌厉的身影也徐徐入目。

黎俏愣了，难得表情有点呆。此时，商郁阔步走进房间，走廊外还站着流云三人。明晃晃的光线下，男人的眼底暗影涌动，脸颊刻满了浓浓的阴翳。

黎俏就这么坐在床上，染了血丝的小鹿眼，还泛着几分惺忪。商郁顿步，一瞬不瞬地望着她，神情严肃又阴沉。小姑娘可能是刚睡醒，头顶的丸子头歪了，发丝凌乱地铺在两腮边。而她还保持着单手抱膝的动作，脸颊也挂满了病态的憔悴，没了往日的张扬和洒脱，看得商郁心口发闷。

这时候，黎俏堪堪回神，还没开口说话，就听见男人冷声的质问隔空砸了过来："如果我不来，是不是连生病也要瞒着我？"

黎俏张着嘴角，舔了舔干涩的唇："不是……"话音出口，她才发现自己的嗓子一片喑哑。得，彻底坐实了她生病的事。

黎俏心虚地望着商郁，咳了两声，伸手拍了拍床铺，示意他坐："你怎么来了？"

男人挺拔的身姿伫在原地，无形中让房间都显得逼仄窒闷起来。更别提他凛凛的气势，以及微寒的双眸，任谁看了都会明白，他现在极度不悦。商郁无视她拍床的举动，紧抿着薄唇，喉结滚动着盖住了眼帘。

气氛凝滞了少许，黎俏瞥着他，默默地掀开被子，打算下地。但，男人却适时上前，走到床边侧身坐下，粗糙的手指捏住了她的下颔，眸色很深，连嗓音都格外低沉："为什么不接电话？"

黎俏眨眨眼，扭着腰开始在枕头下摸手机，嘴里还振振有词："我睡着了，没听到电话响……"话说完，枕头下面也被她翻了个遍。手机没找到！

黎俏捏着枕头，想了几秒，眸光闪烁地喟叹道："手机落在了……实验室。"

下午她头疼得不行，隐约记得接完父亲的电话，就把手机丢桌上了。后来迷迷糊糊地回宿舍，好像忘了拿。黎俏偷觑了一眼商郁，抿了抿嘴角："你给我打了很多电话？"

他有十分甜

此刻，男人侧首看着她，幽深的眸里满是复杂。他的唇线渐渐绷直，语气沙哑凛冽："实验室和我，选一个。"

黎俏蓦地抬眸，没反应过来："什么？"

"选！"商郁脱口而出，暗沉的眸直视黎俏，幽光暗涌，没有半分玩笑之意。

这是一道难题，黎俏陷入了沉默。她确实不太清楚今天都发生了什么，但从商郁进门后的表现来看，这位爷怕是……动怒了。黎俏很清楚，他不是怪自己不接电话，应该是怒她生病却没告诉他。她觉得……挺冤枉。

黎俏的下巴再次被捏住，不得不和商郁对视，试图挽回一下局面："我……"

结果，她话还没说完，男人眉峰隆起，重复道："给我答案。"

黎俏长长叹了口气，敛去多余的表情，扭头缓缓将下巴从他的指尖收了回来。这个举动，似乎诠释了她的选择。商郁的瞳孔紧缩，喉结也猛地滚了滚。

然后，黎俏伸手拨开腮边的发丝，余光突地被某个光芒蜇了一下。定睛一看，那枚她送的冷金色袖扣，正服帖地被他戴在了衣袖上。黎俏的心顿时软成一片，她瞥着商郁，单手抹了把脸，不急不缓地说："你，我选你……"

反正从遇见商郁开始，她所有的底线和原则都会为他无条件打破。这道选择题的答案，永远也只有一个。

许是黎俏的回答取悦了商郁，他紧绷的俊颜逐渐缓和了线条，抿着唇叹了口气。他什么都没说，伸手摸了摸黎俏的脸颊，随即起身弯腰将她从床上抱了起来。

"干吗？"黎俏下意识地搂住他肩膀，斜睨着男人淡声问道。

商郁抱着她便踱步往门外走，垂眸看她一眼，音色沉沉："回家养病。"她大概不知道自己的脸色有多苍白，连嘴唇都干涩得起了皮，他看着十分碍眼。

黎俏扯着嘴角闷在他肩头，也不说话，由他抱着自己离开了宿舍。

身后的流云顺势关上了被踹坏的房门，黎俏扫了一眼挂在门板上摇摇欲坠的密码锁，面无表情地开口："谁踹坏的谁给我修好。"不会敲门吗？非要踹！

331

望月跟在他们身后，默默地点头应声："好的，黎小姐。"

他后悔了，早知道刚才就应该让流云去踹门。

走出宿舍楼，黎俏虎着脸窝在商郁怀里，也不吭声，小表情特别高冷。

随着他们趋近前方的实验楼，黎俏刚想说话，男人已经偏头对身后的流云吩咐："去拿手机。"

"是。"流云脚下一转，匆匆往实验楼走去。

黎俏半靠在男人肩头，眯眯盯着他的身影。只见，流云堂而皇之地走进了实验楼，非但没有被门口的保安阻拦，对方在看到他时，反而还特别礼貌地弯了弯腰。果然，实验楼附近所谓的保安，都是衍皇集团培养出来的保镖。

黎俏撇撇嘴收回视线，抬眼看着商郁棱角分明的下颌，慢吞吞地咕哝："光拿手机不够，我还有不少东西都在实验室，你让流云一起收拾了吧。"

反正，她既然做出了选择，后果自己受着呗。

男人的步伐明显顿了顿，他薄唇微侧，垂眸看着黎俏，眼神中噙着几分无奈。商郁默了很久，才抿唇叹息："给你请了三天假，总要养好了病，再让你回来继续拼命。"

黎俏心尖一颤，先前的小情绪瞬间烟消云散。她回过神，忍俊不禁，又有点恼地用额头撞了下他的脸颊："你怎么不早说！"原来，从一开始，他就妥协了。

商郁睨着她重新覆满神采的脸颊，心下无奈，只能箍紧她，低声警告："身体没恢复之前，别想回来。"

当晚，黎俏毫无意外地被商郁带回了南洋公馆。全程没走路，抱着上车，抱着下车，因为她没穿鞋。

回到公馆客厅，男人拿着棉拖放在地上，回首对流云道："让医生过来。"

真拿她当病人了。黎俏屈膝坐在沙发上，从手机屏幕上抬了抬头，也没拒绝。一整个下午，她收到了很多消息。有商郁的，也有其他人的。这会她还在一个一个回复着消息。

不一会，黎俏将手机锁屏，抬眸看向沉腰落座的男人，企图找个话题缓解气氛："南洋五大家族的内部会，你以前参加过么？"

商郁还没应声，公馆的私人医生已经拎着药箱一颠一颠地走进了客厅。对方看起来三十出头，长相周正，举止也彬彬有礼。他徐徐走到沙发前，

他有十分甜 *332*

对着商郁颔首:"衍爷。"

"嗯,给她检查。"男人朝着黎俏偏了下头,而后就起身走到不远处的窗口,无声点了支香烟。

黎俏望着他黑色的背影,几乎要和外面的夜色融为一体,看起来有些萧索。她扯了下唇角,思忖着该怎么哄他,但思路还没理清楚,家庭医生就开始了他的检查。步骤很简单,没有西医的常见手法,反而是……中医号脉。

没一会,黎俏手腕一松,那名家庭医生已经缩回手站了起来。然后,对方走到商郁的身后,一板一眼地汇报:"衍爷,这位小姐应该是长时间熬夜,睡眠不足导致了气血两亏。问题倒不大,我建议食补气血,再休养半个月左右,应该能康复。"

黎俏想,康复?休养半个月?她就是缺觉而已,你怎么不说休养半年?

第14章 聚会

当然,不管家庭医生怎么说,黎俏还是在三天后的周五傍晚回了黎家。因为明天要和父亲出席五大家族的内部聚会。过去几天,她一直待在南洋公馆,每天的膳食都由专人负责,连作息时间也被控制得很严格。这般悉心照料下,她已然褪去了病态的倦容,眉眼精致如初。

半小时后,黎俏跷腿坐在书房,一边吹着茶杯上的热气,一边听着父亲的唠叨,眉眼间噙着淡淡的无奈。

"所以,闺女啊,多参加一些五大家族的应酬,对你有利无害。"黎广明摩挲着手里的珠串,望着黎俏,目光中满是温和。

此时,黎俏呷了口茶,抬眼看着黎广明,扯着嘴角敷衍:"嗯,爸说得有道理。"

"对吧。"黎广明甚至欣慰地点了点头,"咱们黎家的小千金被藏了这么多年,也是时候让大家见识见识了。闺女,你别嫌爸啰嗦,这次带你去参加聚会,我也是想给你开拓一些人脉。南洋这地界,人脉广,做事顺,不管以后能不能用得到,有备无患总是好的。"

黎俏垂眸摩挲着手里的茶杯,若有所思地笑了笑:"爸,你为什么觉得我需要拓展人脉?"她一不在南洋做生意,二不用出去抛头露面,认识那些人又有什么意义?

这时,黎广明神色怔忡,望着黎俏淡然的眉眼:"你是觉得爸多此一举?"

"那倒没有,就是有点好奇。"黎俏说着就将茶杯再次送到了嘴边,透着杯沿凝视着黎广明。

少顷,父女俩沉默了片刻,黎广明拿起一旁的雪茄盒,摊在掌心中看了看:"好奇是好事。爸这么跟你说吧,这些年把你藏在家里,外界甚少有人知道你的身份。如今,绑架案也过去了那么久,所以我想重新让你出去亮亮相。俏俏,五大家族在南洋的地位举足轻重,如果你能和他们建立友谊,那么未来不管做什么事,他们都算是你有力的筹码,明白吗?"

这番话,黎广明说得语重心长。不论从哪个角度来看,他想给黎俏铺路的意愿非常强烈。黎俏自然懂得其中的利害关系,只是……为何突然间要给她铺路?带着这个疑惑,黎俏和黎广明结束交谈之后,就回了房间。她坐在阳台上,望着漆黑的夜幕,思绪微乱。

……

次日周六,上午十点。三辆车从黎家门外驶出,朝着东郊进发。本次五大家族的聚会持续两天,地点选择了人烟稀少的汤溪山附近。

听闻整个汤溪山提前进入了戒备状态,联排别墅附近的汤溪广场更是停了好几架直升机。

车上,黎俏和久未见面的二哥黎彦同坐后排。

汽车驶入高速,黎俏看着打瞌睡的黎彦:"你最近干吗去了?"

她和二哥有一段时间没见了,这位艺术巨商整天东奔西走,指不定又在哪里看见了名贵字画,天南地北地跑去倒卖了。

此刻,黎彦穿着粉色的休闲衫,单腿屈膝踩着前排座椅中间的收纳盒,捏着眉心嘀咕:"去了趟国外,要不是今天的聚会,我暂时回不来。"他昨天半夜落地的,时差还没倒过来,大早上又被拎上了车。

闻此,黎俏淡淡地撇嘴,扭头看着窗外:"给我讲讲聚会的事。"

"讲没问题,但咱爸为什么今年非要带着你?"黎彦狐疑地挺起腰板,睨着黎俏淡然的神色,"早知道你去的话,我就不去了。"

黎彦疑惑地絮叨了半天,掀开眼皮一看,撞上了黎俏稍显不耐的小鹿眼。他立马坐直了身子,扳着手指头开始细数流程。黎彦讲了一路,黎俏就安静地听着。

很快,车子驶入汤溪山附近,周围马路上略显空旷,行至汤溪广场,愈显得气氛森严。南洋五大家族,代表着金钱、利益、权势。随便拉出来一个人,都能引起南洋不小的震动。安保措施自然极为严苛。

黎俏睇着窗外的联排别墅,眯了眯眼:"大哥不参加?"黎三身在边境,对于南洋家族的事鲜少参与。如果五大家族成员会悉数出席,那大哥怎么不在?

这时,黎彦舒展着肩膀,轻笑道:"自从大哥当上南洋秘书长之后,就再也没出席过。毕竟身份摆在那儿,要是贸然参与金融家族的内部聚会,被他官场上的死对头发现,一准给他扣个假公济私的帽子,得不偿失。"

说话的间隙,汤溪山已经近在眼前。壮阔的山峦叠翠之中,伫着一幢堪比古堡的华丽庄园。这里,便是五大家族长期用来商议大事的根据地。

黎俏和黎彦下车,两人的打扮都十分随意舒适,没有华丽的服装和精致的妆发,倒像是来参观旅游的。庄园门前,此时已经并排停靠了不少豪车。

黎广明夫妇相继下车,两人对着黎俏招手:"俏俏,过来。"

黎彦单手插着运动裤的裤袋,跟着黎俏刚往前走了一步,段淑嫒就吩咐他:"老二,你去跟庄园管事说一声,把俏俏今晚的房间安排在我们隔壁。"

按照往年的习惯,五大家族的家主的房间都在顶层的套房。而各家族的小辈则在下一层的客房。黎彦前行的脚步一顿,摸了摸鼻梁,认命地去给他妹妹安排房间。

黎俏不紧不慢地走到段淑嫒跟前,目光掠过前方的庄园,喷泉草坪附近,此时站着不少人。各个都光鲜亮丽,男俊女美。服务人员也训练有素地穿梭其中,场面倒是和普通的宴会没什么两样。庄园周围倒是安排了多名保镖把守,安全系数非常高。

这时,段淑嫒睨着黎俏,担心她紧张,便拉着她安抚道:"宝贝,不用紧张,今天来的都是本家的人,算是利益共同体,基本上没外人。另外……咱们这几家里,青年才俊也有不少,有空你可以和他们多交流交流。"

最后一句话,可以说很突兀了。黎俏想,她和青年才俊有什么好交流的?

段淑嫒话音方落,黎广明就隐晦地用手臂撞了她一下:"别说那么多了,先进去打个招呼。"

随后,一家三口走向了庄园正门。

恰好,前方迎面走来一位中年男人,穿着黑色绣纹的唐装,乍一看到黎广明就笑呵呵地说道:"老黎,你来晚了啊。"

这人黎俏认识,唐弋婷的父亲,唐家现任家主唐南礼。

"你这话说得,不是刚开始吗?怎么就晚了。"黎广明和唐南礼朗声打趣,彼此之间的默契和熟稔毋庸置疑。南洋五大家族,皆以首富黎家为首,其中黎唐两家,交情最笃。

这时，唐南礼余光一闪，意外看到了黎俏。他展眉定了定神，眼里浮现出惊讶："俏俏？"

"唐叔叔，好久不见。"黎俏礼貌地颔首与唐南礼问好。

唐南礼惊讶过后便觑着黎广明，了然地笑道："老黎，你终于舍得把俏俏带出来了？这些年，其他几家可没少打听她的事。"

五大家族都知道黎家还有个小千金，但见者甚少。毕竟，黎俏应该是五大家族中，唯一一个多年没露过面的小辈。因为神秘，往往更令人好奇。

突地，一声清脆的惊呼从唐南礼身后传来："俏俏！"众人循声回眸，就见唐弋婷穿着裙子朝他们跑来。

见状，唐南礼骤然低喝："你给我好好走路，穿个裙子你跑什么跑。"

面对亲爹的训斥，唐弋婷瞬间缓下步伐，飞快地挪着脚步来到黎俏身边，亲昵地挽住她的胳膊，对黎广明夫妇唤道："伯父伯母好。"

说完，她又晃了晃黎俏的手臂，在她耳边低呼："我的天呀，黎伯父居然舍得让你出来抛头露面了？"这个用词，很贴切了。

黎俏幽幽看着唐弋婷，抿着嘴角对她眨了眨眼。

不一会，黎广明夫妇和唐南礼去了庄园的茶亭，黎俏则跟着唐弋婷在周围散步。

"不是，你今年有什么想不开的，竟然跑来参加聚会？"唐弋婷带着黎俏来到旁边的玫瑰园，两人坐在秋千架上，有一搭没一搭地闲聊。

黎俏看着前方红似火的玫瑰花海，兴致缺缺地垂眸："见世面。"

唐弋婷满脸问号，您还用见世面？蓦地，唐弋婷想起之前听说的一件事，她神秘兮兮地拉着秋千架，往黎俏的面前凑了凑："我说……你该不会是来相亲的吧？"

"我需要？"黎俏扬眉反问，一脸莫名其妙地睨着唐弋婷。

见状，唐弋婷认真思索一番，如实回答："我知道你不需要，但别人不知道啊。俏俏，我跟你讲，咱这个聚会之前，我可听说了一件事。"

黎俏饶有兴致地从秋千架旁边摘了一朵玫瑰放在指尖捻玩："什么事？"

唐弋婷睇着她，随后小声说："这次的聚会，我先前听景家老二跟我说过一嘴，好像五大家族近来的关系有点紧张。所以那几个老家伙可能动了相亲联姻的念头，可能想以此来缓和关系，促进和睦。毕竟咱几家的小

337

辈年龄都差不多,这一次更是全员出动,能来的都来了。"

说完,唐弋婷煞有介事地望着黎俏,那眼神好像在说:"连你都来了,相亲联姻的事没跑。"

"相亲?"黎俏玩味地捻着玫瑰花,葱白的指尖缓缓揪下来一片花瓣,"啧,难怪……"她就说父亲所谓"铺路"的说法未免显得牵强。再结合母亲的那句"多和青年才俊交流",一切都说得通了。

唐弋婷见黎俏眉眼沉沉,怕她多想,又连忙解释:"其实我也只是猜测而已,但是今年确实和往年有所不同。我们五大家族的小辈基本上都认识,你想想,如果是联姻的话,能联的早就联了,何必等到今天。可只有你……是唯一一个陌生面孔。"也是五大家族里最神秘的首富千金。

话说到这份上,即便黎俏再迟钝也能想明白让她来的目的。况且,她本就心有疑虑,经过唐弋婷的阐述,愈发印证了自己的判断。五大家族之间,联姻确实是个铺路稳固关系的好办法。只可惜,她并不需要。

……

约莫过了二十分钟,庄园大门缓缓关闭。所有五大家族的家族成员悉数到齐,这场每年一度的内部聚会也正式拉开了序幕。

临近中午,散落在各处的小辈纷纷向后院的露天餐厅走去。

唐弋婷钩着黎俏的臂弯,边走边向她介绍:"你看,就那个穿着水蓝色西装的人,跟我关系最好,景家老二景瑞安,等一会找个机会,我介绍你们认识。"相比低调的黎俏,唐弋婷每年都会参加聚会,和五大家族的成员也比较熟悉。

黎俏淡淡扫了眼景瑞安,长什么样子倒是没记住,但那身西装确实挺吸睛,像一枝行走的蓝色妖姬。

"还有那个,季家大少爷,旁边的是权家小少……"唐弋婷兴致勃勃地给黎俏介绍各家的成员,振振有词地嘀咕,"俏俏你可小心点,刚才权家和景家的姑娘好像在背后讨论你。那几个人,平时凑在一块就知道互相攀比,你记得别理她们。"

唐弋婷没听见黎俏的回应,扭头一看,这位首富千金拿着手机边走边玩消消乐呢。

庄园露天餐厅。一排白色帐篷下,铺着桌巾的长方形餐桌足以容纳三十人就餐。帐篷外的四周摆着自助餐台,多名服务人员穿梭忙碌,场面安静且有序。

此时，随着黎俏出现在餐厅附近，不少人的目光都在她身上流连而过。窃窃私语声也渐渐多了起来。

"她就是黎叔叔家的黎俏？"

"应该是吧，这么多年可真低调啊。"

"低调？我看怎么有点寒酸，参加这种场合，居然穿休闲装，好歹也穿个小礼裙才合适吧。"

几个二十多岁的豪门千金凑在一起，对着黎俏品头论足。

另一边，几位青年才俊也同样在打量黎俏。

这时，有人撞了下正在自助餐台拿香槟的景瑞安，低语道："瑞安，快看美女。"

景瑞安年约二十五，长相清隽斯文，一双狭长的丹凤眼流转间透着精明和疏离。对于美女这样的字眼，他似乎提不起什么兴致。他背对着黎俏的方向，端着香槟杯抿了一口，声线温润地调侃："有多美？"

身旁的男人是权家少爷，听到景瑞安的话，嗤笑道："肯定美得过你女神。"

一听这话，旁边的几个少爷纷纷投来讥诮的目光。和景瑞安熟悉的几个朋友，都知道他有个心心念念的女神。但是几年下来，从来没人见过。偏偏景瑞安非要把对方形容得天上有地下无，搞得大家都心痒难耐，又见不到真人。时间一长，大家就猜测景瑞安很可能得了妄想症。

"瑞安，别想你的女神了，今儿这位我觉得可以入手。好歹是黎叔家的千金，要是能把她拿下，那未来可期了。"

随着几人的调侃戏谑，景瑞安举杯抿着香槟扭头，不甚在意地朝着黎俏走来的方向看了一眼，一瞬间便惊愕地愣住了。

有多惊讶？连嘴巴都忘了合上，香槟酒顺着他的下巴流淌而出，洒了胸前满身。

见状，其他几个青年笑得不怀好意："瑞安，怎么样？是不是比你女神还漂亮？"

五大家族，向来不缺美女。权钱世家，几代传承下来的优良基因，造就了小辈们姣好的面容和身段。但黎俏不一样，没有华衣美服的点缀，简简单单的黑色休闲装，偏生在一众光鲜亮丽的千金里脱颖而出。

此刻，景瑞安这样的反应，令身边的朋友不胜唏嘘。黎家千金一出，果然够轰动，连景家二少这棵铁树都要开花了。

这时候，景瑞安完全忘了反应，呆滞地望着黎俏，直到胸前的衬衫被香槟浸湿，他才堪堪回过神。下一秒，他恍恍惚惚地将香槟杯丢到桌上，步履急切地朝着黎俏走去。是她！三年了，终于找到她了。

与此同时，唐弋婷正拉着黎俏在自助餐台选餐，余光一扫就见一道蓝色的身影由远及近。

她狐疑地扭过头，看到景瑞安，笑了："小安子，过来过来，我给你介绍……"

唐弋婷话没说完，就瞅见景瑞安走到黎俏的跟前，顶着胸前狼狈的香槟酒渍，呼吸急促神色紧张地开口道："你、你好。"

黎俏端着餐盘，漫不经心地瞥他一眼，没什么表情地点了点头："你好。"

说罢，她就收回了视线，而景瑞安却双手紧绷在身侧，喉结滑动不停："我、你……我能不能……"

"小安子你干吗？"唐弋婷见景瑞安一副毛头小子的德行，白了他一眼，顺便上前挡住了黎俏。

唐弋婷从没见过他这么失态的一面。由于景瑞安冲动的行为，周围也有不少人在交头接耳地看热闹了。他们想看的不是景瑞安出丑，而是想知道黎俏的反应。会议前，五大家族意图联姻的消息不胫而走，但没人知道黎家千金会到场。而黎俏的出现，几乎在场的每个人都明白，相亲联姻大概是因她而起。

眼下，黎俏被唐弋婷挡在了身后，景瑞安只能从她的肩头看到黎俏噙满淡漠的脸颊。和记忆中一模一样。还是那么孤高清冷，举止漫不经心，又令人不敢靠近亵渎。

景瑞安额头冒出了虚汗，他永远都忘不了那年边境，就是她将自己从车祸中救出来的。他们当时有七个人，男男女女，恣意潇洒，活成了很多人都羡慕的样子。可惜他不知道她的名字，只知道边境很多人都当他们是信仰。他曾无数次往返边境和南洋两地，却再也找不到他们的身影。景瑞安做梦都没想到，曾经救过他的人，竟然会出现在五大家族的家族聚会上。

与此同时，露天餐厅的入口处，徐徐走来了五大家族的家主。五个中年男人，身边都伴着家族的主母。黎广明和段淑媛走在最中间的位置，身

他有十分甜 *340*

侧两旁分别是唐家唐南礼以及景家家主，队伍再往外则是权家和季家。从排位来看，黎家位于中心。

五大家族的家主出现后，将近十余名小辈全部来到跟前，整齐划一地颔首唤人。和风朗日下，黎俏站在人群后方，似乎没什么存在感。景瑞安想和她搭话，却碍于长辈在前，只能暂且作罢。

随着黎广明说了几句客套话，小辈们纷纷让行，家主们和夫人们相继入座，聚会也正式开餐。一张长形的餐桌，几乎座无虚席。

黎广明端起酒杯，视线掠过在场的众人，温和地说道："又一年聚会的日子，大家千万别拘束。你们这些孩子大多是我们看着长大的，里外都算是一家人。正好，今天把我们黎家的宝贝女儿黎俏也带来了，大家都见过认识了吧？"

众人纷纷点头，目光也顺势齐聚在神色平淡的黎俏身上。

这时候，黎广明意外发现老二黎彦不在场，他示意大家举杯的同时，侧首问段淑媛："老二呢？"

段淑媛一脸雍容地望着前方，语气却无比嫌弃："在跟庄园管事套近乎，想要三楼走廊里的那张壁画。"

黎广明想，这个该死的中间商。每年黎彦来参加聚会，都会顺走几幅画。就因为他，庄园别墅墙上的壁画，每隔一年都要换批新的，因为旧的全让他拿走倒卖了。

开餐后，桌前的氛围很祥和。各家成员的餐桌礼仪很得体，充分发挥食不言寝不语的规矩。

不多时，用餐过半，坐在黎广明对面的唐南礼放下刀叉，擦了下嘴角："今年，那位还是不会过来吧？"

五大家主的座位相互紧邻，听到唐南礼的询问，一旁的景家家主景恒升哂笑道："多少年了，年年都发请柬，人家什么时候来过？说到底就是看不上咱们五大家族在南洋的地位。"

这话，有些难听了。黎广明蹙了蹙眉，放下刀叉刚要说话，庄园的管事就一脸惊慌地从前院跑了过来："各位家主，快别吃了，你们怎么没说今天那位也会出席啊。"

衍皇集团那位来了？刹那间，餐桌前的五位家主不约而同地站了起来。在座的其他家族成员，也是一脸惊诧地面面相觑。衍皇那位……商少衍？

不是他们大惊小怪，实在是那位爷每年都会收到请柬，却从来都不出席。今年居然来了！

此时，以黎广明为首的五位家主纷纷下桌，跟着管事疾步走向了庄园大门。每个人行走途中都下意识地整理仪表，生怕怠慢了贵客。

"真的是商、商少衍吗？"

"是他，肯定是他，除了商少衍还有谁能让咱爸他们这么大阵仗地去迎接？"

"我好激动啊，商少衍居然来了。夕汐，你快看看，我的妆花没花。哦对，再把你的唇釉借我用用。"

一群心存幻想的千金小姐，连饭也不吃了，各个掏出化妆镜开始补妆。在场的家族小辈成员，共十五人，男七女八。

除了闷头吃饭的黎俏和唐弋婷，其他几个姑娘的喜悦之色溢于言表。并非卖弄风骚，而是出于对南洋商少衍这个男人的崇拜和爱慕。一个身份地位都凌驾在五大家族之上的男人，足以令人痴迷追崇。

这时候，唐弋婷咬着汤匙，歪头看了眼低头吃寿司的黎俏，小小声在她耳边问道："喂，你听到没有？"

"嗯。"黎俏依旧敛眉吃着东西，但仔细看便能发现她眉眼间的冷淡褪去了不少。

唐弋婷睨着黎俏从容的举止，好奇地又追问一句："你是不是早就知道商老大也会出席？"凭他们的关系，俏俏提前知道好像也无可厚非。

闻声，黎俏抿了抿嘴角，摇头："不知道。"她确实不知道，之前在公馆休养，商郁也根本没提过这事。

唐弋婷将信将疑地睨她一眼，总觉得这话不可信。

两人又窃窃私语了几句，露天餐厅的附近，五位家主去而复返：但现场的形势却发生了明显的变化。此刻，以黎广明为首的五位家主，簇拥着气场鲜明、身形伟岸的身影缓缓走来。

最中间的男人，一身英俊笔挺的墨色西装，胸前的口袋里露出一小块冷金色的方巾，行走间露出衣袖的那枚袖扣，和方巾颜色相互辉映。今天的商郁，以满身贵气的领袖姿态，走在南洋五位家主的身边，愈显得尊贵夺目。明明在场的都是人中龙凤，偏偏他的出现夺走了所有焦点。

长桌前，五大家族的成员悉数起身，各个凝视着商郁行注目礼。黎俏出于礼貌也跟着站了起来。但她没看商郁，一直低着头，而后者深邃的视线也仅在黎俏身上停留了半秒便移开。

"少衍，这边坐。"黎广明客套地邀请商郁上座，管事和服务生已经将餐盘全部换新。

商郁入座上首，修长的手指缓缓解开西装外套的纽扣，深邃凛冽的眸环顾四周，声音磁性又浑厚："让各位久等了。"

黎广明招呼其他人坐下，而后语气略显拘谨地笑道："不久不久，我们也刚刚开始。"

景家家主景恒升打量着姿态凌人的商郁，年纪轻轻却野性狂妄，偏生让人不敢小觑。他眼波一闪，颇有些谄媚地举起酒杯："贵客临门，只要您能过来，就是我们莫大的荣幸。"

商郁略略扫了眼景恒升，手指摩挲着水晶杯，薄唇微勾："往年比较忙，一直没抽出时间来参加诸位的聚会。今天恰好路过汤溪山，正巧顺道来看看，希望没打扰各位。"

这时，权家家主不甘人后，在商郁说完这句话后，立马急急地搭腔："怎么会打扰，您千万别这么客气。"

南洋五大家族的家主们在商郁面前，算不上卑躬屈膝，却各个小心谨慎地应付着。接下来，五人轮番给商郁敬酒，推杯换盏之际，不乏刻意讨好的意味。而流云和落雨并肩跨立、神情肃穆地站在商郁身后，也平白给众人心头增加了不少压力。

不多时，随着男人间的寒暄交流，桌上的千金们好几个都含羞带怯地偷觑着商郁。那张棱角分明的冷峻轮廓，英俊得令人看一眼就恨不得芳心暗许。至于其他少爷，面对商郁的强大气场，则正襟危坐，不敢造次。但仍旧有心存侥幸的少爷，视线隐晦地打量黎俏。以景瑞安为最。

不到半小时，用餐结束，安静的长桌前却没人离场，各个稳坐如山。

商郁单手拢了拢西装衣袖，慵懒地抬眸看向众人："都不用拘束，你们随意。"

话音落定，五位家主目光交会，黎广明顺势对小辈们挥了挥手："行了，既然吃完饭了，你们自由活动吧。我们下午要开会，就不管你们了。"

说完，现场一片安静。但几秒后，景瑞安带头站了起来。有一就有二，紧接着其他人也陆续离场。

此时，黎俏叠腿靠着椅背，眼睑微抬，看了眼磨磨蹭蹭不愿离开的几位千金小姐。她扯了扯唇，也打算离场。今天这种场合，不适合跟商郁走得太近。

然而，黎俏刚要起身，前方落座的男人手指交叉摊在桌上，挺拔的身躯微微前倾，望着她骤然开口道："黎小姐，有空么？"

"黎小姐！"这是黎俏第一次从商郁的口中听到这般称呼。

商郁主动搭腔，引得其他女子或失望或审视地看向黎俏，每个人的表情都很精彩。还没离席的公子哥也诧异地扭头，对于黎俏的好奇只增不减。连南洋商少衍都主动和她说话，这姑娘的吸引力这么大吗？同时，包括黎广明和段淑媛在内的几位家主和主母也一脸诧然。

这时候，黎俏缓下起身的动作，和商郁四目相对，微微一笑："有空，衍爷有何吩咐？"

商郁互相交叉的手指晃了晃，沉沉的嗓音仿佛还带着美酒的醇香："一直听说汤溪山风景不错，想邀请黎小姐带我参观参观，如何？"

"衍、衍爷，其实黎俏她也是第一次来，对这里根本不熟悉，不如……"景家千金景月安不待黎俏开口，就嗓音甜腻地先声夺人。与此同时，景月安身边的几个女子也煞有介事地点头，黎俏也是初来乍到，她有什么资格带着衍爷参观？

偏偏，景月安的话还没说完，商郁轻扬的嘴角便微微下坠，浓眉蹙起斜睨着她："我在问黎小姐。"

景月安被商郁的眼神骇住，白着脸，难堪地咬住了嘴角。果然，一点也不绅士……

景恒升更是神色一慌，生怕自己的小女儿惹怒了商郁，连忙使眼色让她闭嘴。

这时，段淑媛在桌下隐晦地踹了黎广明一脚，后者回过神，故作镇定地对商郁说道："俏俏确实对这里不熟悉，要是您想逛逛，不如我安排……"

话音未落，商郁面露不悦地抿起了薄唇，指尖在桌面上轻叩了两下："黎小姐？"他在等黎俏的回应。

黎广明闭了嘴，眼神看向黎俏，也不好再多说什么。

见状，黎俏嘴角挂着一丝不明显的浅笑，看了景月安两眼，手指撑着桌沿站了起来，轻描淡写地回道："这么小的庄园，就算不熟悉也能做好向导。

衍爷，请。"

景月安想，这将近好几十亩的占地面积，在她嘴里居然成了小庄园？

不多时，商郁慢条斯理地起身，对着黎广明等人点头示意后，绕过桌角步履沉稳地走向她，嗓音醇厚地抿唇："辛苦。"

黎俏望着男人趋近的身影，眼底隐含笑，垂眸附和："您客气了。"

然后，桌边的众人目瞪口呆地望着他们离开。隐约间，还能听见两人特别自然从容的交谈声。

商郁问："以前见过更大的庄园？"

黎俏双手插兜，目视前方点头道："嗯，见过，一座占地百亩的山中公馆。"

商郁似乎很满意，语气高深含笑："听起来，似乎不错。"

黎俏瞥着他："衍爷若是喜欢，有空带你去参观。"

两人渐行渐远，交谈声也随风飘散。可是，众人却满脸狐疑，有一种难以言说的诡异感觉。为什么……他们会觉得南洋商少衍对黎俏格外宽厚偏爱？甚至让人产生了他在刻意接近黎俏的错觉。怎么会呢？他可是南洋商少衍，野性独裁，暴戾偏执，竟然也会对黎俏产生兴趣？

错觉，一定是错觉，黎广明如是想。

另一边，庄园前方的玫瑰花海。此刻，黎俏坐在秋千架上，身后站着商郁。流云和落雨则杵在十几米外把守，任何人禁止靠近。

一阵清爽的山风拂过，带起阵阵扑鼻的玫瑰香。

黎俏双手拉着秋千绳，脚尖在地面上时而蹭一下，余光扫到男人的身影，撇嘴："你怎么没说也要来参加聚会？"

商郁温厚的掌心落在她头顶揉了揉，深邃的眼底有笑意掠过："本没打算来，恰好路过。"

说得这么冠冕堂皇？她不信。黎俏抓着绳子往后面仰身，恰好就抵在男人的腰腹处，扬唇戏谑："汤溪山和南洋山一东一西，你路过得真巧妙啊。"

商郁垂眸看着她的小脑袋，俯下身在她额头亲了一下："黎小姐打算什么时候带我去参观庄园？"

黎俏仰了仰头，顺势下了秋千，环顾四周，恰好瞧见花海深处有个歇脚的休息亭，她随手一指："那走吧，先带你去参观玫瑰花。"

途中，商郁单手插兜，另一手则牵着黎俏，随着深入花海，周围的玫瑰香愈发浓烈扑鼻。

"喜欢玫瑰？"商郁睇着黎俏从小径旁摘下的玫瑰花，目光幽深，若有所思。

黎俏将玫瑰花送到鼻端嗅了嗅，摇头："一般般，太俗气。"

说话间，两人来到了休息凉亭，周围被红彤彤的玫瑰海环绕，风景浪漫又唯美。亭内摆着布艺沙发和矮几，黎俏拉着商郁入座，舒服地喟叹了一声："这个参观地点，可还满意？"

商郁臂弯搭着椅背，侧身看着黎俏满脸享受的模样："嗯，还不错。"

闻声，黎俏挑着眉尾掀开眼角，刚转过头，脸颊就被捧住，随即男人身上强烈的气息扑面而来。花海深处，两抹黑色的身影在布艺沙发上相拥热吻。黎俏堪堪回应着，手指蜷缩着揪紧了他肩头的布料。

也许是两人太投入，也或许是布艺沙发太柔软，黎俏腰一颤，身子就不受控制地往后倒去。男人也就那么顺势地压在了她的身上。这个姿势，前所未有！

鼻息中灌满了他身上的乌木香，浓烈到盖过了所有的花香。黎俏脸红了，男人挺拔的体魄压着她，过于亲昵贴近，有些动情的迹象也表露无遗。

人比花娇。商郁依旧压着她，埋首在她的脖颈间轻轻啄吻。男人的唇微凉，每一下都让黎俏瑟缩，浑身都被一股陌生的情愫所笼罩。他在平复呼吸，她亦然。

不一会，商郁半撑着身子，俯视着那张明媚娇艳的脸颊。这个动作也让男人额前垂下了几缕碎发，愈显得性感野性。

"在想什么？"商郁居高临下地看着黎俏，眼底深处有炽烈的火光。

黎俏用指尖戳了戳他的胸膛，有些无力地说道："我在想……你什么时候起来，我快喘不过气了。"

商郁薄唇上扬，浑厚的笑声随即从他喉间溢出。他拉着黎俏的手腕将人拽起来，以掌心轻轻擦拭她的红唇，而后仰头靠在了柔软的沙发中，长舒了一口气。

这时，不远处的流云正朝着休息亭走来。

他走得慢极了，三步一停，五步一顿，偶尔还伸长脖子往亭里张望几眼。

流云都服了！怎么总是让他撞破这对鸳鸯共情的时刻？他也不想来打扰，但是庄园管事刚过来通报，说是下午的内部会议要开始了，五位家主

他有十分甜

都在庄园大厅等着衍爷去参会。

好在，随着距离越来越近，流云看到他们家老大和黎小姐都稳稳当当地坐在沙发上，满腹牢骚也退去了一半。刚才明明看见两人躺下了，可能大概也许……眼花了吧。

几秒后，流云站在休息亭外，朗声道："老大，会议要开始了。"

商郁仰头枕着沙发的靠背，半阖着眸舒展筋骨，嗓音微哑地应声："嗯。"

黎俏坐在沙发另一侧，红着脸，目光有点飘。

商郁起身，拢了拢笔挺的西装外套，看着黎俏那张艳红似火的脸颊，抬起她的下颌俯身又吮了她一下，沉哑的声线洒在她耳畔："我去开会，你乖一点。"

黎俏下意识点头，脑海中却在想，她什么时候不乖了？这话有歧义。

没一会，商郁顾长的身影渐行渐远，黎俏整个人脱力般窝在沙发里，随着微风拂来，浑身酥麻的感觉才减轻些许。

下午两点半，黎俏慢悠悠地晃出玫瑰园。虽然休整了很久，但她的嘴唇依旧带着红肿未消的艳色。

唐弋婷大老远就看见了她，也顾不得和景瑞安追问细节，提着裙摆就跑向黎俏："俏俏，你干吗去了？"人家大佬都进去开会半个小时了。

而黎俏出现的同时，周围其他的男男女女也纷纷注视着她。他们都在猜测，她和南洋商少衍走进花海之后，到底都干了什么？

此刻，黎俏无视周遭的打量，屈起骨节无意识地擦过嘴角，淡声道："散步。"

唐弋婷往她身后看了看，也没当回事，钩着她的臂弯就促狭着打趣："俏俏，你跟我说实话，你是怎么和景老二认识的？"

"谁？"黎俏茫然地眯了眯眸，稍加思索才想起来，哦，那枝蓝色妖姬景瑞安，"我认识他？"

唐弋婷一脸郑重地点头："对啊，快说，你俩是不是有事瞒着我？"

她幽幽挑了下眉梢，语气特别平静："没有，不认识。"南洋城里，她见过的人不少，熟识的人却少之又少。更别提景瑞安那张没什么辨识度的大众脸，她即便以前见过，也未必能记住。

这时，唐弋婷敛去玩闹的神色，仔细观察黎俏的表情，小心试探："真不认识啊？"她了解俏俏，说一不二，且从来不说谎。见她这般表现，唐弋婷一脸扫兴地叹了口气："嗨，我还以为能有什么八卦消息呢，结果……完全是景老二在自嗨,那估计他是认错人了吧。"

黎俏对于别人的事向来不在意,她撇撇唇,目光落在前方的古堡建筑上:"他们已经进去开会了?"

唐弋婷挽着她,边走边朝着前方伸手:"嗯,就那排弧形格栅窗的会议室,都在里面呢。"

黎俏漫不经心地扫了一眼,而后就打算找个地方待一会。

与此同时,古堡一层会议厅。棕色圆弧形的会议桌前,商郁身在上首,其余五位家主则分坐两边。他们每人面前都摆着特制的电脑,前方投屏荧幕播放着市场金融走势图。

黎广明手里拿着激光笔,在屏幕上晃了晃:"这是我们评估的行业聚焦,根据分析,今年上半年的整体投资走势大概是快消和低风险的领域……"

这番简明扼要的讲解,众人听得很仔细。

此时,商郁靠着老板椅,手指滑动着电脑触摸板,轮廓深邃的五官神色很淡,令人无法揣测他真实的想法。衍皇集团的产业布局横跨各个领域,不管是新兴还是传统行业都有涉及,近乎大半的本土经济命脉全都掌握在这个男人的手里。所以,各位家主心知肚明,只要盯紧衍皇集团的发展动向,再谋定出手,必定会赚得盆满钵满。

不多时,黎广明结束了他的财年分析,端起桌上的茶杯润了润喉:"各位对于这份报告有什么看法吗?"

话音落下,会议室无人开腔,剩余四位家主的目光不约而同地看向了商郁,每个人的眼神中也不乏期待。若是今天商郁能够给出一些建议或者方向,未来一年或者几年,五大家族背后的金融机构绝对能稳赚不赔。

见此情景,黎广明也投去视线,可这般严肃的场合下,商郁却紧抿薄唇一言不发地望着窗外,淡淡隆起的眉心也泛着一丝不悦。

黎广明和其他几人交换视线,随即也隐晦地扭头,打算看到底有什么。

午后的阳光浓烈而温暖,照射在玻璃上微微有些刺目。

黎广明蹙眉眯眸,仔细定神后才看清了窗外的一幕。

此时此刻,一窗之隔,他宝贝女儿黎俏跟景家老二正站在古堡前的喷泉池边,低声聊着什么。两人距离不远不近,但景瑞安似乎很紧张,双手握拳绷在身侧,一双眸子炯炯地盯着黎俏。说话间,他甚至还不自禁地往黎俏面前倾身,表现得迫切又急促。

黎广明此时也满腹疑虑,他闺女和景瑞安在聊什么?

而坐在他身侧的景家主景恒升,不免欣慰地拍了拍老大哥的肩膀,往他身边靠了靠,低声笑道:"老黎,你看他俩有戏吗?"

景瑞安是景家这一代最出色的小辈。从小到大基本上都按照家族继承人的方向在努力培养。如今看来,颇见成效啊。若是景瑞安能和黎俏持续发展,那景家的未来必是一片光明。

黎广明看了眼景恒升,抿着唇没作答。虽然这场聚会他确实有意让黎俏多认识些青年才俊,可是亲眼看到宝贝闺女和景瑞安站在一起,又那么碍眼不般配。没错,景家出色的景瑞安,在黎广明眼里,怎么看都配不上黎俏!

景恒升还在暗自窃喜,其他人也各怀心事地凝望着。

可房间里的气氛,不知何时突然变了。明明外面阳光晴好,偏偏室内压抑沉闷,浓浓的窒息感萦绕在四周,莫名让人不寒而栗。

……

喷泉池边,黎俏神色淡淡地看着景瑞安,听完他结结巴巴的叙述,眸中闪过了然:"你的意思是,在边境见过我?"

景瑞安头上有汗,太过激动的情绪导致他面部肌肉微微抽搐:"没错。当初救我的人,就是你,对不对?"

魂牵梦绕三年多的姑娘,就在眼前,他根本无法保持冷静。

黎俏目光平静淡冷,睇着景瑞安欣喜若狂的表情,语调微懒:"你认错人了。"边境的事,她从没打算拿到人前来说。没想到,景瑞安居然是三年前被救的群众之一,确实令人出乎意料。说完,黎俏错开一步,便打算离开喷泉池。

偏偏景瑞安不肯死心,他情急之下企图伸手拉住黎俏的臂弯,语气急切地呼唤:"黎小姐……"但,他的指尖还没碰到黎俏的衣袖,就被她动作灵活地躲开了拉扯。

黎俏微微蹙眉,望着景瑞安,神色略显不耐。施救者从没想过挟恩求报,偏偏被救者总想感恩戴德。

景瑞安对黎俏有着长达三年的执念,哪怕她冷漠以对,也根本无法浇灭他内心的狂喜和亢奋。他胸膛起伏的频率有些快,双手攥拳,灼灼地看着黎俏淡漠却精致的脸颊,完全不懂收敛地问道:"黎小姐,我没别的意思,只是想感谢你当年的救命之恩。我……我找了你很久,做梦都希望能再遇见你。"也喜欢你很久了。最后一句话,景瑞安没敢直言出口,害怕唐突了恩人。

这时,黎俏淡淡地摇头:"不用。"说罢黎俏转身就走。

闻此,景瑞安大喜过望,嗓门也大了许多:"黎小姐,就是你,当年就是你在边境救我……"

话音未落,黎俏幽幽扭头看着他,眼神里的躁意翻涌:"我说过,你认错人了。"

见黎俏隐约有动怒的迹象,景瑞安晃了晃神,连忙压低嗓音道:"黎小姐,你放心,边境的事我从来没和别人说过。所以,能不能赏脸让我请你吃个饭?"

面对景瑞安这般纠缠不休,黎俏的耐心已然告罄,她一字一顿:"不、能。"

"那……那能不能把你的电话给我?"景瑞安还在喋喋不休。

此刻,黎俏有点压不住火了。但凡知道他这么难缠,当年还不如不救他。

"黎小姐。"恰在此时,流云沉稳的声线自两人身后传来。

黎俏面无表情地回眸,一脸冷漠。

流云肝颤了一下,加快步伐来到了两人跟前,并且很隐晦地挡住了景瑞安:"黎小姐,老大有请。"

闻声,黎俏眉眼间的躁意收敛了几分,顺势看向前方的会议厅格栅窗,才发现里面已经没有人了。

黎俏没言语,淡淡地点头,朝着身前昂下巴,示意流云带路。

景瑞安神情恍惚,捕捉到流云那满含警告的眼神,不由得心下一紧,愣住了。

黎俏和流云走后,景瑞安杵在原地很久很久,直到肩头被人重重拍了拍,他才茫然地转过头。

"瑞安,怎么样?我看你俩纠缠了一路,搞没搞定?"此时,权家少爷不怀好意地打趣,身后还站着相貌出众的季家大少。

景瑞安不喜欢他的用词,皱眉摇头,失魂落魄地走了。

而不远处的草坪附近,几个千金小姐也看到了这一幕,各个面带讥讽地说风凉话:"这个黎俏胃口还真是大,先是勾搭了衍爷,现在又对景老二欲拒还迎。难怪黎叔把她藏这么久,看来是尽心'栽培'过吧。"这番酸溜溜的话,很不中听。

"俏俏有没有受到过栽培那不是重点,重点是……你们在人家背后说三道四,家教都让狗吃了?"这话,是唐弋婷隔空砸来的讽刺,她身边则站着面色阴沉的黎彦。他不过就是去挑了几幅画而已,怎么一回来就听见这么多人议论他妹妹?

黎彦虽然穿着一身休闲装,但冷着脸的神态也同样让人发憷。此刻,他单手插兜,和唐弋婷徐步走来,途经那群千金小姐的身边,冷瞥一眼,连击质问:"我妹妹的身份,还需要对男人欲拒还迎?你们眼瞎?看不见是景瑞安纠缠她?什么叫栽培?你们这么了解,要不要给我讲讲?"这位靠倒卖名画立足于南洋的艺术巨商,口才绝不是盖的。

几位千金被黎彦一顿数落,各个面如土色、不敢吭声。五大家族的成员都知道,黎家的几个哥哥对唯一的妹妹那是无底线地纵容宠爱。确实是她们背后说闲话,面对黎彦的挖苦更是不敢再轻易触他霉头。

唐弋婷虎着一张脸,轻蔑地嘲讽道:"吃不到葡萄说葡萄酸。我要是衍爷,我也选择俏俏,毕竟……谁会喜欢背后嚼舌根的长舌妇?!"

千金们想反驳唐弋婷,又碍于黎彦在场,也只能有口难言了。

另一边,黎俏跟着流云走进古堡别墅,迈上台阶的刹那,她看了眼周围站岗的保镖,低头捻着指尖问道:"开完会了?"

流云稍稍慢下脚步,颔首道:"还没有,临时休息茶歇。"

会议还不到一个小时,这么快就安排了茶歇?黎俏懒懒地点了点头,很快就和流云来到了茶室。

甘冽四溢的茶香从门缝溢出,黎俏徐步走进去,抬眸就看到了伫在明窗前的男人。二十多平米的茶室,只有他一个人。

流云顺手关门,黎俏回眸看了一眼,扯着唇走向窗口:"怎么突然中场休息了?"

商郁单手抄着裤袋背对着她,往窗台的烟灰缸里弹了下烟灰,含着烟的音色略显沙哑:"女朋友被人纠缠,我总不能坐视不理。"

黎俏步伐一顿,眨了眨眼,顿时失笑:"你看见了?"难怪会议中途停止,流云又在景瑞安紧追不舍之际恰好出现,原来都是他的手笔。

此时,商郁眯了眯眸,偏头睨着黎俏走来的身影,高深莫测地弯唇:"他想做什么?"

黎俏双手环胸倚着窗台,有些怅然地叹了口气:"可能是想……感谢救命之恩吧。"

商郁深邃的眸底惊现玩味，侧身随意地交叠长腿，睇着黎俏："什么时候救过他？"

"三年前，边境。"黎俏烦闷地摸了摸眉梢，视线落在他手中忽明忽灭的烟头上，"当时人很多，场面又乱又杂，就是顺手施救而已。"

商郁看着女孩略显焦躁的眉眼，食指抬起她弧形完美的下巴，唇边带笑："需要帮你解决么？"

闻声，黎俏淡淡地摇头，借势将脸颊的重量都放在了他的掌心中："不用，他小题大做，这点事不用你出手。"景瑞安没有恶意，大概就是多年来沉浸在自己被救的恩情里无法自拔吧。

十分钟后，黎俏走出茶室。走廊外的流云和落雨一左一右地静立，看到她出来，两人纷纷颔首："黎小姐。"

黎俏敛眉应声，迈着慵懒的步子和他们错身而过。

流云望着她的背影，下意识地抿了下嘴角。黎小姐的嘴唇，好像肿了。

这边，黎俏纤细的身影不紧不慢地晃出了古堡别墅，身后一道暗影浮来，她扭头，就瞧见落雨正跟在她两米之外。

"黎小姐，我陪您。"落雨的面孔被阳光柔和了硬朗的线条，语气满含恭敬。

黎俏扬了扬眉，并未拒绝。这样的安排八成也是商郁授意的，有落雨在她身边，那些富家公子就算想靠近她，也要掂量自己扛不扛揍。

如此，一整个下午，黎俏难得清闲地在庄园周围逛了一圈。平平无奇，除了那片玫瑰花海，还真没什么值得流连的美景。和南洋公馆差了不止一个档次。

四个小时后，傍晚来临。天色渐晚，汤溪山的上空笼罩着一层疏薄的暮云。

庄园私宴厅，服务人员正如火如荼地准备着开餐事宜。

不到七点，内部碰头会议结束。五位家主跟在商郁身后徐步来到私宴厅，虽然长时间的开会让他们面色皆有疲态，但每个人的眼里凝聚着兴奋和激动。大抵是因为商少衍特意为他们打开了绿色通道，将未来一年的产业部署都做了非常详尽的指点。因此，五大家族只要按照他给出的规划路线稳步发展，家族产业必定蒸蒸日上。

而几位当家的主母,也适时敲着肩膀从二楼的棋牌室并肩下楼。打了一下午牌,都挺累的。

晚宴开餐,众人的座位依旧按照中午的次序排列入座。华贵的餐盘和精美的食物摆在面前,引人食指大动。

此刻,黎彦正坐在黎俏的身边剥虾,偶尔抬眸看一眼对面的几位千金,眼神中不免流露出暗涌的冷光。

"她们惹你了?"黎俏意外捕捉到黎彦的神色,漫不经心地询问了一句。

黎彦将剥好的虾放在黎俏餐盘里,拿着餐巾擦了擦手,哼了声:"没有,单纯看她们不爽。"

黎俏想,这话听着很耳熟,她以前好像也说过。

黎俏慢条斯理地吃着虾,对此不以为意。

这时,坐在她身畔的唐弋婷,闻声就凑过来告状:"俏俏,她们在背后议论你来着,我和二哥把她们教训了一顿。"

黎俏抿唇咀嚼着食物,少顷,点了点头:"哦,说我什么了?"

"小唐!"黎彦对着唐弋婷低呼一声,蹙着眉似乎不想她多说。那些难听的话,容易脏了他妹妹的耳朵。

然后,唐弋婷对着黎彦比了个 OK 的手势,下一秒就滔滔不绝地把事情经过陈述了一遍。

黎彦想,她这是什么脑回路?

此刻,黎俏似笑非笑地看了眼景月安,语调懒懒地说:"虽然没什么脑子,但第一句话她倒是没说错。"

唐弋婷还在回忆她第一句话说了什么,而黎彦直接打翻了手里的酒杯,杯盘清脆的撞击声顿时吸引了全场的注意。

服务员立刻过来为他整理,黎彦则故作冷静地对着大家歉意颔首:"抱歉,手滑。"他刚才听见了什么?待服务员更换完新的餐盘和桌巾,场面也恢复了先前的融洽,黎彦这才压低声音,问黎俏:"什么叫第一句话没说错?你给我解释解释。"

唐弋婷的第一句话是:"景月安说你勾搭了衍爷……"

黎俏目光平静地看着她二哥:"解释什么?"

黎彦倒吸一口冷气,歪着身子咕哝:"你不会真勾搭他了吧?"他突然想起来,前段时间她说要去衍皇集团实习。当时他死都不同意,后来……好像被一幅《蛙声十里》给策反了。但是最近听爸妈说，俏俏明明在实验室做研究，又怎么会有时间去勾搭商少衍？

就在黎彦百思不得其解的时候，黎俏戳着一块虾肉送到嘴里，吃完才慢悠悠地说："确切地讲，双向奔赴更合适。"

黎彦呼吸都停了。你跟一个大魔头双向奔赴还挺自豪？

蓦地，黎彦坐直了身子，隔着餐桌看向了最上首的商郁。所以，这位在南洋呼风唤雨的男人，在神不知鬼不觉中，染指了他家妹妹？

大概是黎彦晦涩又愤怒的眼神太强烈，商郁抿了口红酒，暗幽凛冽的眸不偏不倚地落在了他身上。

黎彦心头一骇，连忙端酒对着商郁举杯示意，嘴里还煞有介事地叨叨："祝世界和平。"

出息。黎俏扶额，挺无奈的。

夜里九点，晚宴结束。黎俏还没走出私宴厅，就直接被黎彦拉着走出了古堡别墅。

后院内景湖边，几道昏黄的地灯闪耀着朦胧的光。黎彦脸色凝重地望着黎俏，极其郑重地问道："俏俏，刚才在私宴厅里……"

"嗯，真的。"黎俏无比坦然地承认了她和商郁的关系，"还没有公开，二哥记得保密。"

黎三前阵子就已经知道了。现在黎二这道关也要过了。下一步就是攻略大哥。最后，是爸妈。黎俏兀自思忖，不由自主地抿唇点头，嗯，循序渐进，不冒失，完美。

这时，黎彦难以置信地看着黎俏，脚跟狠狠碾着地面："你没开玩笑？俏俏，你跟二哥说实话，他是不是强迫你了？你别怕，有什么说什么，二哥给你做主。"

这时，黎俏抬着眼皮看他，拧眉淡声道："你想多了。"

黎彦摆明了不信，向前一步，双手撑着黎俏的肩膀，痛心疾首地三连问："妹啊，这不是我想多了。那我来问你，你了解商少衍吗？你清楚他的为人吗？你听没听过他在南洋的种种事迹？"

黎俏无奈地扯唇，挑了下眉梢，反问："所以？"

黎彦立马一本正经地说道："所以，你不能和他在一起，这太危险了。"

"哦。"黎俏抬腿踢了一下湖边的石子，望着湖面上泛起的涟漪，幽幽一笑,"但他会是你未来妹夫。"

"不是,俏俏……"黎彦还想再劝说几句,但黎俏已经后退转身,步伐懒散地沿着原路返回。

"晚安。"黎俏背对着他挥手,声音听起来带着点笑。

黎彦傻愣愣地杵在原地,揪了揪自己的头发,这还能睡觉吗?不行,他得给黎三打个电话。整个黎家,唯一能和商少衍抗衡的人,只有黎三。

黎彦从兜里摸出手机,匆匆拨了电话。

接通后,他语气急切地将事情阐述了一遍,连气都没喘匀。

然后,手机那端,就听见一阵风声呼啸而过,随即传来黎三沉冷的口吻:"嗯,我知道,挂了。"

嗯?就、就完了?黎三你能不能走点心?

其实,这会远在边境的黎三也很烦躁。他前阵子就知道俏俏和商少衍在一起的事了。奈何……最近边境生意繁忙,事情多到走不开。他心有余而力不足。黎三冷脸望着夜幕,攥了攥拳头,该死的商少衍,这事没完。

与此同时,黎俏从后院内景湖折回到别墅,管事的便吩咐服务员带她回房休息。三楼共有八个套房,环境典雅且安静舒适。黎俏的房间被安排在黎家夫妇的隔壁,走进房门,一股淡淡的清香氤氲在每个角落。绕过玄关,客厅前方是弧形落地窗,隐约还能看到窗外的露天阳台。

黎俏走上前,推开窗的刹那,一阵沁凉的夜风扑面,温度比白天低了不少。她拢了拢衣领,弯腰撑着栏杆,目光悠远地眺望着夜色中的汤溪山。

这时,一阵清浅的交谈声从隔壁传来。黎俏扭头看向右边,发现是隔壁阳台的落地窗半敞着,谈话声是从客厅里飘出来的。她挑眉又往左边的阳台看了看,那边是爸妈的房间,右边这间是谁的?

正想着,黎俏陡地听见了一个熟悉的名字。商芙。夜色的古堡周围很安静,黎俏几乎不用仔细分辨就很快认出了谈话的二人是流云和落雨。

此时,伴随着丝丝缕缕飘荡而出的薄烟,谈话声也渐渐清晰起来。

"商芙没那么大的胆子,这是南洋,她不敢轻举妄动。"这话是流云说的,语气很平淡,却又夹杂着显见的自信。

这时,落雨吹了口气,似乎是在吐烟:"话是这么说,但难保她不会搞小动作。最近几天她频繁出现在城南,你觉得她是去逛街的?"

安静了一会,流云的声音再次响起:"你怀疑她去找了城南屠安良?"

"说不好。"落雨嗒了口烟,"黎小姐和屠安良发生过不愉快,这件事我们没有做任何处理和隐藏,商芙在南洋虽然没什么背景,但肯为她卖命的人多不胜数……"

话说到此处,落雨突然闭了嘴,紧接着两人便异口同声地唤道:"老大。"

商郁回来了。

黎俏听到流云和落雨的呼唤,弯了弯唇,随后便踱步回了房间。如果商芙真的选择和屠安良联手,那倒是要令人失望了。这位传言心狠手辣的商大姐,似乎并没有期待中的那么聪慧过人呢。

第15章 有生之年系列

一夜好梦。

第二天午后,这场五大家族的内部聚会也临近尾声。

这时,黎俏和黎彦从别墅走出来,刚路过门廊,就瞧见不远处的草坪附近,商郁和黎广明并肩走来。黎俏脚步顿了顿,和商郁隔空对视。而黎彦则暗暗瞪了商郁一眼,又不敢表现得太直白,只能翻着眼皮望天。不多时,在黎广明的目送下,商郁转身朝着庄园门外走去。

见到这一幕,黎彦下意识松了一口气,看着迎面走来的黎广明问道:"爸,他走了?"

"嗯,说是有事,所以先回去了。"黎广明温声回答,沉稳的脸颊上却噙着盖不住的笑意。

黎彦盯着商郁的背影,狠狠剜了几眼,扭过头就撞上了黎俏凉凉的眼神,他攥拳抵着唇边咳了一声:"那……咱也走吧。"

黎广明看了看庄园大门的方向,顺势拍了黎俏的肩膀,面色和蔼:"闺女,你和老二先上车,我去和那几个老伙计打声招呼,去去就来。"说罢,黎广明就步伐轻快地进了别墅,任谁都看得出,他心情格外飞扬。

不一会儿,兄妹俩先行上车,庄园大门附近依次停着其他几家的车队。

关上车门,黎彦觑着前排的司机,朝着窗外努努嘴:"刘叔,你下去抽根烟,我和俏俏谈点事。"

"欸,好嘞,二少。"

司机刘叔下车后,黎彦侧身看着黎俏,口吻郑重:"俏俏,你和他的关系,除了我和老三,还有别人知道吗?"

此刻黎俏正低头看着手机屏幕，似乎在和什么人发着微信。她斜斜地瞥了黎彦一眼，摇头："没有。"剩余知道这件事的，大部分都是商郁的心腹。

闻声，黎彦舒了口气，单腿屈膝贴在皮椅上，叮嘱："我不管你俩是真是假，但你听哥一句话，这事千万别告诉外人。"

黎俏按屏幕的动作停了停，见黎彦煞有介事的模样，蹙了蹙眉："我有什么必要告诉外人？"

"啧，话虽如此，但你以为你不说，别人就不会怀疑？你不了解商少衍，根本不知道和他在一起代表了什么。"

"哦。"黎俏不甚在意地应声，随即低头继续发微信。

黎彦见她一副油盐不进的态度，有点烦躁地搓了搓脑门："俏俏，二哥不是在吓唬你。别的不说，就另外那几个老家伙，昨天多次私下打听你和商少衍的关系，唐叔也来问过我。你想想，要是被他们知道你俩不一般，那在他们眼里你会成为他们以后接近商少衍的跳板。说白了，利用你、接近你、针对你的人会越来越多，后患无穷。"

商少衍是什么人？！他受到万人追捧的同时，也必会有人和他针锋相对。黎俏的存在，就是这些人利用的筹码。

黎俏默默地发完微信，仰头靠着椅背缓缓阖眸："随他们。"

黎彦说得口干舌燥，结果被黎俏这句话堵得哑口无言。行吧，反正有黎家护着，暂时也不会有人敢怎么样。

当天下午四点，黎家两辆车驶回了黎家别墅，黎俏则让司机直接送她回了实验室。

别墅下车时，黎广明一路哼着小曲儿进门，看得黎彦一愣一愣的。他压着心头的躁动，跟在黎广明身后，问道："爸，你在庄园和商少衍都聊什么了？"黎彦怀疑他爹是不是把俏俏给卖了。

闻声，黎广明眉目一簇，摆手："你个二手贩子，问这么多做什么？"

黎彦不解地看向了段淑媛，后者则笑吟吟地解释道："他啊，利益为先呗。听说那位单独和你爸谈了一笔生意，要和黎家建立医药合作工厂，利润分配四六开，你说你爸能不高兴吗？"

黎彦目瞪口呆，完了。他爹拿人手短了！黎彦还想追问几句，但段淑媛已经开始打电话订机票了，听说国外时装周又要开始了。

……

时间飞逝，转眼周三。黎俏从五大家族的聚会结束后，就再次投入实验室的研究当中。

这天傍晚五点，黎俏驱车从实验室出来，打算去医院探望外公。最近几天，实验室的研究进展有明显放缓的趋势，她也难得忙里偷闲。但车子刚开出两个路口，车载收音机里便传出路况播报："各位车主朋友，根据最新消息报道，南洋山附近山体发生轻微地壳活动，为防止发生意外，请大家尽量绕行……"

黎俏的车速缓了缓，看着前方路口的提示灯，打开转向就把车停在了辅路。她忖了忖，便给商郁打了个电话。半晌，无人接听。黎俏蹙眉，手指敲着方向盘，又打了一遍，结果亦然。在开会还是在应酬？

黎俏手指摩挲着屏幕，随即翻出流云的电话，打过去却传来对方关机的提示音。给落雨打了一遍，不在服务区。

黎俏想，所有人的电话都打不通，那就不是偶然了。

黎俏沉心静气，翻了翻手机通讯录，找到了衍皇集团一〇一前台助理的微信，她给对方发了条消息，很快前台回复了"今天董事长他们都没来"。嗯，那就有问题了。黎俏回了句"谢谢"，发动引擎打算去南洋公馆看看。

她手法娴熟地打着方向盘，绕过辅路转角，刚踩下油门，后面一辆奔驰轿车似乎想要变道，闪躲不及就这么直接和黎俏的大G追尾了。

一切都挺巧合。

黎俏蓦地踩刹车，眯眸往后视镜里看了一眼，目光微沉。此时，后方轿车的司机已经匆匆下来，俯身观察两车追尾的情况。黎俏降下车窗，从倒车镜里看着那名司机回身对轿车后座低语着什么。那后座，似乎坐着一个女人。

由于追尾的速度不快，两辆车相撞的地方只有奔驰轿车的保险杠凹了进去。

半分钟后，司机来到黎俏的窗外，面色平静地说道："这位小姐，是我并线追尾，负主要责任，您想怎么解决？要不要先报警？"

"不用。"黎俏不想在这种事上浪费时间，徐徐升起车窗打算离开。

但司机不依不饶，连忙伸手挡了下窗户，讪笑道："小姐，这不太好吧，毕竟是交通事故，不如让交警来处理一下，或者我去帮您修车。"

黎俏目视前方，单手扶着方向盘，透过十公分的车窗缝隙睇着对方："如果我不呢?"

"这……"司机哑然。

这场追尾本就透着蹊跷。这个中年司机穿着专属制服,从他追尾后的反应来看,不像是新手。偏偏,他犯了新手都不会犯的错误,目的性太明显。黎俏没有理会,将车窗升起后,一脚油门就开走了。这场事故她会查的,但不是现在。

奔驰大G离开后,司机在原地愣了愣,连忙回到后座,俯身道:"夫人,她……"后座贴了膜的车窗一点点下降,露出了一张风韵犹存的脸庞。对方年约五旬出头,穿着一身旗袍姿态雍容地端坐在座椅中,手里拿着杂志轻轻翻了翻:"确定是她吗?"

"是的。我刚才特意看了,和商芙小姐给的照片,是同一个人。"司机毕恭毕敬地回答。

闻此,妇人不急不缓地将杂志合上,抬手摸了摸珍珠耳坠:"小芙真是越来越让人失望了,这么点事还要让我亲自跑一趟,她现在人在哪里?"

司机拿着手机看了看,俯首道:"小姐的定位坐标显示,应该去了南洋山。"

"哼,妇人之仁!"美妇冷嘲了一句,而后将杂志丢在身旁,幽幽撩开眼睑,"给云凌发个消息,只要今晚别让商少衍活着走出南洋山,我会再给他双倍佣金。"

司机面色大震,支吾道:"可是……那商芙小姐……"

美妇漫不经心地勾起唇角,淡漠地说道:"想陪着商少衍,那就随她吧。"

另一边,黎俏飞快地赶往南洋山,途中放在仪表盘上的电话响了。她没打算接,随意扫了眼,却发现是秋桓打来的。

黎俏眸光微闪,戴上蓝牙耳机:"秋少。"

电话那头,秋桓吊儿郎当的声音笑问了一句:"妹子,在实验室呢?"

车厢里很安静,黎俏挑眉,不答反问:"有事?"

"没什么大事。我就是转告你一声,少衍回帕玛了,大概四五天之后回来。妹子,不用谢。"

她压根没想道谢。黎俏看了眼车载时间,目光绵长地望着前方,脚下猛踩油门,拉长语调地回了句:"知道了。"

挂了电话,黎俏继续加速赶往南洋山。处处透着不寻常,当她傻吗?

此刻,秋桓站在南洋公馆附近木质结构的瞭望塔上,紧紧捏着手机,扭头看着望月,神色冷凝地问道:"那边什么情况了?"

望月手里还拿着望远镜,一脸冷肃地抿唇道:"目前收到消息,对方派了二十名国际会的一级佣兵。"

"操,一级,二十名?"秋桓忍不住爆粗,表情越来越凝重。二十名一级佣兵,这是想要少衍的命。

望月咬牙看着西坠的斜阳,眼神暗冽:"不仅如此,那段盘山公路被爆破的山体堵死了。现在老大身边只有流云和落雨,其他六辆车被巨石隔开,周围林中可能还有埋伏。"

秋桓听得一阵火大,握拳猛地垂了下木质栏杆:"该死的。"

过了十五分钟,黎俏车速飞快地驶入了南洋山地段。天色渐暗,夕阳散着最后一丝余晖。这段盘山公路,蜿蜒而上,看起来和平时并没什么不同。

约莫开了五分钟,黎俏望着前方被堵死的公路,缓缓踩下了刹车。整段双行道的路面,被无数大石头堵得严严实实,右侧是陡峭的山坡,堪比悬崖,左侧是高耸断层的山体。此刻,那片路障前方,停靠着几辆车,几个人站在路边对着那些石头指指点点。

黎俏臂弯搭着方向盘,身体微微前倾,打量了几眼,很快认出了一个熟悉的身影,没想到商芙居然在这里。事出反常!黎俏眯了眯眸,拢了拢黑色休闲西装的外套,推门下了车。

随着趋近,黎俏这才发现那些堵路的山石单块面积就很巨大,短时间内想要人为搬开,根本不可能。黎俏仔细观察岩石的破裂面,凹凸不平,伴着无数碎石散落在地面,越发靠近,隐隐还能嗅到残留的火药味道。显然,这不是自然的山体断层现象。

这时候,商芙余光微晃,猛地看到了黎俏的身影。她敛了敛神,冷艳的脸颊浮现轻蔑,环胸问道:"你来做什么?"

黎俏置若罔闻,徐步站在断裂的岩石附近,睃巡着四周。

商芙见她不说话,不禁冷下了脸,转身和其他几个同伴继续低声交谈。那几个跟着商芙的男人,各个对她唯命是从。在商芙说话期间,他们的眼睛都恨不得黏在她身上。

黎俏判断完地形,转身欲走。

见状,商芙瞥着她,轻声唤道:"你等等。"

黎俏缓缓顿步，语气格外低沉："说。"

面对黎俏这般冷漠的态度，商芙的脸色沉了沉，踱步来到她跟前："你也是为了少衍来的吧？"

"商大姐有话直说。"黎俏不置可否，对商芙始终冷淡疏离。

商芙轻嗤一声，目光审视地在她身上睃了一圈："你该不会以为你来了就能帮助少衍吧？前面的路被堵死，他已经被困在里面了。这次对他下手的可是国际会的人，我想……你可能都没听说过国际会吧。"

说到这里，商芙颇有些优越感地捂着嘴角笑了笑，见黎俏不为所动，又补充："你不知道也不要紧，识相的话，就听姐姐一句劝，趁早回去。不然一会动起手来，说不定还要少衍分心保护你，他的命可比你值钱多了。"

闻声，黎俏面无表情地斜睨着她，原来如此。果然商郁出事了。

商芙见黎俏没什么反应，不禁眯了眯眸："你不走？"

黎俏没什么情绪地瞥了她一眼："说完了就让开。"黎俏脚下一旋，径自朝着高耸的林中山脉走去。

商芙望着她的背影，冷声警告："黎俏，你别不知好歹，要不是看在少衍的面上，你以为我会管你？"

黎俏穿着休闲板鞋，迈步深入了丛林："商大姐还是管好你自己吧。"

"你……"

商芙被她气得够呛，狠狠瞪了她一眼，转身就折回了路障的车旁。这时，她身边的同伴各个面色诡异，望着黎俏进山的身影，还略显同情。"你们在看什么？"商芙不悦地低喝一声，看了看腕表，神色愈发焦急。

有人指着黎俏，嘀咕了一句："商小姐，她……进山了。"

"我当然知道，别管她了，赶紧给我问问，直升机什么时候到？"商芙迫切地想要去营救商郁，只要今晚能保他一命，这么大的人情她以后就可以挟恩图报。那么未来的帕玛商氏……

商芙还沉浸在自己的幻想之中，同伴有人开腔："良哥说直升机已经起飞了，大概二十分钟能抵达这里。"

"嗯。"商芙如释重负地松了口气，幸好在南洋还有屠安良这条人脉。

得到了对方肯定的回答，商芙又想起了他们刚才古怪的表现，于是斜倚着车门，歪头问了一句："你们刚才说她进山了，有什么问题吗？"

几个男人面面相觑，半晌才低声道："南洋山据说都是未开采过的原始山脉,跟原始森林差不多。她这么贸然进去,恐怕……会凶多吉少。"

一听这话,商芙愣了愣,随即掩着唇缓缓笑了:"这样啊,那真是太不幸了。"黎俏,这条路是你自己选择的,果然是年轻气盛,死了也活该。

与此同时,黎俏不急不缓地爬上了高耸的山坡,周围密林覆盖,随着深入几乎听不到任何声音。天色逐渐阴沉下来,陡峭的山峰随着地势走高,青墨色笼罩在头顶,林中的气氛也逐渐阴森。

黎俏踩着枯枝落叶,在丛林中如履平地。约莫过了十分钟,山中的光线愈发昏沉,风声穿林而过,卷起悲鸣般的呼啸。黎俏蓦地脚步一顿,一阵咝咝声从斜后方传入耳畔,她不动声色地挑眉回眸,就见右后方的树干上盘着一条黑色黄花的蛇。

哦,玉斑锦蛇。眼看着那条蛇吐着信子游曳扑来,黎俏不耐地撇嘴,眼疾手快地捏住了蛇的七寸,拇指用力的同时,臂弯一抖,蛇脊椎断了。黎俏轻轻扬手,就把软塌塌的蛇身丢到草地里,看都不看一眼,继续往前走。

恰在此时,头顶传来一阵轰隆隆的声响,黎俏抬起头,是一架墨绿色的直升机从上空盘旋而过。黎俏眯眸,兀自摇了摇头,且不论前方是什么形势,直接开直升机过去,反而会打草惊蛇。

果不其然,不到一分钟,两声非常隐晦的枪响从林中传出。是消音枪的声音。黎俏缓缓站定,侧耳听了听,眼底冷光乍现。枪声,右前方,两点钟方向。黎俏判断着双方的距离,而后如一只灵猫般在丛林里飞快地蹿了出去。而同一时间,那架飞过去的直升机,又狼狈地沿着原路飞回,机身舱门上还有两个明显的弹孔。

这时,林中下坡的草地上,趴伏着一个人。对方身上盖着植被,瞄准镜对准下面的公路,听到头顶的直升机飞走,便对着耳麦说道:"云少,直升机走了,呃……"那位云少也不知说了什么,没听到狙击手的回复,也没在意。

此时,黎俏正单膝跪在狙击手的后背上,拉下他的耳麦,俯身在他耳边淡淡地开腔:"林中几个埋伏?"

狙击手惊愕地问:"你……"

黎俏闻声淡笑,幽幽地说:"按照你们国际会的习惯,大多会安排三个埋伏点,对吧?"

狙击手蒙了。

下一秒连询问的话都没说出来，黎俏直接将人敲晕了。黎俏摩挲了一下指尖，摘下对方的耳麦戴上，静静地听着耳麦里的动静。

另一边，盘山公路中间路段。多处山体塌方的巨石泥土将百米内的公路阻隔了三四段。

此时，正中间，一辆衍皇的豪车停在路边，前后路段皆被堵死，车身周围还有石块撞出的痕迹。而后座车窗上有多个弹孔，但防弹玻璃的材质非常结实，看得出弹孔打了多次，依旧无法破窗。

公路四周分散着二十名训练有素的雇佣兵，而车头的方向，有一名男子，单脚踩着车机盖，笑吟吟地和车内的几人对视。此刻的车厢内，流云和落雨坐在前排，商郁则在后排姿态慵懒地闭目养神。

落雨无视车头的男人，探身看了看窗外的天空，咂了下舌尖："商芙是脑残吧？这种时候跑出来丢人现眼？"

闻声，流云冷笑："大概是了，动用直升机这种蠢办法，也就她能想得出来。"

刚说完，落雨就看了看车载卫星电话，眸光一眯，回眸道："老大，山中埋伏的位置已经暴露，望月派人去处理了。"

男人抬了抬眼皮，深邃幽暗的视线看向了前方。云凌，国际会佣兵二首领。商郁和对方视线交会，邪肆地扬唇，仿佛对外面的佣兵毫不在意。

恰在此时，男人放在后座上的手机响了。他拿起一看，顿时瞳孔紧缩。是一条微信。

黎俏：男朋友，埋伏都解决了。

商郁看到这条消息的刹那，黑黢黢的眸底顿时掀起了惊涛骇浪。他放下交叠的双腿，声音紧绷低哑："开门。"

流云怔住了，惊愕地回眸："老大，时间还没到。"

"开门！"男人冷声重复了一句，视线却紧紧盯着左侧的高耸山脉。在昏黄路灯的照耀下，陡峭的山路隐约能看到一个黑色的暗影往下缓慢移动。

落雨和流云也看到了，两人的心瞬间提了起来。该不会是黎小姐吧？现在这形势，不是她能正面抗衡的！那些人是国际会的佣兵，并非普通的保镖打手。

此情此景，表情邪肆的云凌，也是目光一颤。他陡地从机盖上放下腿，佣兵也听到了动静，同时转眸凝望，做好了备战的准备："商少衍，你终于舍得出来了！"

商郁俊颜覆满阴鸷，睇着云凌一言不发。流云和落雨也纷纷下车，两人一左一右站在商郁的身边。

云凌面部肌肉抽搐了两下，手腕朝着前方一挥："动手。"

与此同时，两道声音几乎异口同声地传了出来。一道是个清脆的女声："云凌，你最好别轻举妄动。"另一道是来自流云："看看你们的背后。"

云凌始料未及。就在他盯着商郁的身影，打算下令时，他和其他佣兵的背后突然冲出来一群黑衣保镖将他们团团围住。这些人从哪里冒出来的？甚至一点预兆都没有。形势瞬间逆转，令人猝不及防。

此时，商郁大步流星地走到了山峰附近，黎俏的身影也恰好从茂密的林中钻了出来。虽然光线不佳，但路灯下仍旧能看出她身上沾了不少草屑，头顶还有一片树叶晃晃悠悠。

黎俏面带笑意，从山坡上滑下来的瞬间，直接扑进了商郁的怀里："好累……"

商郁拥着她，力道很大，呼吸略显急促，几乎是从齿缝中逼出了几个字："穿山过来的？"

"啊……"黎俏从他怀里抬头，眼睛很亮，"锻炼身体。"说话间，她特别隐晦地抱了他一下，努力嗅着男人身上清冽的味道，忐忑的心情顿时平复了不少。

商郁抬手紧紧搂着她的腰肢，俯身，叹息："就不怕闯进来是送死？"

黎俏撇了下嘴角，歪头看了眼云凌："他？能力不行。"

这莫名的自信，真是让人又爱又恨。商郁滚动着喉结，摘掉黎俏头上的树叶，捏着她的下颌狠狠在她唇上吮了一口。下一秒阖眸吐息，搂着她缓缓转身。

此时此刻，这段被前后堵死的公路上，形势已经发生了天翻地覆的变化。黎俏的出现，打破了先前的僵局，也让云凌摸不着头脑。他目眦欲裂地看着黎俏，咬牙切齿："你认识我？你是谁？"方才就是她叫出了自己的名字。

一个年纪不大的小姑娘，怎么会知道他的名字？

黎俏睨着云凌，表情淡了许多："你哥知道你今天这么丢人吗？"

云凌一怔："你认识我哥？"

这时，不等黎俏开口，落雨正好瞥见后座的手机屏幕亮了，赶忙低声提醒："老大，电话。"落雨将手机拿出来，走上前递给商郁。

这一幕，让黎俏稍稍蹙了下眉头，她看着落雨："你们的电话我怎么打不通？"既然商郁的电话能打通，但流云和落雨的怎么就无法接通呢？

闻声，落雨颔首解释道："这片区域做了信号屏蔽，老大手机里面有防屏蔽芯片，所以只有他的手机能通。"

"哦……"黎俏漫不经心地应声，挑了下眉梢，顿觉奇怪。不对吧？既然做了信号屏蔽，她的手机为什么也能用？但还没等黎俏继续询问，就听身畔的男人对着手机讲了一句："解除屏蔽。"

此时，被晾在一旁的云凌既憋屈又愤怒，他深知事情脱离了掌控，但问题出在哪里，他怎么也想不明白。如果右侧悬崖的下方早就埋伏了前来救援的人，为什么一开始他不出手，反而要在这里耗了将近一个小时？

此时，若有似无的手机振动声从云凌的兜里传来。

商郁眸光高深，玩味地挑起眉梢："接。"

云凌目光死死盯着商郁，按下了接听键。

手机那一端，有人怒声大喊："云少，我们的佣兵总部被人偷袭了，资料都丢了，损失惨重……"佣兵总部被偷袭了！云凌听到电话里的声音，整个人都傻了。

他这是不"战"而败了。

就连黎俏也不禁诧异地看了眼商郁。

这时，商郁似是心情不错，睨着黎俏声线低沉地问道："认识他？"

黎俏眸光一闪，实话实说："我认识他哥。"

云厉，国际会佣兵首领。

不多时，两架直升机从山峦的另一头盘旋而来。由于公路被堵，路面又停着一辆车，直升机无法下降，只能从近空抛下软梯。商郁牵着黎俏走向软梯之际，顿步朝着流云等人吩咐："派人清理公路。"

十分钟后，直升机落地公馆平台。望月和秋桓早早下了瞭望塔，站在平台附近候着。

当商郁和黎俏并肩走下飞机时，秋桓打招呼的手当场僵在了半空。发生了什么？黎俏怎么也来了？他撞了撞望月的肩膀，朝着前方昂头："那人是……黎俏吧？"

望月低头看了看手里的监控画面,一言不发地紧抿唇角,不置可否。

另一边,黎俏慢吞吞地走在商郁身边,从直升机平台到公馆百来米的距离,她走得越来越慢。商郁敏锐地察觉到她的变化,目光冷冷一睐,定在了她的脚上。

完,要被发现了!黎俏轻咳一声,捏紧他的手掌,撇嘴道:"山坡太陡了,我有点……"腿软。是真的腿软。南洋山陡峭险峻,斜坡上持续行走导致双腿受力不均,这会儿肌肉难免酸疼又麻痹。

但是黎俏最后两个字还没说出口,商郁俯身就将她抱了起来。平台四周开着强光探照灯,瞭望塔的射灯也摇曳而过。这般明亮的光线下,商郁稍稍偏头,就看到了她微微上卷的裤腿上沾满了草屑,露出的细白脚踝上布满了被林中杂草树枝割破的伤痕。有些伤口还挂着血丝,入目皆刺眼。

这伤,是为他受的。男人的俊颜阴沉如墨,唇线绷直,浑身裹挟的戾气让望月都不敢靠近。

商郁危险地眯起冷眸,一寸寸看向了黎俏。而此刻的小姑娘,早就把脸埋在他肩头的位置,假装无事发生。

望月和秋桓跟在他们身后,也不敢吭声。进了门,两人分工明确。一个去倒水,一个去找药箱。

沙发前,黎俏端端正正地坐着,双腿并拢,时不时地往旁边藏一下。

这时,秋桓端着两杯水放在茶几上,视线在商郁和黎俏身上来回打量:"喂,你们俩……"

"老大,药箱。"秋桓话没说完,望月已经捧着药箱疾步走了进来。

商郁沉着脸,一言不发地拿出处理伤口的各类工具,俯身蹲在黎俏的面前,并单膝跪地。

秋桓下巴掉了。他死死盯着商郁单膝跪在地上的大长腿,狠狠地咽了下口水。

望月面不改色地杵在旁边,表情特别自然。

客厅明晃晃的水晶灯下,男人卷起微微褶皱的衣袖,朝着黎俏的脚踝伸出了手。"我自己来。"黎俏见他想帮自己脱鞋,作势俯身制止。但很快,她的脚腕被商郁轻轻捏住,男人唇角下压,低声警告:"别动。"

黎俏不动了。那双黑白相间的板鞋被脱下,泛起毛边的裤腿也被翻了上去。黎俏脚腕上的伤口大多是擦伤,并不严重。但是凌乱不一的外伤看起来还是有些刺眼，尤其破坏了肌肤白腻的美感。

他匀称的手指紧紧捏着棉签，咔嚓一声，棉签应声而断。望月和秋桓也下意识地跟着抖了下肩膀。完了，老大生气了。

就在他们以为商郁要发怒的时候，他却低垂着眼睑，托起黎俏的脚腕，重新拿了一根碘酒棉签，为她一点点擦拭着伤口。此时，没人说话，大家的目光都凝聚在商郁的身上。那么野性杀伐的一个男人，却屈膝跪在地上给黎俏处理伤口。

这场面，秋桓以前真没见过。以至于他都忘了坐下，就那么站在望月身边，呆呆地看着这一幕。

约莫过了五分钟，门厅外传来一阵清晰有力的脚步声。除了商郁，其他几人循声看去——"衍爷，公路……"对方站定，声线稳重地开腔，但刚说几个字，直接愣住了。

他看到了什么？他们尊贵的衍爷，正单膝跪在那个精致漂亮的女孩面前，手里拿着绿色葫芦药瓶，动作虔诚又轻柔地给她的脚踝擦药。嗯？合适吗？

男子脊背挺直，阖眸深吸一口气，眼底盘踞着难以置信的诧然。

此时，商郁放下药瓶，转手拿起纱布，没听到接下来的汇报，他嗓音沉凉地开口道："继续。"

男子强行敛去吃惊的神色，抿了抿嘴角，颔首："公路那边已经处理完了，路障清理干净最少需要三天，我已经调配了五架直升机用于近期出行。"

"嗯。"商郁淡漠地应声，似乎情绪低落。

直到处理完黎俏的伤口，男人抬眸，深邃的眼底暗藏波涛，沉声介绍："基地队长，左轩。"

黎俏和他视线相撞，随即就看向那名面容古板的男人，果然是后山基地的人："你好。"

左轩不卑不亢地望着黎俏，微微颔首："黎小姐。"

哦，也认识她。这是黎俏第一次见到左轩，或许是出于好奇，所以她多看了几眼。此人身上暗藏的凌厉气息和四大助手不相上下，甚至有过之无不及。古板严肃的面孔，看起来也十分冷漠。

许是黎俏凝视左轩太久，男人粗糙的指腹已经强行将她的脸颊转了回来，声音沙哑又夹杂不悦："在看什么？"

他有十分甜

黎俏抿着笑，俯身从茶几上抽出纸巾塞在了商郁的掌心里："没什么。擦擦手吧，全是药味儿。"

商郁微微施力在她下巴上捏了捏，顺势坐在了黎俏的身畔。

这会儿，秋桓终于回过神，迈着腿走到沙发跟前入座，目光望着黎俏："妹子，我给你打电话的时候，你不是在实验室吗？"

"咔哒"一声，打火机响了，商郁正垂眸点烟，虽然情绪收敛，但轮廓仍旧透着一丝冷峻。

秋桓嗓尖发痒，隔着茶几摊手道："给我一根，我也得压压惊。"他的烟在瞭望塔都抽没了。

商郁顺手丢出烟盒，仰头吐出一阵薄雾。黎俏看着男人昂首的动作，凸显出喉结的线条，还挺好看。

"妹子，看这里，我问你话呢。"秋桓也点了根烟，吞云吐雾之际，对着黎俏挥了挥手。他的存在感这么低吗？

闻声，黎俏瞥他一眼，仰身窝进沙发，看着自己的脚腕："哦，我路过。"

秋桓压根不信，哼笑了两声，当他傻吗？

客厅里气氛沉寂了片刻。

左轩忽地想起一件事，扭头看着望月，冷声问道："山里的埋伏，是你派人解决的？"

望月无辜地摇头，余光偷觑着黎俏的方向，撇了撇嘴角："不是，是黎小姐帮忙的。"

左轩目光一暗，顺着望月的动作看过去，眉梢有些意外地扬了一下。

"噗——"正在喝水的秋桓被吓得直接喷了出来，"咳咳咳……"

茶几上洒了一片狼藉的水渍，商郁抿着烟，蹙眉睐了他一眼。

望月则低下头，不说话了。他当时看见无人机拍回来的画面时，也同样震惊得怀疑人生。

不久，左轩离开，流云和落雨也适时回到了公馆。两人并肩走进客厅，第一时间就双双望着黎俏，见她裤腿上卷，还包扎着纱布，异口同声地问道："黎小姐，您没事吧？"

黎俏淡然地摇头："没事。"

随即，流云抿唇敛了敛神，走到商郁面前："老大，盘山公路外围已经布好了警戒线，新闻电台媒体最近几天会持续播报山体有危险的通知。"

"封锁今晚所有的消息。"商郁低头摩挲着指尖，音色沉沉地吩咐道。

"是，老大。"

流云和落雨没久留，给望月使了个眼色，三人便离开了客厅。至于秋桓，依旧没缓过神，抱着抱枕思考人生呢。

门厅外，流云等人来到吸烟区，纷纷点了根烟缓解情绪。

这时，流云重重地拍了下望月的肩膀，力道特别大："兄弟，今晚多亏你了。"

落雨也是一副心有余悸的表情，煞有介事地抿唇："嗯，辛苦了。"

望月想，他干啥了？今晚所有的事……和他有什么关系？他除了站在瞭望塔上屏蔽了信号，外加安排两架直升机去救援，其余的什么都没做。这惊心动魄的一晚上，也没给他发挥的空间啊！

望月左看右看，半天才憋出一句话："不是，你俩说啥呢？"

流云见他疑惑不解，嘬着烟捶他胸口："还装！要不是你提前解决了埋伏，恐怕老大和黎小姐就有危险了。哥们，多谢了！"

其实，盘山公路附近早就安排好了一切。只不过因为黎小姐贸然出现，老大临时下车，才导致他们计划提前。不得不说，当时的场面还是挺令人后怕的。

这回，望月抓到了重点，匪夷所思地蹙眉："谁跟你们说山里的埋伏是我处理的？"

流云和落雨双双一怔，落雨眯起眸，反问："你当时不是给我发消息说……"

话音未落，望月便摆摆手："那是因为黎小姐突然出手，我才找到了他们埋伏的点位。"

闻此，流云二人面面相觑，难以置信："你的意思是……"

"对，意思就是，那些埋伏都是黎小姐处理的。我就给你们派了两架飞机，啥也没干。"望月盯着两人，生怕他们不信似的，又连忙掏出手机，把之前无人机拍下来的画面播放出来，"你们看看这个，除了老大，黎小姐是我见过第二个下手这么利索的人。"

五分钟后，流云怀疑人生了："黎小姐的身手，我觉得我可能打不过……"

望月刚想说话，一旁的落雨也喃喃出声："这么说来，她不仅替我们解决了埋伏，同时……还认识国际会的云凌？"

这回，轮到望月目瞪口呆了，他错过了什么？

与此同时，公馆客厅。黎俏没什么精神地倚着沙发，双腿屈在身侧，撑着额头，姿势懒懒散散的。

"困了？"灯光下，商郁拿过桌上的温水递给黎俏，手指擦过她微凉的脸颊，目光隐着疼惜。

黎俏捧着水杯喝了几口，眨着泛红的眼角，点了点头。不只困，还有点累。就算她身体素质再强悍，在陡峭的林中上下穿行了半个小时，双腿酸疼，难免体力不支。

这时，商郁展眉叹息，拿过她手中的水杯放在桌上，收腿站起身，当着秋桓的面直接把她抱了起来，边走边说："先回去睡觉，其他事，明天再说。"

黎俏靠着他的肩膀，闻声就咽下了嘴边的话。她一直强撑着精神，确实有事想和他商量，既然如此，那就明天吧。

客房里，商郁弯身将黎俏放在床上，强劲的臂弯撑在她身侧："以后，别再做这么危险的事，嗯？"

闻声，黎俏眯起酸涩困乏的双眸，伸手拨开嘴角的发丝，懒懒地应声："知道了。"

这时，男人清晰捕捉到她眼底闪过的促狭，眸光一沉，掌心便穿过她的颈后，压下俊脸就是一记深吻。很深，很用力，竭尽所能地索取。也不知吻了多久，后来黎俏就迷迷糊糊地睡着了。暖黄的灯光下，商郁拇指轻抚过她的脸颊，在安静的深夜，坐在床畔看了她许久许久。

……

翌日，上午九点。黎俏坐在客厅里，面无表情看着对面喋喋不休的秋桓，眉心渐渐收紧。他是话痨吗？

昨晚，秋桓同样下榻在公馆，也因此听说了更多公路现场的细节。此时此刻，他双手撑着膝盖，目光灼灼地看着黎俏："妹子，你跟哥说实话，你是怎么认识云凌的？那可是国际会的佣兵团二把手，你怎么认识他的？"

黎俏垂了垂眼，不想搭理他。这会儿商郁没在，整个客厅基本上就是秋桓一个人的表演现场。

"妹子，说说呗，哥发誓，绝对不告诉任何人。"

黎俏长叹一声，从兜里拿出手机，低头给商郁发微信，不等她开口，一旁静候的流云已然听不下去了。秋少已经叨叨十分钟了，吵得人耳膜疼。

流云见黎俏眉眼间泛着不耐，便上前一步："秋少，黎小姐并不认识云凌，她认识……"

"不认识？"流云话没说完，秋桓就打断了他，左右看了看，"那昨晚望月怎么跟我吹牛逼，说黎俏认识云凌？"

哦，原来嘴欠的是望月。流云摇头，耐心地解释："不是云凌，黎小姐认识的是云厉。"

秋桓没走心地点了点头，"哦，云……"他瞬间不吭声了。云厉那是佣兵团的老大！

半小时后，黎俏和商郁并肩走出公馆。前方不远处的停机坪，已经泊着一架直升机。

机舱门打开，左轩带着云凌走了下来。此刻，云凌发丝凌乱，神色颓废，也没了昨晚的张扬和得意。

商郁负手站在黎俏身侧，高深地眯睐了眯，转首道："去吧。"

黎俏睨他一眼，点点头，便走向了停机坪。

没一会，秋桓和左轩双双来到了商郁的身边。

秋桓正了正脸色，朝着停机坪努嘴："那人就是云凌？你让妹子一个人过去，不怕出事？"

"她能力比你强。"商郁语调慵懒地说了一句，堵得秋桓哑口无言。

另一边，黎俏孤身来到云凌面前，扭头看了眼不远处的阳伞，对他说："那边谈吧。"

云凌站在原地没动，即便头顶阳光刺目，他身上也满是阴冷不悦的气息："我和你没什么好谈的。"

黎俏不紧不慢地往前踱步，看都不看云凌，反讽一句："要不是看在你哥的面子上，我和你也确实没必要谈。"具体的细节黎俏并不了解，可云凌到底是云厉的弟弟，她不能坐视不理。

云凌犹豫了将近半分钟，最终还是拗不过心底的好奇，脚步拖沓地走向了阳伞。

见他走来，黎俏对着椅子抬了抬下颌："坐下说吧。"

云凌落座，并缓慢地将双手放在桌上，嗓音很沙哑："你到底是谁？"

黎俏叠起修长的双腿，一派从容地打量着云凌，弯唇道："你不用管我是谁,只需要回答我几个问题,说完就可以放你走。"

云凌目光阴沉地瞪着黎俏:"你既然认识我哥,难道你也是国际会的人?"

此时,黎俏并未正面回答云凌的询问。她轻敲着膝盖,随即将手机推了过去:"你先看看这个人,认识吗?"点亮的屏幕上,赫然显示着商芙的照片。

云凌扫了一眼,眯眸冷笑:"我凭什么告诉你?"

"凭我能决定你的去留。"黎俏勾起嘴角,语气耐人寻味,"也凭我暂时能保住你们在边境的部分生意。"

云凌神色大变,目光满是不可置信:"你怎么……"知道。边境的佣兵分部,整个国际会只有他和他哥知道。即便是其他核心成员,他们也没有透露过半句。眼前这个明眸善睐,看起来带着几分冷清仙气的姑娘,怎么对佣兵团的事知道得如此清楚?

这时,黎俏俯身贴近桌沿,用骨节敲了敲手机屏幕:"云凌,你想好再回答。如果说假话,那我不介意把你们分部的位置泄露出去。"

"你敢!"云凌急急地拍了下桌子。

黎俏撇撇嘴,不以为意地朝着手机昂了昂头:"所以,照片上的人,认不认识?"

云凌牙关紧咬,怒气攻心却又无计可施。尤其是黎俏云淡风轻的威胁,偏生让人不敢置喙。云凌用手肘撑着桌角,平复呼吸后,便低头仔细辨认,少顷他蹙眉摇头:"看着面生,她是国际会的人?"

黎俏压了压嘴角,淡声道:"嗯,内部成员。"

云凌又看了看商芙的照片:"我没有印象,应该不是八大组的核心成员。"国际会下设八大组织,每组虽各司其职,但各组的核心成员基本都打过照面。

"确定?"黎俏眯起的眸光落在手机屏幕上,若有所思。

云凌迟疑了片刻:"这我没法确定,如果想知道她在会内具体的身份信息,我需要登录……"

话没说完,云凌兀自沉默了。他眼里泛起一丝戒备,似乎在斟酌着如何开口。毕竟国际会的内部程序系统,只有八大组的核心成员才知道。

然而,就在云凌犹豫之际,对面的黎俏已经伸手拿回手机,切换主屏页面时,幽幽抬眸:"要登录 ICC 系统?"

"你知道？！"他呼吸骤然急促，瞪大双眸，震惊到无以复加。

黎俏看着他大惊小怪的模样，没什么表情地点开 ICC 系统，重新将手机推到云凌对面，努嘴："查吧。"

云凌瞠目结舌地看着屏幕，的确是国际会内部核心成员才拥有的系统："你、你是核心成员？" ICC 系统只针对八大组核心成员开放，重点是能够使用这个系统的人数，不超过一百。可是……他从没见过这个姑娘。

说话间，云凌颤抖着手指，飞快地点进了用户中心，结果发现没有登录信息。

瞧见这一幕，黎俏撇了下嘴角："登你的账号吧。"

云凌满腹狐疑，表情几经转换，好不容易接受了这个事实，他一边动作迟缓地登录账号，一边偷觑着黎俏："你是哪个组的？既然你有系统，怎么不用自己的账号查她信息？"

黎俏不耐地摸了下眉梢，嫌弃地瞥他："废话那么多？"

不到一分钟，在黎俏的提醒下，云凌输入了商芙的名字，系统里很快就显示出她在国际会内部的地位和身份。

云凌将屏幕转给黎俏，低语道："果然只是普通成员，入会不到一年，目前为止也没有被八大组标记过。"

黎俏看着商芙的基本信息，没吭声。

见状，云凌眯了眯眸，试探："你应该知道她没被标记过是什么意思吧？"

黎俏略略看了几眼，心不在焉地说道："八大组看不上她。"

果然，核心成员才知道的机密，她全都知道。

不多时，黎俏看完商芙的信息，顿觉索然无味地熄了屏幕。她的入会信息只有一句介绍："金融领域投资能力出众。"但也仅此而已了。连八大组都没有标记过的成员，说明她在国际会……可有可无。

这时，黎俏把手机揣进外套兜里，展眉看向云凌，提醒道："你这次的行动暴露了。"

"嗯？不可能！"云凌几乎不假思索地反驳，看着黎俏的眼神也充斥着一丝被低估的恼意。

黎俏瞥着他，漫不经心地挑眉："你哪来的自信？如果行动没暴露，商芙怎么知道？"

其实，从昨晚在公路遇见商芙，事情就透着不寻常。商芙身为国际会的内部成员，不可能不知道会内规矩。可偏偏在盘山公路入口，她主动跟自己透露了国际会的动向。重点是，按照商芙在会内的地位，根本不可能知道佣兵团的行动。那是谁告诉她的？

这时，云凌不说话了，怔怔地望着黎俏，没了反应。

黎俏睨着他呆滞的模样，似笑非笑地摇了摇头："你笃定行动不会暴露，是出于对佣兵团的信任。但你忽略了一点，雇主未必不会走漏风声。"

云凌抿了抿干涩的嘴角，声线紧绷得像是拉满的弓："你的意思是，佣兵团被人利用了？"

闻此，黎俏一言难尽地看着云凌，这什么脑子？她长叹一声，影影绰绰的眼底有流光闪过："你好好想想，谁敢轻易利用国际会的佣兵团？但凡你们昨晚成功，雇主的佣金早就打给你们了，谈什么利用。问题明显出在商芙身上。"

云凌低咒一声。

黎俏看着云凌愤怒的表现，该说的都说了，她也起身顶开椅子打算离开。

"等一下。"云凌见她要走，连忙制止，"你刚才说能决定我的去留，是打算……放了我？"

他在行动之前，多方打探过南洋商少衍的消息。南洋商少衍，可不是个心慈手软的主。落到他的手里，大多有去无回。这女孩，真能保他？

这时，黎俏神色淡淡地睨着云凌："不然？"

云凌闻声就惊愕地站了起来，腿窝直接把藤椅顶翻了："真的？为、为什么帮我？你不怕我报复吗？"

话音方落，云凌就听到黎俏说了句十分扎心的话："你昨晚带了二十个一级佣兵都失败了，还好意思报复？"

说完黎俏就走了。

云凌整个人恍恍惚惚的，望着黎俏远走的身影，隐约间想起了一件事。国际会，有两个身份成谜的人。一个是创立国际会的会主，还有一个是佣兵团的隐藏人物。没人知道对方是谁，云凌还记得几年前他哥亲口说过，如果不是那个人发生了一些意外，佣兵团的二首领永远也轮不到自己。所以……她会不会是两者之一？

大概是黎俏太让云凌震惊，以至于他忽略了一件事。ICC系统，他登录了自己账号，却忘了退出。

半小时后，左轩带着云凌再次上了直升机。

黎俏站在客厅落地窗前，低头看着手机页面，嘴角牵起了若有似无的笑意。

雇主：商 **

佣金：两亿

目标：商少衍

备注：行动成功，佣金翻两倍。

雇主名字的最后两个字，受限于保密规则，所以并未显示出来，但这个姓氏，熟悉得很。

这时，身后传来沉稳有力的脚步声，黎俏徐徐转身，蓦地撞进了男人清冽温暖的胸膛。

她仰头，和商郁四目相对，而后又朝他背后看了看："秋桓走了？"

"嗯。"商郁搭着她的肩膀一同立在窗前，望着直升机飞走的方向，浓眉轻扬，"和他聊了什么？"

黎俏顺势将手机递给他："你看看这个。"

男人垂眸，拿过手机的刹那，眸色高深地看了她一眼："ICC 系统？"

"你也知道？"黎俏诧异地挑眉，眼里精光四溢。

商郁应声，并滑动了几下屏幕："以前见过，哪来的？"

闻声，黎俏对着窗外努嘴："云凌给我的。"说罢，她扭头睇着男人，"你看看雇主的信息，也姓商，我猜……"

话音未落，商郁已经把手机还给了黎俏，深邃的眼里隐着笑："找云凌谈判就是为了帮我查雇主信息？"

黎俏瞥他一眼："也不完全是。"更重要的是，要让云凌出面……把商芙踢出国际会。她不是自视甚高吗？那就好好尝尝从神坛跌落的滋味。

商郁薄唇勾起淡淡的弧度，揉着她的头顶，嗓音磁性温柔地说："不用这么麻烦，下次可以直接问我。"

"嗯？你知道是谁？"

见状，商郁牵着她的手踱回沙发，入座时道出了一个名字："商芙的姑姑，商琼英，旁支的暂代家主。"

黎俏眨了眨眼，果然和她想的一样。商芙之所以会知道佣兵团的行动，八成就是雇主商琼英告诉她的。

这时，黎俏又看着 ICC 接单系统里所显示的雇主信息，她眯着眸，幽幽道："所以，昨晚商芙过来，就是给你通风报信的？"突然有点不爽了！

男人从茶几的抽屉里拿出药箱，看着她，慵懒地垂下了眼帘，沉沉的嗓音卷着狂："还轮不到她通风报信。"

嗯，不爽的情绪没了。黎俏弯唇看着商郁从她脚腕上拆下纱布，意味深长地开口："你该不会早就准备好了一切吧？"他对商芙来过的事，丝毫不觉惊讶，似乎对任何事都了然于心一般。

闻声，男人半蹲在地面，侧身拿出绿色葫芦药瓶，抬了抬眼皮，手指捏着她的脚腕，醇厚的音色带着笑："不算准备好，毕竟还需要女朋友帮忙才能脱困。"

这话，似调侃。但黎俏一点都不信。昨晚左轩等人的出现，足以证明他有万全之策。

黎俏不动声色地别开脸，表情有点纠结。早知如此，她昨晚就不来了。现在意外暴露了自己，估计……云厉很快就会找上门来。真是麻烦。黎俏斜倚着沙发扶手，扶额暗自闹心。

不一会，她撑着额头的手指下滑，托腮看着商郁给自己上药，蓦地脑海中闪过一个疑问："对了，昨晚落雨说，公路那边做了信号屏蔽，他们的电话都没办法接听。那我的呢？我在山里的时候就发现手机一直有信号，给你发的消息你不是也收到了？"

商郁抬眸，和黎俏狐疑的眼神撞了个正着，眸光高深莫测："自己想。"

午后时分，黎俏趁着商郁去书房处理事情，便顺势叫来了流云询问缘由。

"黎小姐，是这样的，老大和您的手机都添加了防屏蔽芯片，所以昨晚在山里的那片区域，只有你能和老大联系。"

黎俏喝茶的动作一顿："我的手机也装了？什么时候的事？"这段时间她的手机一直在自己身边，除了落在实验室，几乎没离身。

流云仔细想了想，便提醒道："黎小姐还记不记得老大上次从帕玛回来，在实验楼下面等了你三个小时？"

记忆有点久远，但黎俏还有点印象，她点了点头，示意流云继续说。

见状，流云咳了一声："那晚您回房睡觉，把手机落在客厅沙发上了，然后……"

哦，想起来了。那晚她把手机落在客厅，以至于第二天早上才发现爸妈给她打了很多通电话，义正词严地询问她为什么又夜不归宿。

黎俏了然回过神，对流云道谢，便起身走到了窗前。她摩挲着手机，目光悠远地看着南洋山。商郁似乎在她不知道的某些时刻，默默为她做了很多事。那她能为他做些什么呢？

下午三点半，黎俏收到了连桢发来的消息。她看了几眼，便偏头瞅着商郁："云凌走了？"

此刻，男人单手夹着烟正在眯眸看文件。听到黎俏的询问，他吹出烟雾："还没，着急了？"

"没着急，就是问问。"黎俏又看了看手机，"实验室那边催我回去，不如等你放了人，给我个信儿？"

商郁的浓眉几不可察地皱了皱，将手中的文件丢在桌上，深邃的眸饶有兴致地望着黎俏："给你信儿可以，先给我讲讲，和云厉怎么认识的？"

小姑娘有意要保云凌，这没问题。即便她不开口，他本也不会动佣兵团的人。但，一个国际上赫赫有名的佣兵首领，和他的女孩似乎交情匪浅，这就值得深究了。

此时，黎俏从手机上抬起头，漆黑的小鹿眼闪了闪，也没过多隐瞒："边境认识的。"

又是边境。她的一身本领来自边境，认识的人脉也和边境有关。偏偏这几年又没见她回去过，仿佛将过去封存一般。

商郁跷起双腿，隔着淡淡的白雾凝视着黎俏："和他认识多久了？"

黎俏忖了忖，便给出答案："八年。"

"十四岁在边境认识的？"八年前，佣兵团也才初具规模。黎俏虽然对边境的过往讳莫如深，但也没想要隐瞒商郁。

她在沙发里寻了个舒服的姿势，望着客厅的墙壁，陷入回忆的眼神显得绵长和飘忽："嗯，是在原始丛林里认识的……"

确切地讲，是她趁着暑假期间去边境找黎三玩，结果黎三为了锻炼她在野外的生存能力，直接把她丢进了原始森林，也因此促成了她和云厉的偶遇。

黎俏正琢磨着要如何陈述所有的过程，流云的身影突然出现在客厅："老大，商芙来了。"

商郁目光犀利地挑眉，嘬了口烟，冷声问道："人在哪里？"

"停机坪。"流云颔首。

不到五分钟,黎俏和商郁来到平台。商芙穿着一身鲜艳的长裙站在直升机附近,落雨和望月挡在她面前,没有老大的首肯,摆明了不让进门。由于路障未清,所以南洋山上空暂时撤掉了航空管制。商芙倒是借机混了进来。

此时,商芙双手环胸,面色不豫地看着远处的风景。骤然听到由远及近的脚步声,她转过身,目光不偏不倚地落在了商郁和黎俏的身上。然而,在看到黎俏的刹那,商芙明显怔了怔。她居然没事?

"商大姐,看到我这么惊讶?"黎俏单手插兜,另一手把玩着手机,走在商郁的身侧,对着商芙调侃了一句。

闻声,商芙拢了拢发丝,垂眸笑道:"确实有点惊讶,毕竟没想到你居然也在少衍的公馆。"

"哦。"黎俏轻慢地点了下头,似笑非笑地说,"我还以为商大姐是惊讶于……我还活着。"

商芙隐晦地蹙了蹙眉:"这叫什么话?黎俏,你别忘了,昨晚我提醒过你,不要进山,赶紧离开,是你自己不听话。结果怎么样……"说着,商芙就看向了她包扎着纱布的脚腕,带着几分轻嘲,"还是受伤了吧。"

黎俏瞥了眼自己的牛仔裤,从善如流地点头:"嗯,就因为受伤,所以才需要在这里好好休养。"

商芙神色瞬时僵硬,目光越过黎俏的肩头看向了富丽堂皇的公馆。这么多年,她还没有进去过,没想到黎俏已经在这里留宿过了。

商芙眸光一闪,就看向了商郁:"少衍,昨晚的事,我要和你单独谈谈,不如进去聊?"

第16章 黎俏，就是他的破绽

不过，商芙想要进公馆的心思，注定要落空。

下午的阳光当空斜照，驱散了山里的沁凉，和煦又温暖。阳伞下，商芙看着商郁，目光打量着他端茶杯的手臂。那一枚成色炫目的冷金色袖扣，她太熟悉了。当日在维纳斯拍卖行，拍出了两亿的高价。

商芙咬了下舌尖，抬眼看着商郁疏离冷漠的神色，轻哂："少衍，那袖扣……"

话没说完，商芙便陷入了沉默。她想起来了，维纳斯拍卖会当晚，黎俏手持金款邀请函入场，那是顶级会员的标志。而这枚袖扣如今出现在商少衍的身上，意味着……

思及此，商芙幽幽看向了黎俏，眼底波涛暗涌："和我竞拍袖扣的人，是你？"商少衍不太可能会花两亿拍一款袖扣。而且，他平时本没有佩戴袖扣的习惯。唯一说得通的，就是黎俏出手和她作对。

这时，黎俏望着商芙不满的神色，云淡风轻地挑了下眉梢："不可以吗？"

商芙手指挡住嘴角，讥诮地嗤笑一声："当然可以，用少衍的钱给他买东西，确实很可以。"

黎俏目光一顿，看着自以为是的商芙，无可奈何地摇了摇头。她什么时候能改一改自负的毛病？

很快，商芙敛了敛神，没再纠结那枚袖扣，反而望着商郁问道："你昨晚没事吧？"

"越界来公馆，就为了问我这个？"商郁慵懒地掀了掀眼皮，睨着商芙，低沉开腔。

他有十分甜 380

"越界"两个字，让商芙的脸色变了变，她压着嘴角，口吻稍显不悦："当然不止，我来只是为了提醒你，别大意，这次很可能只是个开端。"

黎俏望着她，突然有一种很诡异的想法在脑海中开始盘旋。她似乎是来"投诚"的，姐弟情深的戏码几乎以假乱真，但偏偏又不那么纯粹。当初她是能让流云等人如临大敌的人物，如今的所作所为却越发显得没有头脑。未免自相矛盾。

黎俏垂下眸，眼底深处浮现出淡淡的怀疑。她回想着过去几次接触，以及商芙的所有表现，不可否认，她让人在无形中对她产生了不以为然的轻视。一个人传言心狠手辣的人，真的只会如此？

这时，商芙端着茶杯小小抿了一口，没听到商郁的回答，便以余光扫过对面。而此刻，男人正侧身和黎俏低语着什么，两人的声音不大，周遭有风吹过，商芙一句也没听清。她抿唇别开眸，似是不想多看，但看似飘忽的目光非常隐晦地打量着南洋山的格局，除了恢弘大气的公馆，峦峰相接的另一侧，让她视线停驻……

"流云，送客。"陡地，商芙听见了一声逐客令，她蹙着眉看向商郁："少衍？""还有事，不送。"男人牵起黎俏的手，深沉的口吻很有距离感。而他们并肩起身时，流云也恰好走了过来。

商芙面露尴尬地拨了下头发，眼神闪了闪："原来你们这么不欢迎我，这倒显得我自讨没趣了。"说完她拎着皮包站起来，往前走了两步，蓦地又回头："你别忘了我的提醒。"

殊不知，商芙说完话才发现，商郁和黎俏早就手牵手走向了公馆，对她的话置若罔闻。商芙望着他们的背影，垂眸缓缓勾起了红唇。

十分钟后，直升机落在盘山公路外围。商芙下了飞机，径直走向了路边停靠的那辆奔驰车。后座，她钻进车厢，看着美妇浅浅一笑："小姑，久等了。"

商琼英依旧在翻看着车载杂志，闻声翻了一页："有什么收获？"

商芙怅然地扯了下嘴角："他还是没让我进公馆，不过在直升机上，我用望远镜观察过，南洋山另一侧有一片山坳，可能就是他的秘密科研基地。"

"可能？"商琼英合上杂志，不乏失望地扭头看着商芙。

见状，商芙敛了敛眉，语气放柔，安抚道："小姑别急，您也知道商少衍向来多疑，我要是太冒进，必定会引起他的注意。您不觉得现在这样

381

很好吗？只有让他们放松警惕，才能露出更多破绽。那个黎俏……就是他现在最大的破绽。"

此时，商琼英听到商芙的解释，盛满精光的双眸移向了窗外。她抬手摸着珍珠耳坠，若有所思地笑了笑："是吗？你所谓的让他们放松警惕，就是背着我跑去南洋山给他报信？"

商芙神色一紧，但很快就恢复如常："小姑，你想多了，昨晚我去了南洋山不假，但很快就回来了。佣兵团的失败，你可不能怪在我身上。"

"小芙，你应该还记得，你现如今的成就和地位都是怎么来的吧。"商琼英视线幽幽地回落在她脸上，那神色明明带着笑，偏偏让商芙有些局促不安。

商芙对着商琼英微微颔首，语气恭敬了不少："小姑的提拔，我始终牢记在心。"

"嗯，那就好，不然……我可不想平白给自己养一头白眼狼。老李，开车吧。"商琼英说完最后一句话，便随手拿起杂志继续翻看。

而这番话，对商芙来说无异于警告。

傍晚，黎俏乘坐直升机离开了南洋公馆。她的车还停在盘山公路的入口处，由于公路附近拉起了警戒线，车子还停在原地。黎俏下了飞机，便驱车赶回了实验室。

另一边，商郁站在平台目送她离开，直到飞机越过山巅，他才徐徐转身，看着身后的流云语气低沉地吩咐道："三天内，想办法让商琼英和商芙回帕玛。"

流云颔首："老大，那商琼英……"敢给佣兵团下单对付老大，这位旁支的暂代家主，可能也快做到头了。

商郁负手立在原地，深邃的眸望着远山，英俊的面孔无波无澜："不急，佣兵团会代劳。"这次佣兵团损失巨大，云厉和云凌不会轻易罢休的。

流云默默地看了眼商郁的背影，不禁有些同情商琼英和商芙。她们大概不知道，早在商琼英给佣兵团下单的那一刻，老大就已经获知了消息。别说一个云凌，就算再来十个佣兵团，也根本伤不到老大分毫。

……

第二天，午后，棕榈别舍。黎俏将车停在门外，拎着水果就进了门。前天傍晚本打算去医院探望外公，结果被南洋山的事耽搁了。赶巧昨天中午段景明出了院,黎俏就趁着午休来探望老爷子。

入了门,她将水果交给管家,就直接去了后院的茶亭。和风朗日的午后,老爷子段景明坐着摇椅,老神在在地听着国粹,时不时还哼上两声。黎俏放轻脚步,走上前将拖地的毛毯往他腿上遮了遮,唤道:"外公。"

段景明扭头睁开眼,一看到黎俏,笑得格外开怀:"哎哟,俏俏来了,快坐下,吃过饭没有?"

黎俏点头:"嗯,吃过了。外公最近身体怎么样?"

"好,特别好。"段景明从摇椅上坐起来,拿着矮几上的茶递给了黎俏,"你这孩子不用操心我,听你妈说,你最近在做实验研究,是不是特别辛苦?你看看,人都累瘦了。"

黎俏接过茶杯小呷了一口,眸色淡淡地弯唇:"不辛苦,都是工作而已。"

段景明本就偏疼黎俏,一听她说工作,忍不住开始絮叨:"哎哟,你这还没毕业呢,着什么急。依我说,你就该趁着年轻多出去走走,享受享受生活。咱家有这个条件,工作的事让那几个哥哥去做就行了。不然等你到了外公这个年纪,想出去走走都力不从心了,还有啊……"

外公段景明唠叨了好半天,大意就是让黎俏别为了工作丢了生活。黎俏淡声附和着,但基本上左耳进右耳出。她陪着老爷子聊了二十分钟,见他眉眼困倦,又看了看时间,便搀扶他回房午睡。

不到一点半,黎俏从别舍走出来,刚掏出车钥匙,一辆凯迪拉克的轿车停在了她面前。车窗降下,露出段淑华那张神色寡淡的脸颊。

"大姨。"黎俏对着车窗点了点头,脚下一旋,打算离开。

但段淑华却推门下车,扶着门框唤她:"俏俏,你等等。"

黎俏在车头的位置站定,望着段淑华挑了下眉梢:"大姨有事?"说起来,黎俏和段淑华的关系算不上亲近。外公家的长辈,大概只有段元辉对黎俏最为疼宠。

这时,段淑华隐晦地朝着别舍内院看了一眼,甩上车门走到了黎俏的跟前:"你有时间吗?大姨有点事想和你聊聊。"

"有。"黎俏不温不火地应声。

段淑华四下看了看,对着南洋河岸示意:"边走边说吧。"

不远处的河岸线,两人大概走了三分钟,段淑华才开口打破沉默:"俏俏,我听说最近你们家和衍皇集团达成了合作?"

383

黎俏的脚步顿了顿，黎家和衍皇集团合作了？她还真是第一次听说。黎俏眸光微晃，不露声色地看了眼段淑华："不清楚，大姨知道我向来不参与家里的生意。"

"是吗？"段淑华扯着嘴角，笑容有些牵强，"就算不参与，应该也会看新闻吧？这几天企业媒体可没少报道黎家和衍皇集团即将共同创建新型医药产业的项目。"

黎俏神色淡淡地瞥了眼段淑华："我确实没看新闻，所以……大姨想说什么？"一个从来没有深交过的长辈，却突然开始关心她家的产业变化，实在很令人费解。

闻此，段淑华顿步，转身面对黎俏，犹豫了很久，才略显为难地说道："俏俏，我想说的是，你们家已经贵为南洋首富了，又攀上了衍皇集团这个高枝儿。以后你们的钱只会越来越多，这种情况下，你是不是不应该再和我们争老爷子的遗产了？"

遗产！段淑华最后两个字说出口，黎俏就恍然明白了她今天和自己交谈的目的。外公之前在病房说过，把他个人七成的财产都留给了自己。既然大姨会突然提及遗产，八成是听到了。

这时，段淑华见黎俏不说话，不由得向前一步逼近她："俏俏，你们家的财产不计其数，老爷子那点钱放在你们面前根本就不够看的。"

段淑华的语气有些急迫，大概是察觉了自己的失态，她缓了口气，又补充："我知道老爷子偏疼你，但是他人老糊涂，我们作为儿女不能由着他，你说对吧？俏俏，大姨不是针对你，只是想和你商量商量，能不能去和你外公说一声，让他去把那份遗嘱作废重立？"

段淑华一番长篇大论，听得黎俏耳膜发胀。说到底，不过都是一个钱字。

黎俏不紧不慢地垂下头，用脚尖踢了下地面："这件事，大姨问过外公了吗？"

"我还问他干什么！"段淑华稍稍拔高了嗓音，不难听出一丝怨怼，"他分配遗产都没有和我们商量，说给别人就给别人，根本就没把我们这几个亲生儿女放在眼里。"

话很难听，黎俏蹙着眉心，垂下眼睑盖住了眼底的波澜和冷意。老人还在世，就这么迫不及待地想要瓜分财产了吗？她对外公的钱，本就没什么想法。而段淑媛的话，无外乎是在提醒黎俏，她是个外姓人。

黎俏揣在兜里的手指摩挲了两下，抬眸定睛，冷淡一笑："大姨说得有道理，所以……那就麻烦您自己和外公沟通吧。对于他老人家的遗产分配，不管结果如何，我其实一点意见都没有。大姨，我还有事，先走了。"

说罢，黎俏对她点头示意，转身就沿着原路返回。

"哎，俏俏，黎俏——"段淑华厉声的呼唤也无法阻止黎俏的脚步。

见她越走越远，段淑华的脸色也愈加难看。从一开始，她就打算让黎俏去和老爷子沟通。毕竟是费力不讨好的事，只是没料到这孩子这么难搞。

段淑华神色紧绷，一个外姓的外孙女，凭什么拿走老爷子七成的遗产，这件事她绝不会轻易妥协。段淑华眯眯忖了忖，回到车上就给段元泓打了个电话。

下午，黎俏回了实验室。大概是被段淑华影响了心情，她眉目清冷、一言不发地开始做实验。这会儿，江院士和连桢不在，听说是去了科研所。而黎俏满身低气压，愣是让其他的小组同伴没人敢上前和她搭话。半个小时后，黎俏丢下手里的报告，烦躁地拾起桌上的手机出了门。

其他几个同事张望着她的背影，心有余悸地拍了拍胸脯："她绷着脸不说话的时候，太吓人了。"

"同感同感，我看……等一会连桢回来，让他去慰问慰问吧，他们比较熟。"

对于同事们的讨论，黎俏毫不知情。她拿着手机来到后院的绿植园，走到长椅前落座，也没心思发消息，直接给商郁拨了通电话。

响了三声，电话那端传来男人沉稳磁性的嗓音："怎么这会打电话，不忙？"

黎俏抿着嘴角，闷闷地"嗯"了一声："不忙。"

小姑娘的声音发紧，低低沉沉的，一听就不太高兴的样子。商郁转着老板椅，摆手让望月先出去，待办公室的房门关闭，他才沉声问道："怎么了？有事？"

黎俏枕着长椅的弧形椅背，双腿在身前跷起，举着手机看了看天边的薄云："没怎么，有点……想你了。"

电话那端，男人沉默了稍许："还在实验室？"

黎俏心不在焉地点头："嗯，研究没什么进展，有点烦。"

这时，商郁从大班台起身，步伐稳重地走到落地窗前，望着南洋城的全貌:"研究本也不是一蹴而就,不必为了这种事心烦。"

"嗯,知道。"黎俏懒懒散散地应了一声,听起来依旧没什么兴致。

商郁薄唇轻抿,眸光看着远景,话锋一转:"今天上午,云凌已经走了。"

"嗯?这么快?"黎俏惊讶之际,语调不禁扬了几分。

商郁挑眉,耐性十足地笑问:"开心了?"

黎俏晃了晃脚尖:"也没有,不过还是谢谢男朋友。"

"嗯,那你打算怎么谢?"男人从善如流地接话,黎俏嘴角的笑凝固了。

她以为这只是句客套话。黎俏仰头认真思索片刻,模棱两可地回道:"等我想好告诉你。"

没一会,两人挂了电话,黎俏一个人在长椅上又坐了几分钟,才慢吞吞地折回了楼里。

不到十分钟,江院士带着连桢也兴冲冲地回了实验室,两人进门连口水都没喝,立马就招呼大家开小组会议。

江院士坐在会议桌前,拍了拍手,环顾四周便兴致勃勃地介绍道:"我跟大家说一下,刚刚我在科研所得到了第一手消息。下个月,由科研所牵头,将在国内挑选十个重点实验室举办交流大会。能入围参加交流大会的实验室,需要提交申请材料给科研所审核。这可是个千载难逢的机会,不管怎么说,我已经决定给咱们人禾报名了。目前还有半个月的准备时间,大家把手里的工作都先放一放,先加紧准备材料。"

桌前的小组成员面面相觑,没什么反应。

江院士拍了下桌面:"鼓掌啊!"

一阵稀稀拉拉的掌声响起,江院士满意地笑了:"嗯,所以都听清楚了吧?接下来的半个月,全力以赴准备申请材料。"

这时,有人举手:"老师,我有个问题。"

"你说。"江院士手指交叉放在桌上,一副准备答疑解惑的学究模样。

那名研究员清了清嗓子,发出了灵魂拷问:"交流大会……一定要参加吗?有什么用啊?"

"怎么没用?你想,咱们属于私人研究室,虽然挂靠在科研所名下,那也只是科研所卖我个面子而已。你们这几年做了多少研究,到头来所有研究成果都被冠上了科研所的名义。这次交流大会,说白了也是一次比赛。只要能够获得名次,那以后我们实验室就可以得到国家扶持。那么,以后所有研究成果都会挂上人禾以及你们自己的名字,你说,有没有用!"

研究员们互相看了看,眼神中都流露出了少许向往。好像,真的有用。

这时,江院士转眸看向半天没吭声的黎俏。

他笑容和煦地探了探身:"俏俏啊,假如咱们这次能够在实验室交流大会上拿到名次,那么以后资金方面的支持,你就能减轻不少负担了。"

"嗯,谢谢老师。"黎俏从桌下抬起头,望着江院士抿唇道谢。莫名其妙的道谢,反正挺不走心的。说完话她又低下头,戳着手机屏幕继续发微信。

江院士伸着脖子看了看,也没当回事,又强调了半天让大家一定认真对待申请材料。

至于黎俏,此刻正在和唐弋婷发消息。两人聊天的中心思想是:怎么对男朋友表示感谢。

唐家小婷:请问大佬缺什么?

黎俏想了一分钟,回了三个字"不缺吧"。

唐家小婷:那大佬想要什么?

黎俏:不知道。

微信页面安静了半分钟,然后唐弋婷发来了三个链接。

第一个:某论坛的经典回复。黎俏点进去看了看,大概内容无非就是给男朋友做顿饭或者看电影之类平平无奇的答案。她兴趣缺缺地关了页面。

第二个:某网站的购买链接。黎俏好奇地点开,随着页面弹出,那一身黑色皮质兔女郎的激情套装赫然映入眼帘。她头皮差点炸了。黎俏飞快地将页面关闭,却抑不住心跳紊乱的速度。她要是没看错,那套装貌似还送了个狗链?

不等黎俏给唐弋婷发消息,第三个购买链接如约而至:"最大号冈本001,国外代购直邮,组合套装,巨惠来袭,你值得拥有。"她面无表情地把手机丢在会议桌上,不想搭理唐弋婷了。

然后,身边一道暗影落下,正起身准备离开会议室的连桢,以及其他所有同事,全都看见了聊天框里的广告语"最大号冈本001……你值得拥有"。连桢喉结滚了滚,礼貌地别开眼,看着黎俏,默默伸出了大拇指。其他几个男女同事,也纷纷投来艳羡的目光,煞有其事地抿着唇不住地点头。现在的年轻人,玩得溜啊。

黎俏目光平静地看着对面的玻璃墙，有那么一瞬间感觉自己社会性死亡了。她从桌上捞起手机，塞进兜里就疾步走出了会议室。唐弋婷，你脑子里装的到底是什么类型的黄色废料！

五分钟后，黎俏坐在卫生间的马桶盖上，右腿脚踝搭着膝盖，撑着脑门无比闹心。

大褂外兜里的手机，时不时还传来振动。许是长时间没等到黎俏的回复，唐弋婷直接把电话打了过来。黎俏喟叹着看着屏幕，有气无力地按下了接听键："说。"

瞬间，唐弋婷叽叽喳喳的声音在耳畔响起："宝贝，怎么样？我给你出的点子妙不妙！"

可太妙了！要不是足够冷静，她早就把她拉黑了。

这时，唐弋婷还在沾沾自喜："俏俏，我跟你讲，你别不信，这几个方法都是网友们总结出来的精华。你畅想一下，那兔女郎的衣服要是穿你身上，简直太可以了吧！"

当然，黎俏最终也没有听取唐弋婷的建议。这哪里是网友总结的精华，分明是糟粕。

黎俏理了理心情，唉声叹气地走出了洗手间。时间已经悄悄来到了五点半。黎俏低着头回到研究室，途经之处难免接收到同事们促狭的目光。她抓了下头顶的碎发，面无表情地回到了自己的实验桌。

黎俏钩过椅子坐下，顺手拿起报告翻了翻，ICG–001抑制剂的字样格外惹眼。

001……

黎俏"啪"的一声把报告丢在桌上，默了两秒，脑海中飘过了几个字——"天打雷劈的唐弋婷"。

她现在看见001就能想到冈本001。

不到下午六点，黎俏接到了商郁的电话。

"还在忙？"男人沉稳的声线入耳，但听筒里似乎有些嘈杂。

黎俏起身来到走廊，后背抵着墙壁漫不经心："还好，不算忙。"

这时，商郁似乎偏头说了句话，黎俏没听清。随即男人慵懒的语调传来："既然不忙，那下楼吧。"

黎俏一怔，下意识看向了窗外，但实验楼的走廊窗户是内景，黎俏徐徐往楼下走去，途中笑问："你来了？"

"没有，流云在楼下等你，跟他一起过来。"

"哦……"黎俏微扬的嘴角再次沉了下去。

两人结束了通话，她也来到了楼下大厅。黎俏顺手将身上的白大褂交给门口的保安代为保管，自己则走出了实验楼。

街边，一辆黑色商务车停在辅路旁，流云则身姿挺拔地站在门旁静候。

不到半小时，南洋海港码头。夕阳斜坠，万丈霞光将海平面染成了炫目的金黄。

海风吹乱了黎俏的鬓角碎发，她拢了拢，流云也适时对着附近的一艘游轮示意："黎小姐，老大在里面等您。"

黎俏淡淡地点头，踏上了甲板。前方，是一片下沉式的休息区，方形的茶几上还摆着新鲜的水果。黎俏略略打量了几眼，绕过休息区和内嵌式的休息舱，转眼就到了游艇的主甲板。

她抬眸，目光顿住了。主甲板的正中央，一张白色餐桌布置着精美的食物和防风蜡烛。商郁傲岸的身影坐在对面，他一手举着手机，另一手夹着烟，姿态随性地打着电话。男人的背后是波澜壮阔金色余晖的海面，丝丝缕缕的霞光映在他的周身，柔和了冷峻的轮廓和棱角。

随着商郁投来视线，两人目光相撞。他对着手机低声说了句什么，对黎俏招手："怎么不过来？"

黎俏抿着唇走上前，拉开椅子，看了看桌上的食物和摆台，想起了四个字"烛光晚餐"。

"衍爷今天兴致这么好？"黎俏言笑晏晏地挑眉打趣了一句。

印象里，他野性凉薄，并不是个会制造浪漫的人。黎俏看着长颈花瓶里的单枝玫瑰，今晚的一切应该就是浪漫吧。

商郁掐了烟，臂弯搭着桌沿，微微向前倾身，语含调侃："不是说想我了？"

黎俏了然地扬眉，原来是因为下午的那通电话。

这时，商郁拿起刀叉，并对着她昂首："先吃饭，吃完带你出海。"

夕阳入海，夜幕降临，清风吹着海面荡起层层粼粼的涟漪。此时，游艇四周一片昏沉，唯有餐桌的烛光摇曳着朦胧。

黎俏慢条斯理地吃着牛排，肉质软嫩的口感让她食欲大增。吃了两小块后,她透过忽明忽暗的烛光看向对面的男人:"怎么突然要出海?"

"散心。"商郁动作优雅地切着牛排,慵懒地昂着眉梢,望着黎俏勾起薄唇补充,"既然实验没进展,不如出海散心找一找灵感。"

闻声,黎俏舔了下嘴角,眼里映着烛火,故作苦恼地摇头道:"男朋友这么贴心,我欠你的人情好像更多了。"

"那就一起欠着,总有机会让你还。"

黎俏没接话,脑海中莫名闪过某些画面,匆匆低下头吃了两口牛排。她被唐弋婷带坏了。

饭后,商郁牵着黎俏来到半露天的驾驶舱。操作台前,男人颀长玉立,随意看了看,便把衣袖上卷,露出了肌理分明的小臂。

此时,黎俏斜靠着驾驶椅,瞧见他的动作,扬眉笑问:"你要亲自开?"

商郁侧眸,余光扫了眼操作台,扬唇戏谑道:"嗯,敢坐么?"

黎俏双手环胸,压下了嘴角,顺势往旁边一坐,对着海面努嘴:"当然,走吧。"

小姑娘泰然从容地坐下,跷着双腿晃了晃,一副还挺期待的样子。男人单手插兜,睨了她一眼,随即打开了游艇的航行灯。伴随着游轮引擎的声音,四周的探照信号灯也随之亮起,登时驱散了海上的昏黑。

商郁坐在驾驶位,单手扶着游轮方向盘:"出发?"

见状,黎俏挑眉作为回应。

男人的唇边抿着若有似无的淡笑,随即推动油门手柄,游艇便驶离了码头。

墨色当空的黑夜,游艇匀速航行在海面上。海风裹着淡淡的凉意吹拂进半露天的驾驶舱,也吹动了男人肩头的衬衫,愈显得英挺俊逸。与此同时,他们的后方,三辆小型游艇陆续跟随而来,是流云等人的护航。

黎俏坐在沙发上,手肘撑着船舷,拨开眼前凌乱的碎发,望着海平面升起的一弯弦月,神色平静而淡然。他们身后是渐行渐远的万家灯火,身前是一望无际的浩瀚海面。仿佛置身在无人之境,也暂时抛却了所有烦恼。

海面远处,灯塔的探照灯摇摆而过,黎俏看了几眼便收回视线看向了身侧的男人。他依旧保持着单手开游艇的姿势,衬衫的领口被海风吹开,露出了精致的下颌和喉结。

黎俏看得入神,目光缓缓落在了油门手柄上,有点手痒。

他有十分甜

商郁察觉到她凝神的视线,偏头望着她,声调慵懒:"会开游艇?"

黎俏懒洋洋地点头:"不过很久没开了。"

"试试?"

见男人斜斜地扬起薄唇向她发出邀请,黎俏也没矜持,走到操作台前,低头打量了一番。

商郁左手的掌心从身后搂住她的腰线,稍稍用力就把黎俏拉得后退了两步。

她被迫回身,还没站稳就被男人拉到了腿上:"坐这儿开。"

黎俏侧身坐着,似笑非笑地瞥他一眼,而后手指一热,商郁的掌心已经拉着她的手放在了手柄上,无比纵容地说道:"这片海域很安全,想怎么开,都随你。"

"那你可要坐稳了。"黎俏边说边从他的怀里站了起来,一副跃跃欲试的模样。

黎俏开游艇的技术很好,甚至可以说非常大胆。一手推着手柄,一手转着方向盘,在海平面上飞速游走。后面护航的几艘游艇都蒙了,不得不加速追上前方窜出老远的游艇。

整整十分钟,黎俏几乎成了这片海域的王者。一个漂移转弯激起了一米多高的浪花,以至于流云开着游艇跟过来的时候,直接被浪花拍了一脸。

不多时,黎俏缓下船速,打开自动航行的按钮,便神采奕奕地从操作台后退了一步。然后,腰线一紧,商郁搂着她转过身,靠在椅子中微微昂首,深眸里藏着笑:"舒坦了?"小姑娘刚才开船的时候,认真又专注,整个人似乎都沉浸在飞速漂移的兴奋之中,恣意又洒脱,也是一种极致的放纵。

此时,黎俏的脸颊很凉,眼睛里却透着明亮。她垂眸点头,站在男人面前,微微笑道:"还不错。"

"那该我了。"商郁薄唇抿了抿,英俊的轮廓覆盖着驾驶舱柔和的灯光,稍稍仰头的姿态,俊美而惑人。黎俏看着他矜贵的脸颊,以为他要重新开船,应声后便打算让开操作台。不承想,她还没动身,男人一手钩着她的腰,另一手揽住了她的后颈,轻轻用力就让黎俏被迫弯腰俯身。她身形不受控制,转瞬跌坐在商郁的怀中。随即,四唇相贴,深入而火热。

夜里的海面温度低,他们彼此的唇瓣都有些凉意。黎俏紧贴着他的胸膛,回应之际,凉凉的手指也爬上了他的脸颊。她捧着他的俊脸,他拥着她入怀。

391

游艇缓慢而匀速地自动驾驶着,后方的护航游艇也始终保持着安全距离。

一吻方休,黎俏伏在商郁的肩头,眼睛里有潋滟的水光。男人侧首埋在她的颈窝,薄唇偶尔啄着她温热的肌肤。

沉默了数秒后,商郁沙哑的声音在她耳边响起:"想不想去帕玛走走?"

闻声,黎俏点头:"有点想,什么时候去?"

商郁凝视着她:"看你的时间,去之前记得把实验室的工作和学校的事安排妥当。"

学校的事……黎俏恍然地摸了下脑门,差点忘了,下周是毕业典礼。她抿着嘴角,冷静过后便若有所思地沉默了片刻:"你怎么突然想带我去帕玛?"

商郁轻抚着她的脸颊,唇边露出笑纹:"不是想知道《股神自传》的内容?"

这个回答,让黎俏找不到任何反驳的借口。确实,重金拍下来的《股神自传》,总要知道里面到底写了什么。

黎俏靠着商郁的肩膀,忖了忖:"自传你已经给伯父看过了?"

"嗯,他没告诉我内容,毕竟是你的东西,到时候可以当面问他。"

商郁这番四两拨千斤的话,让黎俏有点啼笑皆非:"明明是你拍下来的。"

"送你的,自然是你的。"男人钩着她的腰在她脸上吻了吻,随后解除了游艇的自动航行,就这么怀抱着黎俏,调转方向朝着码头驶回。

过了二十分钟,游艇靠岸。黎俏和商郁手牵手走出驾驶舱,刚来到主甲板,她就愣住了。视野里,满地狼藉,根本没处下脚。

"这……"黎俏看着原本摆在桌上的物品散落在甲板各处,连桌布都飞下来了,海风这么大吗?

然后,她便听到一阵悦耳磁性的笑声从男人的喉间传出。商郁沉声笑问:"在海上漂移的时候,没听到别的声音?"

黎俏无辜地眨了眨眼,沉默以对。哦,不是海风,原来是她。

黎俏没吭声,敛眉跟着男人上了岸,其间路过下沉式的休息区,那茶几上的水果也洒了满地。大意了。而流云等人上岸后,各个衬衫湿透,一阵海风吹过,刺骨透心凉。黎小姐开的不是游艇,是宇宙飞船吧。

当晚,黎俏带着一身海腥味回了实验室的宿舍。洗完澡她边擦头发边打开手机,登录许久未上的学校论坛看了看,毕业典礼在下周五,正好是高考成绩出分的日子。黎俏随意翻了翻论坛,兴致缺缺地退出了页面。

已经快晚上十点,或许是海上漂移让她太兴奋,丝毫没有困意。少顷,黎俏丢下毛巾,手指顿了顿,又打开了国际会的 ICC 系统。账号还是云凌的,她点开接单记录,发觉商琼英的单子已经被打上了"失败"的标记。

黎俏拧了拧眉,眯眸看着备注一栏,玩味地笑了笑,便手动输入了一行字。如果去帕玛,势必要和商纵海见面,不知到时候能不能遇见商琼英这位旁支的代家主。

黎俏垂眸看着手机页面被添加的备注标记,漫不经心地扬起了嘴角。

与此同时,尼亚州,地处城市和沙漠交界处的佣兵总部大楼。据说,此地前两天发生了油管泄漏爆炸,整栋建筑几乎全毁,只剩下楼体钢架,在阳光下显得尤为恐怖。

此时此刻,对面的训练营顶层,一个体形修长、身材健壮的男子伫立在窗前,他身后站着垂头丧气的云凌。男子负手而立,头顶半长的短发打理得一丝不苟,鬓角两侧的发丝极短,是成熟又不失时尚的背头造型。

"哥,我知道错了。"云凌垂头丧气地嘟囔了一句,望着窗前的背影,表情晦涩。

这时,对方并未回身,反而低头看着自己的指尖,低沉的声线略显迷离:"你说,你遇见了谁?"

云凌目光一颤,支支吾吾道:"就……一个有 ICC 系统的姑娘。哥,说实话,要不是她从中作梗,我觉得我能……"

房间里沉寂了很久。窗前的男子徐徐转身,逆光的身影令人看不清他的脸颊:"你怎么知道她有 ICC 系统?"

闻声,云凌恍然惊觉,他那天用她的手机登录了系统,好像……忘了退出。

……

一天后,周五。黎俏窝在实验室里,和小组成员整理着交流大会的申请材料。江院士和连桢又去了科研所,听说是去打探消息了。

临近晌午,黎俏将整理好的材料分类归档,恰好遇见了傅律亭,便跟他询问了九公的近况。两人正聊着,门外的值岗保安大步流星地从走廊另一侧走了过来。他径直来到黎俏跟前,颔首,毕恭毕敬地说道:"黎小姐,门外有个男人,自称是投资人,想要和实验室谈合作,请问……要见吗?"

投资人？黎俏和傅律亭对视一瞬，两人眼底都流露出少许狐疑。实验室从不对外开放，也没有设立任何标识牌，对方什么来历，竟然能知道这里是实验室？！

黎俏沉思片刻，不温不火地问道："他还有没有说别的？"

保安摇头："对方只说想要谈合作，其他的没说。"

黎俏不以为意地撇嘴："不见，告诉他实验室不需要合作。"

"好的，黎小姐。"保安闻声就转身离开，对黎俏的话言听计从。

傅律亭望着走廊的方向，蹙眉道："怎么会突然有投资人找上门了？你说……会不会是老师的朋友？"

黎俏闪神，没说话。她倒是忽略了这层关系。最近一段时间，老师的朋友确实挺多的。

傅律亭见黎俏不言语，又补充道："我就是随口一说，如果真是老师的朋友，应该不会这么贸然地跑过来。"

黎俏看了他一眼，敛去心底古怪的感觉，话锋一转，便继续询问九公的情况。转眼，下午两点，江院士还未归。黎俏也忙里偷闲，拿着手机偶尔和商郁发条微信。

然后，楼下值岗的保安又来了。

黎俏走出研究室，还没开口，保安就递来一张名片："黎小姐，这是对方交给我的。"

她低头一看，诧异地挑了下眉梢。居然是江院士的名片。

恰好，傅律亭手里拿着报告从办公室走出来，听到他们的对话，也看见了名片："还真是老师的朋友？"

黎俏摸了下脑门，对着旁边的玻璃门扯唇道："先把他带到会议室吧。"

保安离开后，傅律亭看着黎俏无奈的表情，笑道："你要不要问问老师什么时候回来？"

"嗯，我去打个电话。"黎俏边说边转身进了隔壁的办公室，她倚着桌角，从大褂兜里拿出手机给江院士拨了过去。

第一次对方没接。她又打了一遍，江院士急匆匆的语气传来："俏俏啊，什么事？"

"老师，您什么时候回来？"

话音方落，江院士就捂着话筒嘀咕："今天可能回不去了，我和连桢正跟科研所的同事打探交流大会的细节,有什么事你先处理,挂了啊。"

黎俏剩余的话被阻在嘴边,根本没机会多问,江院士已然将电话挂了。她靠着桌角,神色淡淡地垂下眸。

这时,隔壁会议室传来一阵脚步声,听起来似乎是投资人被领了进来。黎俏默叹,将手机塞回大褂,走出了办公室。

傅律亭还在走廊等着,见她出来就问了句:"是老师的朋友?"

黎俏双手插兜,看了眼磨砂玻璃的会议室:"可能吧,但老师回不来。"

"那……"傅律亭也顺势看过去,"你要去见吗?刚才他进门的时候我看见了,气势汹汹的,看着不太好接触。"

气势汹汹?确定是来投资的?黎俏想了想,望着会议室方向,隐约间还能看到一个人影正坐在桌前:"嗯,我去看看。"

傅律亭有点不放心,回想着对方一身煞气的模样,不禁向前一步:"我跟你一起吧。"

黎俏本想拒绝,但转念便作罢,顺势点了点头,和傅律亭一同走向了会议室。

同一时间,身在衍皇集团的流云,也收到了实验楼保镖的通报。他低头看着手机上传回来的监控画面,目光落在那名戴着墨镜、身穿灰色西装的男人身上,莫名有点眼熟。事关实验楼的安危,流云没敢擅自做主,捧着手机就去了董事长办公室,结果扑了个空。

他站在门口愣了愣神,蓦地腿窝被踹了一脚:"你在这傻站着干吗?祈福呢?"

望月调侃的声音从背后传来,流云歪了下身子,回眸瞪他一眼:"老大呢?"

"隔壁,开会。听说是追风那边出了点问题,老大和落雨正在跟他连线商讨解决方案。"望月说着就往旁边的多媒体室努了努嘴,转过头看着流云,又问,"怎么了?找老大有事?"

流云面色严肃地点了点头,思考着要不要进去打扰。

望月不解地看着他:"不管你有什么天大的事,我建议你别进去。帕玛那边的问题好像挺严重的,我听说追风受伤了。"

闻此,流云神色一凝:"严重么?"

"不知道,好像是车祸,严不严重还得等老大他们出来再看看结果。"

经过望月的提醒，流云最终还是打消了念头。但他总觉得对方眼熟，于是就打开手机里的视频，递给望月："你看看这个人，有印象吗？"

望月接过手机认真地看了几眼，摇头："眼熟，但没什么印象。这谁啊？"

"听说是个投资人，要给黎小姐的实验室投资。"流云一板一眼地解释。

望月恍然大悟地"啊"了一声，将手机丢回给流云："这有什么奇怪的，这年头土大款多了去了，说不定他在电视上露过脸，难怪觉得熟悉。"

是这样吗？流云有点匪夷所思，心里总有些忐忑。

这时，望月往前走了两步，见他没跟上来，不禁嘲笑道："你琢磨啥呢？你看看外面，阴天，多云。那男的反而还戴了个墨镜，一看就是钱多装逼呢。"

流云默默地把手机塞进了裤兜，不想和望月说话了。

实验室，时间刚过下午两点。会议室的门口，傅律亭推开门，让黎俏先进去。待傅律亭转身将玻璃门关上，往会议桌的方向一看，不禁梗了下脖子。这投资人还挺神秘。十几平米的会议室，能容纳六人位的会议桌前，一个男人背对着他们坐在上首，桌上还放着一只墨镜。半高的椅背挡住了他的身影，只露出一个油光锃亮的大背头。

傅律亭下意识看了眼黎俏，却发现她双手插兜，垂着眼，不知在想些什么。

此情此景，傅律亭以为她紧张，不由得向前一步，客套地开口："您好，请问您是……"

话音未落，背对着他们的男人转动椅子，缓缓露出了真容。

但傅律亭来不及过多打量，看到他手握的东西，倒吸一口冷气，不假思索地挡在了黎俏的面前："你想干什么？"

那人，手持一柄银黑色的左轮柯尔特，拇指还有一下没一下地打着滑轮。

傅律亭脊背僵硬，脑门冒出了虚汗。法治社会，他真没见过这场面。

傅律亭几乎将黎俏完整地挡在了身后，就算是拳馆世家，他也没见过有人敢堂而皇之地拿枪出来。

就在气氛逐渐凝滞，他悄悄拿出手机打算报警之际，肩头被人拍了拍："傅师兄，你先出去吧。"

"不行，要走一起走。"

黎俏低着头，从傅律亭的身后错开一步，抬眸看着对面的男人，扯唇道："他手里的是……打火机。"

他有十分甜

傅律亭一愣，依旧满身戒备地盯着黑黢黢的枪口："打火机？"

话音方落，对面的男人直接掏出一根烟，并扣动了"扳机"。

傅律亭无语，没想到还真是打火机。

黎俏走上前拉开会议室的大门，示意傅律亭："放心，是熟人。"

太熟了。她是真没想到云厉这么快就找上了门。

见状，傅律亭也没犹豫，但仍旧煞有介事地叮嘱黎俏："那我先出去了，有事你随时喊我。"

"嗯。"

送走了傅律亭，黎俏单手扶着门把手，幽幽回身看向了对方。这人啊，几年没见，还是老样子。干着刀尖舔血的业务，偏偏生了张精致魅惑的脸。浓眉似画，挺鼻如峰，淡色的薄唇抿着似笑非笑的弧度，看似内敛又处处张扬，五官清隽，却满身蜇人的煞气。

云厉，二十九岁，国际佣兵团首领。

黎俏没说话，走上前拉开椅子，刚要入座，云厉低冽的声音溢出嘴角："躲了这么久，终于舍得出现了？是你自裁，还是我来动手？"

黎俏不冷不热地看着他："你动手吧。"

空气安静了两秒，随即云厉把手枪造型的打火机往桌上一丢，气笑了："小崽子，明知道老子舍不得，还气我是吧！"

云厉双手环胸，凤眸微眯，死死盯着黎俏："当年为什么突然离开边境？不打算跟我解释解释？"

黎俏和他目光相撞，淡淡地勾唇："不打算。"

闻声，云厉摸着自己的浓眉邪肆一笑，单手拍着桌子就站了起来。他身高近一米九，站在不大的会议室里，愈显得体魄健硕，人高马大。云厉唇边挂着薄笑，三两步来到黎俏跟前，撑着桌角俯身，另一手则搭在她的椅背上："真不打算跟我说说？"

黎俏瞥着他的动作，"嗯"了一声。

云厉无奈地抿唇，叹息着压下肩膀，往黎俏的面前欺身靠近："那抱一下，老子想你了。"

下一秒，一支手机顶在了胸口，也迫使他停下了压身的动作。

黎俏推开他，不急不缓地问道："怎么找到这儿的？"

两人之间的距离拉开，云厉哼笑一声，没再强求，长腿踢开身侧碍事的椅子，眯了眯眸："小看我？找你还不容易？"

黎俏靠着椅背，微微仰头看着云厉。三年多都没找到，哪来的自信说这种话？于是，她扯唇，毫不客气地拆穿他："云凌跟你说的。"标准的陈述句。

云厉想，不管过去多久，这小崽子说话还是一如既往地不中听。

云厉双手环胸，居高临下地打量着黎俏。依旧是那副冷淡如水、散漫随意的模样，眉眼精致，不经意间就能让人颠倒神魂。只是……她似乎比三年前内敛了许多，即便眼波流转间仍难掩不羁和张扬，但少了许多洒脱和肆意。

云厉又下意识地摸了摸眉毛，这是他思考时的标准动作。半响，他俯下身，随即飞快探出掌心，落在黎俏头顶用力揉了两下："嗯，不愧是我的小心肝，还是这么聪明。"

夸她是假，揉她的头才是真。云厉干燥的手掌很粗糙，转眼就把黎俏的丸子头揉得一团乱。碎发乱飞，还起了静电。

黎俏顶着一脑袋被揉乱的呆毛，面无表情地叹了口气。见状，云厉也如释重负般扬唇笑了。

不多时，云厉和黎俏并肩离开了实验室。此时辅路停着一辆水蓝色的敞篷法拉利，骚气又惹眼。

黎俏嫌弃地扫了扫车身，而云厉已经为她拉开了车门："这车怎么样？稀有湖水蓝限量版。"

不怎么样。黎俏撇嘴没回答，云厉也不在意。

两人上车后，他发动引擎，却没有开车，单手撑着方向盘，转头看着黎俏："刚才那小子是不是对你有想法？"

那小子？哦，傅律亭。黎俏仰头靠着椅背，瞥他一眼，漫不经心地回答："想多了，只是同事。"

云厉嗤笑，摘下墨镜丢在仪表盘上："你确定？"男人看男人的直觉向来很精准。他一眼就看出傅律亭对黎俏的态度，八成心思不纯。

闻声，黎俏双手交叉枕在脑后，姿态懒洋洋地丢出了一句话："不信你可以去问他。"

云厉瞥着黎俏和记忆重叠的懒散模样，抿唇没说话。

随着一阵刺耳的轰鸣声响彻在路边，那辆水蓝色的法拉利也从辅路驶远。

岗亭里的保安看到这一幕，不禁翻看着手机页面。他半个小时前给流云队长发的消息一直没得到回复。或许……这个男人不值得施以关注？

保安暗自思索，还是没敢放松警惕，调出了岗亭附近的监控画面，截好视频就再次发给了流云。

下午三点半，南洋娱乐城。一辆水蓝色的敞篷法拉利驶入停车场。

不多时，黎俏和云厉走进娱乐城，径直来到十三楼的跆拳道馆。由于黎俏提前打了电话，私人道馆的房间已经准备妥当。

约莫过了五分钟，两人站在正中间的场地上，云厉耸着肩膀，眯眸看着一脸从容的黎俏："让你三招？"

黎俏昂了下眉梢，黑白分明的眸子有点狂："那我让你六招吧。"

云厉二话不说，直接挥拳冲了过去。她内敛个屁，说话还是能分分钟气死人！

云厉能成为佣兵团的首领，本就身手不凡，且一招一式都极具爆发力。虽然穿着西装和皮鞋，但行动自如丝毫不受阻碍。

黎俏见他挥拳，轻轻侧身躲开攻势，而后以非常刁钻的角度从云厉的手臂下钻过去，捏住他的手腕和上臂，打算给他一个过肩摔。但，云厉毕竟是云厉，早就察觉到她的意图，掌心绕着她的手略略翻转，直接卸下了黎俏的姿势。

两人打得难舍难分，看得出云厉也没有留余地。至于黎俏，则攻守兼备，眉眼间暗藏锐气，还隐隐有些兴奋。

不到十分钟，云厉趁着黎俏回身闪躲之际，脚下一蹬，拳头照着她的肩膀就捶了过去。这种偷袭技巧，想当初还是黎俏研究出来的，云厉当年也没少被她偷袭。他甚至笃定，这一拳注定是打不到黎俏的。所以也没有收回攻势，眨眼间拳头落在黎俏的肩膀上，发出闷闷的声响，云厉直接傻了。

黎俏被捶了一拳，不受控制地后退了两步，待她稳住身形，便单手捂着肩膀，喘息着看向云厉，那双布满了神采的眼睛里，有笑，也有释然。

她故意的。云厉薄唇紧抿，胸膛剧烈起伏着，手掌绷在身侧，怒瞪黎俏："你明明能躲开的，为什么不躲？"

黎俏不以为意地撇嘴："你赢了。"

她揉了揉肩膀，走到墙边沿墙坐下，后脑往后仰了仰，似乎有些疲惫。

399

和云厉打架不同于自己练拳,他的攻击来势汹汹,必须要小心应对,但也确实酣畅淋漓,她已经很久没和旗鼓相当的对手比试过了。

这时,云厉一言不发地走到她身边,屈膝坐下,后背抵着墙,垂眸不知在想什么。

好半天,两人都调整好呼吸,云厉沙哑晦涩的嗓音才传了过来:"疼不疼?"

黎俏仰头靠着墙,目光落在头顶的天花板上,语气有点嚣张:"你那点手劲儿还打不疼我。"

云厉猛地转头,磨了磨牙:"你就嘴硬吧,非得用这种方式来赔罪?老子不接受。"

认识八年,他比任何人都了解黎俏。她自己设计的偷袭招式,又怎么可能避不开?不过是想用这一拳,来抵消这三年多的失联而已。也因此,云厉心里特别不是滋味。他刚刚手劲儿有多大,他自己很清楚。

"那你想怎样?"黎俏冷着脸,扭头对上云厉暗藏晦涩的目光。

云厉喉结滚动,藏在身侧的手不禁用力攥了攥,千言万语,难诉衷肠。他别开眼,望着对面的墙壁,很快又恢复了邪魅的表情,甚至特别不正经地问道:"想怎样都行?"

这时,黎俏屈起左腿,把臂弯搭在膝盖上,偏头看着云厉吊儿郎当的样子,反问:"你做梦呢?"

见他不说话,黎俏凝神几秒,随后低头看着自己的指尖:"你弟没事吧?"

云厉顺了顺凌乱的大背头,没什么情绪地应声:"没事。"

黎俏刚要说话,云厉就长叹一声,率先开口:"当年为什么一声不吭就走了?我们大家找了你多久你知不知道?"说走就走,真狠心。

云厉难以放下心结,半侧身用肩膀倚着墙,灼灼地看着黎俏:"咱俩认识八年了,你就这么信不过我?如果遇到麻烦事,说出来我帮你一起解决不行么?"说罢,云厉又想打她了,但又舍不得。

黎俏视线定格在某处,面对云厉的逼问,她默了半晌,才挑眉看着他:"你能让人复活吗?如果能,我就说出来让你帮忙解决。"

云厉惊愕了一秒,突然想起了一件事,随即点头叹了口气:"行吧,懂了。那我也不问了,但就一个要求,从今往后你再敢消失,我跟你没完。"

黎俏漫不经心地"嗯"了一声,随即如释重负地轻笑:"那不如说说,

他有十分甜

你怎么找到实验室的？"云厉对南洋并不熟悉，云凌也并不知道实验室的事，偏偏云厉以投资人的身份找上了门，还挺奇怪的。

然后，黎俏就听到耳畔传来一声嗤笑，头顶本就糟乱的碎发又被他揉了两把："这几年ICC系统持续升级，所有登录账号的成员，都会显示坐标定位。"

黎俏无奈地蜷起手指，大意了："尼亚州的总部怎么样了？"

第17章 你伤了我的女孩

云厉神色一顿，违心道："没事，都挺好，你不用操心。"

黎俏凉凉地瞅着他："你接单的时候，就没想过后果？"

云厉笑意渐退，正了正脸色："有难度才有挑战，但确实低估了他。"南洋商少衍，威名远播。即便在紧邻帕玛的尼亚州，也时常能听到他的相关传言。这次，佣兵团之所以会接下商少衍的单子，也是想看看外界传言的真实性到底有几分。目前看来，他确实有点能耐。

不多时，云厉甩了下头发，默了几秒，望着黎俏问道："我听云凌说，你和商少衍很熟？"具体有多熟，他倒是不清楚。云凌当时说得不多，他也压根没听完，在得知黎俏的消息后，立马就启程来了南洋。

黎俏看着云厉狐疑的神色，泰然地点头："嗯，很熟，有机会介绍你们认识。"她不太确定商郁是否愿意云厉知道他俩的关系，毕竟他的身份敏感，所以便含糊地回了一句。

云厉不甚在意地弯唇，背靠着墙晃了下脚尖："那正好，我也想和他当面算算账。"

黎俏满含同情地眨了眨眼，这是有多大的自信？她唷叹摇头，随即转移了话题："我用云凌的账号在系统里添加的备注，你看到没有？"

"原来是你添加的？看见了，你想怎么做？"云厉凝神的视线落在黎俏脸上，诧异过后，眼底便有了杀气。佣兵团的行动被暴露，这件事他不会轻易放过对方。

此时，黎俏舔了下嘴角，漫不经心地勾唇："不是我想，而是你们想怎么做。按照国际会的惯例，还有这次佣兵团内部的损失，多少也得给她算上一笔。"

云厉挑高眉梢，冷笑："行，有你这句话，老子指定让她在国际会里吃不了兜着走。"

这时，黎俏和云厉四目相对，两人眸中都露出了一抹高深的笑意。大概，有人要倒霉了。

少顷，黎俏撑着地面站起来，朝着窗外看了看："晚上想吃什么？"

云厉也随之起身，他活动着手腕，又拧了拧脖子："你安排吧，我暂时不走，所以……"

说着，他就走到黎俏跟前，重重地拍了下她的肩膀："老子的衣食住行，接下来就靠你了。"

黎俏瞬时拍开他的爪子，面无表情地往门外走去，不想搭理了。

时间不到四点半，黎俏和云厉从跆拳道馆走出来。娱乐城楼下，黎俏拿着手机在回复消息。二十分钟之前，商郁发来了微信，但那时候她正和云厉打架切磋，手机不在身边，所以没看到。黎俏心不在焉地边走边发消息，云厉跟在她身边，脸上戴着墨镜，抿着唇，表情很酷。

转眼，两人来到了门廊下。云厉看着黎俏兀自往前走的身影，又往旁边看了眼，连忙伸手按住了她的肩膀："小崽子，看车。"话音落定，一排新款豪华劳斯莱斯从他们左侧的斜坡驶了过来。

黎俏的消息还没发出去，整个人就被云厉拉着肩膀后退了好几步。连带着，扯痛了肩头的伤。他砸的那一拳，确实有点疼。

黎俏缩了下肩膀，眉心微凝，但很快就恢复了淡然。她后退到云厉的身边，挑着眼尾抬眸，看到车队，略显怔忡。

衍皇集团的新车队？

七辆车依次驶来，而最中间的那辆车，不偏不倚地停在了黎俏和云厉的跟前。

而此时，云厉的那只手，还落在黎俏的肩头。他冷眼瞥着车队停靠的位置，压着俊脸，展眉透过墨镜的镜框打量车厢，但贴膜的车窗十分隐秘，他一时间看不到里面的情况。

这时候，后座的车窗缓缓下降，一张英俊的脸颊也逐渐清晰起来。对方神色冷峻，面颊轮廓深邃，近乎完美的棱角线条，处处透着倨傲矜贵，又散发着不容小觑的绝对气场。

这人,很危险。云厉冷冷地眯着眸,顺势摘下墨镜,几经审视,便认出了对方。他邪肆一笑,玩味地扬眉:"商少衍!"

真巧。他今天才来南洋,短短几个小时,就在街头狭路相逢了。

车内,商郁坐在靠窗的位置,单手抚平袖管,幽暗的冷眸慵懒地瞥了云厉一眼,随即移动视线,看向了黎俏的肩,薄唇渐渐抿起,极度不悦。云厉不确定商郁来此的目的,警惕且隐晦地将黎俏往身后挡了挡。这下意识的动作刚做出来,云厉才猛然想起他们好像是认识的。

这时,商郁唇角下压,薄凉的视线再次和云厉交会,男人低沉而缓慢的嗓音从车内飘来:"云厉,手拿开。"

"你认识我?"云厉神色意外,喉结滚了滚,却没有照做。他的确没想到商少衍居然认识自己。身为佣兵首领,他对自己信息的保密程度格外重视。

与此同时,黎俏回过神,默默地叹息了一声,侧肩拨开云厉的手,刚要上前,肩膀又被按住了:"你干吗去?"云厉不喜欢黎俏这般拉开距离的表现,按着她的肩稍稍用力又把她拉了回来。

这一刻,车门已经被流云打开。一瞬间,独属于商郁的强大气场蔓延在车厢附近。连这人来人往的门廊附近,似乎都变得安静了不少。男人倾身走出,挺拔修长的体形和云厉不相上下,一身极致的黑,野性出尘,似温润如玉的君子,更似睥睨大众的一方霸主。云厉不得不承认,这男人身上有一种不露声色却能让人俯首称臣的威慑力。

此刻,商郁迈着慵懒的步伐来到黎俏的面前。他眼睑微垂,神色难辨,探手拉住黎俏的臂弯,轻轻一拽,就把她拉到了身边。

云厉的掌心落空,定睛凝神时,心头猛地一颤。眼前,是商少衍侧身搂着黎俏的肩膀,沉沉问话的一幕:"刚才在做什么?"

"没做什么。"黎俏瞥了眼震惊的云厉,努嘴道,"就是……和他切磋了一下。"

商郁冷眸眯起,锐利且暗藏阴翳的眸扫向了云厉:"肩膀是他弄伤的?"

黎俏愕然,他怎么发现的?

云厉的瞳孔骤然一缩,滚着喉结看向了黎俏的肩头:"你受伤了?要不要紧?"

黎俏淡淡地摇头,扯着商郁的手腕,便问道:"没有受伤,就是撞了一下。

他有十分甜　404

我和云厉正要去吃饭,一起?"

男人的视线还落在云厉的身上,深如寒潭的眸中俱是凌厉,默了半晌,他重新看着黎俏,唇线依旧绷着,垂了垂眼睑,似是默许。

相比而言,云厉则因为误伤黎俏,眉眼恍惚间,气势上被压了一截。

水晶苑。衍皇的车队陆续驶入VIP停车场,末尾还跟着一辆极为惹眼的湖蓝法拉利。

云厉停好车,隔着几道车身凝视着黎俏的方向。她没有坐他的车,商少衍出现的那一刻,他便敏锐地察觉到,他们二人不止熟悉那么简单。

云厉的手掌捏紧方向盘,心里百般滋味,五味杂陈。他垂眸,盖住了眼底晦涩的波澜。少顷,云厉沉淀情绪,又恢复了往常的邪肆冷魅。

另一边,黎俏半靠着商郁的肩膀,目光往窗外斜了一眼:"你以前见过云厉?"

此刻,男人单手环着她,温热的掌心隔着衣料为黎俏轻轻揉搓肩头的伤。听到她的询问,商郁仰头枕着后座,半阖眸,声线低沉地回应:"嗯。"

黎俏扭头看着商郁:"那你们……"话说到一半,她欲言又止。

"担心我和他动手?"商郁睨着黎俏,高深的表情布满了玩味之意。

黎俏扯唇,如实回答:"嗯,有点。"

这时候,商郁收紧了臂弯,也拽回了黎俏神游的思绪。

她和男人目光相接,莫名有点心虚。

"既然担心我动手,那你就不该让自己受伤。"男人沉冷的口吻夹着不悦,手指也按住了黎俏肩头的伤处。

她"嘶"了一声,望着商郁冷峻的神色,拍了下他的手背:"不是……"

"下车吧。"

黎俏想狡辩的话被噎住,眼看着男人收回臂弯下了车,她沉下脸,心情有点躁。不为别的,她在思考,如果商郁和云厉真的动了手,她该帮谁?帮云厉?那不合适吧。帮商郁?伤了云厉怎么办?

带着这样纠结的心情,黎俏跟着商郁下了车。

此时,云厉臂弯搭着西装外套,身着灰色的衬衫站在他们几米外的距离。两个体形修长、英俊非凡的男人,每次相遇仿佛都是一场无声的较量。

黎俏摸了摸脑门,徐徐走到商郁身边,随即手指被温热覆盖,男人已经旁若无人地牵起了她的手。

这一幕，瞬间让云厉眼底掀起了惊涛骇浪。他就那么站着，目不转睛地看着他们交握的手指。周遭的一切都变得朦胧，所有的声音也全部消失。

云厉像个局外人，怔怔地望着，终于明白先前诡异的感觉到底是什么了。她和商少衍确实不止熟悉，他们是……恋人。

云厉浑身僵硬地杵在原地，垂下眸，努力平复着心情。短短几秒的时间，他企图让自己看起来云淡风轻，可是不停滚动的喉结还是泄露了他的迷惘。

直到商郁从旁路过，黎俏也适时出声："发什么呆，走了。"

云厉拢着头顶的碎发，转身跟着他们的步伐，有些话哽在喉间，一句也说不出口。

沧海阁包厢。云厉大马金刀地坐在四人方桌前，低头按着手机，看着忽明忽灭的屏幕，不知在想什么。黎俏坐在侧边，左顾右盼，表情很无奈。三人面前都平铺着竹简菜单，可谁都没有看。气氛隐隐焦灼，偏偏又和谐地共处一室。

黎俏感觉有点压抑，想找些话题打破这样的状态，但无果。索性，黎俏不紧不慢地站起身，迎接着两个男人同时递来的视线，淡声道："我去个洗手间。"

她心想，实在不行就让两人打一架吧。只要她不在现场，他们也就不会有顾忌了。

黎俏走出包厢，慢吞吞地晃到后院的观景园，斜倚着梁柱，玩了一把消消乐。

与此同时，黎俏走后，云厉叉着腿窝在太师椅的身形动了一下。他头顶微长的发丝早已凌乱，有几缕发丝不羁地垂在眼前，也遮住了他眼底影影绰绰的光。三秒后，云厉缓缓抬眸，视野里的商郁，正端着瓷杯轻呷浓茶。他眯眸用皮鞋踢了下桌腿，嘴角噙着冷笑："商少衍，别装腔作势了，不如跟老子聊聊，咱俩的账该怎么算。"

这时，商郁慢条斯理地放下茶杯，抬了抬眼皮，愈发凸显出立体的眉骨和深邃的眼窝："你想怎么算？"

云厉的神色微妙一变，打量着男人矜贵而内敛的气质："拿你的命来赔，如何？"

商郁修长的手指摩挲着杯沿，眉尾轻扬，高深地点头："听起来，你不亏。那你伤了我的女孩，这笔账又该怎么赔？"

即便亲眼所见他们手牵手,云厉依旧半信半疑。但此刻亲耳听到那句"我的女孩",他还是狠狠地乱了阵脚。云厉双手拍桌,怒目起身,咬着牙从齿缝中逼出了几个字:"商少衍,你他妈怎么敢……"

这空白的三年里,到底发生了什么?

黎俏和商少衍这两个不该有任何交集的人,怎么就走到了一起?

云厉的情绪隐隐有失控之态,眼底杀气腾腾,连带着包厢里也充满了剑拔弩张的紧迫感。

转瞬须臾,就在云厉向前倾身,准备随时动手之际,商郁再次优雅地抿了口茶,音色深沉:"你喜欢她?"

隐藏的心事被道破,云厉的俊颜罕见地僵硬了。他双手按着桌沿微微收紧,眼里满是复杂,很久才咬牙字字铿锵地反问:"是又怎么样?!"

相识八年,守了她五年。却因为三年的空白,归来物是人非。这般阴差阳错,云厉难以接受。

商郁望着他逐渐狰狞的神色,淡漠疏离地弯起薄唇,举着茶杯轻轻示意:"可惜,她只能是我的。"

一句简简单单的陈述,却让云厉的胸口一阵气血翻涌。商少衍,他用最冷静的态度,说出了最狂妄的话。

云厉淡色的薄唇抿得发白,掌心克制地按在了茶杯上,无视滚滚热气熏蒸着皮肉,他用力,捏紧,一字一顿:"如果你死了,她就不是了。"

他真真动了念头。这一刻,云厉满身煞气,茶杯在他粗粝的掌下被捏出了裂痕,热茶也沿着裂缝汩汩流淌而出。

这时,商郁单臂搭着桌角,眸光凛冽而深邃地望向云厉,道:"你可以试试。"

试什么?哦,试试杀了商少衍,黎俏会不会属于他?云厉捏着茶杯的手松了,近在咫尺的距离,只要他弄死商少衍那么……一切都结束了。

"商少衍,你真不怕?"他的嗓音如同绷紧的弦,沙哑到了极致。

商郁半垂着眼,薄唇轻扬,依旧维持着优雅而慵懒的坐姿。他以无声作为回应,却胜似一切言语。

同一时间,包厢的门应声而开。黎俏慢悠悠地推门走来,抬眸一看,整张脸瞬间冷峭一片。而接下来她所有的反应,大抵都出自于潜意识。她看出了云厉满身煞气地盯着商郁,甚至看到了他眼底腾腾的火气。黎俏下

407

意识挡在了商郁的面前,眼睛直视着云厉:"动他先动我。"

话音落下的瞬间,云厉目光颤抖到极致——

她护着商郁,站在了他的对立面。

千言万语,说不清道不明。云厉嗓尖干涩,隐隐泛着铁锈般的苦涩味道。余光深处,是商郁不动如山、矜冷淡然。商少衍,好手段,杀人先诛心。用这样的方法,给了他致命一击。

云厉垂眸,久久没有回神。他也想整理心情,重新落座,假装一切都没发生过,但是太难了。黎俏挡在商郁面前的那一刻,他就知道自己输得一败涂地。

云厉不是冲动的毛头小子,即便内心翻江倒海,面上依旧能保持相对镇定。他瞪着黎俏,沙哑地笑:"你又气我是吧?"

黎俏眼里的波澜渐渐退去,望着云厉隐隐舒了口气:"不想我气你,你就别发疯。"方才进门,她亲眼看到云厉满身的煞气以及准备动手的意图。那种潜意识里激发出的愤怒和紧张,让她不假思索地做出了一系列的举措。

"点菜吧。"这时,沉默许久的商郁沉声开腔,也拽回了两人的理智。

十分钟后,服务员陆续送来菜品。云厉始终低着头看手机,直到振动声打破了包厢的安宁,他才抓起扶手上的外套,起身往外走:"我接个电话。"

黎俏看着他拿走外套,询问的话还没出口,云厉的身影已经消失在门外。

他借故走了,不想再看见他们之间无法插足的默契,更不想让自己的心事被黎俏发现。有些体面,要自己留给自己。

云厉来到停车场,坐进车里,并将车顶重新遮了起来。安静的车厢里,他目光放空,直视着对面那一排豪车,良久后便急切地在收纳盒里翻找着什么。

这是刚提的新车,没有烟。嘴里苦涩的味道在泛滥,他急需一支烟来纾解某些情绪。

不多时,湖蓝色的法拉利飞驰而出,转眼就汇入了车流。绕过街角,云厉去便利店买了烟酒,把车停在辅路上,坐进车厢就开始大口抽烟,大口喝酒。最呛的烟,最烈的酒,也压不下喉间的苦。许久不抽烟,浓烟呛入肺,辣红了他的眼眶。

这时,放在仪表盘上的手机嗡嗡作响。云厉又喝了半罐啤酒,用力捏着易拉罐,拿起手机,嗓音恢复了低冷薄凉:"说。"电话是云凌打来的。

他没听出云厉的不对劲,语气兴冲冲地说道:"哥,你可以啊,居然提前做了准备。"

云厉蹙眉,揉了揉酸胀的额角,听着云凌没头没尾的话,不耐地反问:"什么准备?"

这时,电话那端传来了纸张翻页的声音。云凌激动地解释:"哥,你还装!你是不是早就知道总部会出事,所以才提前把三级以上的重要资料都转移到了训练营的地下室?"

"你说什么?"云厉猛地掀开眼帘,望着窗外的残阳,心跳也越来越快。

云凌以为信号不好,又大声重复了一遍:"我是说,我们所有重要的资料,全都在训练营地下室呢。哥,你好厉害。"

他厉害个屁!云厉再三确认后,一脸茫然地挂了电话。

怎么可能呢?佣兵总部所有的机密文件都在档案室。当时大楼发生意外爆炸,没有任何征兆。甚至还有不少人员在里面被炸伤,所幸只是受伤,没有人因此而丧命,但损失也是相当严重。在那般紧急的情况下,根本没时间去保护资料,大家只顾着救人了。谁会提前把重要资料全部转移到对面的训练营?那不是几本资料那么容易,三级以上的重要文件多达上千份,七个档案柜都装不下,竟然被早早转移了。

云厉喝了酒,头脑有些发昏,他觉得自己可能是醉了,不然怎么会认为是商少衍做的。佣兵总部黎俏没去过,也不知道具体的位置。唯有商少衍有这样的能力。

是他?不是他?云厉的思绪越来越乱,甚至顾不得自己混沌的状态,扬手把啤酒罐丢在副驾驶的地面,驱车就打算折回水晶苑。他需要和商少衍当面问清楚,究竟和他有没有关系。

然后,云厉刚发动车子,下一秒就被交警抓了个正着。饮酒驾驶,来,咱们去交警队喝杯茶吧。

另一边,沧海阁包厢。

黎俏斜靠着扶手,微昂着脸颊睨着商郁:"你们俩都聊什么了?"

男人瞥了她一眼,意味深长地启唇:"聊怎么算账。"

对于这个回答,黎俏心下了然。嗯,是云厉能做出来的事。她靠了靠椅背,表情挺冷的:"如果我没回来,你们要怎么算账?"

话音方落,男人就高深地勾唇道:"你不是回来了,而且……似乎又救了我一次。"

黎俏心想，这话怎么听都别扭。她一点都不相信商郁会任由别人在他面前放肆。

黎俏暗忖，或许是因为自己，所以他才对云厉格外宽容？而自始至终，她从没想过，云厉对她藏了别的心思。因为曾经那段过命的交情，在黎俏眼里是最纯粹的生死之交。

一个小时后，黎俏和商郁吃完饭，两人坐在桌前喝茶消食。云厉走了，开餐前流云就来汇报了这件事。黎俏当时什么也没说，给他打了电话，却没人接听。云厉走得莫名其妙。

这会儿，包厢门被人敲响。

黎俏漫不经心地瞥了一眼，就见落雨抱着一个崭新的医药箱走了进来。她诧异地挑眉，有些意外地看向了商郁。

男人挑眉睨着她，薄唇微侧："上药。"

黎俏眨了眨眼，低头打量自己的衣服。她今天穿了件短款休闲外套，里面是……圆领套头的白T恤。上药的话，得全脱。

黎俏挠了下头发，她要是拒绝，肯定无效，也就只能一脸镇定地点点头。落雨抱着药箱杵在她身后，黎俏便不紧不慢地开始脱外套。然后，她伸手拉着T恤下摆，一会儿挠挠头，一会儿拽拽耳朵，总之小动作特别多。看着这一幕，落雨有些忍俊不禁。

而商郁则轻轻放下茶杯，眸里染着笑，对黎俏笑问："怎么不脱了？"

黎俏嗓尖有点痒，感觉身上的温度持续走高。面对商郁饶有兴致的神色，她心一横就双手拉着下摆打算脱掉T恤。没事，反正里面还有一件，文胸。

然而，衣服刚刚掀到腰侧的位置，男人唇中就溢出了浑厚的笑音。他按住黎俏的动作，随即站起身，浓墨的眸噙满笑意："车里等你，上完药送你回实验室。"说完男人转身出了门。

黎俏双手还保持着掀衣服的动作，怔了一秒，不禁摇了摇头。闹半天，逗她呢？

这时，落雨把药箱放在桌上，睨着黎俏的眼神也暗藏促狭。

"笑什么？"黎俏板着脸咕哝了一句，随即脱下T恤，雪白的肩膀也露了出来。只不过，左肩上有一片严重的青紫瘀痕，她皮肤本就白皙，挂了伤愈显得触目惊心。

不到十分钟，落雨便给黎俏擦了治疗外伤的药膏，又顺手给了她两个绿色葫芦药瓶，叮嘱她每天都要按时上药。黎俏慢条斯理地把它们塞进了兜里，重新穿好衣服，神态也恢复了正常。

不久，黎俏回了实验室。天色渐暗，已经临近晚上八点。

她和商郁在车内道别，临走前，又回眸望着他："你和云厉……没约架吧？"今天他们俩互相针对的场面被自己打断，按照黎俏对云厉的了解，私下约架极有可能。

这时，商郁的瞳中落了顶灯的暖色，他睇着黎俏狐疑的表情，抬手将她耳边的碎发理顺："没有，我很忙。"言外之意，即便云厉私下约他，商郁也未必会见。

闻此，黎俏压了压嘴角，下车前俯身在他脸上啄了一口："那我走了，晚安。"

男人目送着黎俏下车走远，收回目光之际，眼帘低垂，薄唇边也噙起若有似无的淡笑。

宿舍，黎俏满身疲惫地仰躺在床上。她没开灯，透过窗外朦胧的光线望着头顶的天花板。也不知道云厉去了哪里。他在南洋人生地不熟，倒不是担心他，而是……想和他聊聊与商郁的过节，如何才能一笔勾销。偏偏云厉的手机一直无人接听。

黎俏默叹一声，有点烦躁地抓了下头发。忖了忖，她便打算进入ICC系统，看看在哪里能找到成员的坐标定位。但刚打开页面，手机恰好来电话了。黎少权打来的。黎俏凝眉，接通时语调很慢："什么事？"

听筒里，黎少权似乎感冒了，吸了吸鼻子才鼻音浓重地说："你前两天让我查的事情，我查完了。"

黎俏安静了两秒，才想起来之前给黎少权打电话让他帮忙去交通队调查路口车祸监控的事。都过去三四天了。她单手枕在脑后，脚尖在床边荡了两下，撇撇嘴："你的速度真是越来越慢了。"

黎少权撑着脑门又咳嗽两声，语气十分怨怼："你对待病人能不能客气点？"

黎俏置若罔闻，随即问道："查到什么了？"

"我截图的视频和照片已经发你邮箱了，你自己看吧。但是提前说好，不是我技术差，是那辆奔驰车的后座贴膜太黑了，只能看清楚那个人的脸

411

部轮廓。"

黎少权闷声闷气地说了一大堆,黎俏听完就回了他三个字:"知道了。"

挂了电话,黎俏登录邮箱,还没打开邮件,黎少权的一条微信又蹦了出来,内容是:"你无情!"

黎俏没理他,打开他发来的监控看了看,果然和她想的一样。那天傍晚她虽着急赶去南洋山,但没有超速变道,也没有违规。而后方的奔驰车就是在她加速的过程中,故意从斜后方撞上来的。

黎俏眯眯看了几眼,关闭视频后,又点开了那张模糊的图片。虽然不够清楚,但从面部轮廓和端庄优雅的坐姿,以及那对华丽的珍珠耳坠来看,后座女人似乎并不年轻。

这么巧合地撞上她的车,而南洋山又恰好出了事。黎俏稍加思索,便想到了一个人。她返回微信,给黎少权发了条消息。

黎俏:查一下商琼英的资料。

这个女人,她怀疑就是商琼英。如果说奔驰司机是故意撞上自己的车,那是不是代表……商琼英已经注意到她了?

对于商琼英的事,黎俏懒得再耗费精力去思考。反正她身为商芙的姑姑,两人大概也都是一丘之貉。

……

一夜好梦,隔天,周六,早七点半。黎俏围着浴巾从浴室走出来,她慢条斯理地擦拭着头发,余光一扫就注意到肩头的伤。消了肿,瘀痕也淡了不少。衍皇旗下的外伤试验药,确实效果显著。

黎俏趿着拖鞋又走了两步,顿了顿身形,她走到床前从枕头下拿出手机,除了几条新闻推送,依旧没有云厉的消息。

怎么回事?黎俏顺势坐下,打开通讯录又给云厉拨了通电话。无人接听。

黎俏拧着眉心,少顷便登录了 ICC 系统,翻了半天才在"用户中心"最下角找到一个半透明的指南针标志。她点进去大略看了看,果然是成员坐标定位。黎俏试着操作,按下"确定"键的一刻,整张地图上显示出无数个红点。

她看了几眼,随即将地图范围缩小到南洋,三个坐标被精准定位。嗯?三个?黎俏有些意外,南洋居然还有另一位国际会的核心成员?ICC 系统,只有核心成员才有,她第一时间就排除了商芙。

黎俏手指摩挲着唇瓣，将屏幕放大后，除了她所在的实验室，另外两个分别在商圈CBD和警务街区的交警大队附近。衍皇集团总部恰好就在CBD，是云厉？难不成又跑去找商郁的麻烦了？

至于交警大队的红点坐标，黎俏下意识就忽略了。因为压根没觉得云厉会在交警队。然而就在她想要点击CBD的坐标时，对方的红点却突然在页面消失，仿佛从没有存在过。

黎俏的手指还顿在屏幕上，隐隐有点烦躁，云厉故意的？她捧着手机愣了几秒，手指不经意就碰到了交警大队附近的气球坐标，一个信息框瞬间弹出。

成员：云厉

所属：ICC-佣兵团

保密级别：A级

她仔细看着信息框，退出重进，依旧是云厉的信息。黎俏又点击了自己的气球坐标，内容则显示着云凌的基本信息。所以，坐标定位的真实性毋庸置疑，那么……云厉真的在交警大队？

黎俏垂下手，直视着对面的墙壁，下一秒叹息着抓了抓头发，起身换衣服，直接出了门。

上午八点，黎俏将车停在交警队门口，由于是周六，公职人员很少。她下车朝着办事大厅走去，途经暂扣车辆停车场，一眼就瞧见了湖蓝色的法拉利。他真是能耐了，来南洋第一天，车就被扣了？

大厅，黎俏进门，立马就有一名穿着警服的警员匆匆走来。"黎小姐，您来了。"

黎俏看着对方，点头示意："王警官。"

王川川笑了笑："费局已经跟这边打过招呼了，他今天没在南洋，所以让我过来帮忙处理一下。我刚才问了他们队长具体情况，据说那位云先生昨天就被带回来了。不过他喝了酒，又不太配合，所以……只能先依法暂扣了。"

黎俏淡淡地应了声："他人在哪儿？"

王川川连忙朝着前方努嘴："在留置室呢，我刚打过招呼了，您跟我来。"

留置室。

黎俏跟着小王进去的时候，略一抬眼就看到围着铁栏杆的留置室内，云厉双腿交叠坐在角落,头发乱糟糟地耷拉在眼角眉梢处,身上的衬衫也布满了褶皱,整个人颓到没眼看。

交通队的办事人员跟在小王身后,煞有介事地看了眼黎俏,便细声解释:"王警官,这人很不配合,昨天把他带回来之后,行驶证和驾驶证都不提供,问什么也不说,实在没办法才把他关起来的。"

这时,黎俏看着满身颓废的云厉,抿着唇收回视线:"他的违法行为需要拘留么?"

小王看向交通队的人员,对方则翻了翻记录,摇头道:"其实,他昨天的酒精含量刚过20毫克,属于轻度饮酒驾车,算不上醉驾,不需要拘留。幸好及时发现,也没造成什么严重的后果。我们本来打算扣分罚款再批评教育一下就能放他走,谁知道他就是不配合。"

言外之意,本来不需要暂扣留置室,全都是这人自己作死。闻声,黎俏搓了搓脑门,有点想捶他。

她望着默不作声的云厉,走上前踢了一脚栏杆:"还活着么?"

云厉肩膀颤了一下,耷拉着眼皮瞅她,扯唇点了点头。

"行驶证,驾驶证。"黎俏不咸不淡地开口,并对着里面摊开掌心。

下一秒,在交警瞠目结舌的表情下,云厉乖顺地起身,将证件顺着栏杆递了出来。这是什么非人类行为?昨晚你拿出来给交警的话,还至于被暂扣?

黎俏冷眼看着云厉,捏着手里的证件,斥他:"你可真出息。"

接下来,交警拿着云厉的驾照一番操作,最后给出了处罚办法。饮酒驾车及超速行驶,按照现行交规,扣12分,罚款2000元,并暂扣驾照6个月。人可以走了,证件得扣留。

黎俏对此没有任何异议,睇着云厉垂头丧气的背影,莫名有点想笑。

大概是太憋屈了,所以身形高大的云厉走出留置室的时候,一时不查,脑门直接撞在了头顶的栏杆上。

黎俏站在栏杆外扶额叹气,小王和交警面面相觑,也不敢笑。

黎俏和小王道谢后,带着云厉走出了交警队。

门前,小王目送着黎俏和云厉上了奔驰大G,心有余悸地拍了拍胸脯。果然,祖宗身边的人,都是祖宗。这位云先生的资料,和黎小姐一模一样,除了姓名等基本信息,其他内容也全是空白状态。

另一边,云厉坐在奔驰车里,叉着长腿,靠着椅背,扭头面对窗外,一言不发。

黎俏发动车子,驶出交警队大门时,瞥他:"说说吧,昨天到底怎么回事?"

闻声,云厉默不作声地看向她,撞上黎俏那双黑白分明的小鹿眼,只觉得心头一阵抽搐。他别开头看向窗外,臂弯撑着车门,手指抵在唇边,半晌才音色沙哑地说道:"还能怎么回事,就是心情不好随便溜溜,结果被抓了。"

说完,云厉又瞅了眼黎俏,没好气地嘀咕:"赶紧带我去吃饭,一天一夜老子饿死了。"

黎俏诧异地眯眸:"一直没吃?"

云厉闷闷地应了声,随即理直气壮地反问:"那里面的饭能吃?"

黎俏想,算了,忍忍吧,自己交的朋友,总不能打死。

她抿着唇,一脚踩下油门就汇入了车流。

途中,黎俏扶着方向盘,路遇红灯就停在斑马线前。她扭头看着没什么精神的云厉,若有所思问道:"你这次是自己来的?"

"还带了两个手下,怎么了?"云厉瘫在副驾驶,有气无力地回道。

黎俏挑了挑眉梢,对着仪表盘上的手机努努嘴:"ICC系统的定位显示,南洋还有一位核心成员的坐标,在城中CBD,但很快图标就消失了。"

云厉一副少见多怪的表情撇撇嘴:"核心成员散布在全球各地,经常到处乱飞,要是南洋没有才奇怪了。"他自动忽略了最后一句话。

不到九点半,两人在早餐店里吃完早饭,云厉的情绪依旧不高,窝在椅子上不声不响地玩手机。

看到这一幕,黎俏用手指敲了敲桌面:"我给你打电话怎么一直不接?"

云厉从屏幕上抬头,瞥她一眼:"没听见。"

昨晚在交警队,他的手机并没被没收,只是因为不配合暂扣,还没到行政拘留的地步,所以整晚手机都在他身上。云厉就是故意不接电话,故意折腾这一遭。

黎俏看着云厉,揣度着他别扭的原因,少顷,口吻淡淡地问道:"你是不是一定要和他分个胜负?"

云厉愣了愣,反应了几秒才明白她口中的"他"是谁。他张嘴,却欲言又止。

黎俏见他这样的表现，仰身靠着椅背，手指却在桌面上持续叩击："你和他之间……"

话音未落，云厉嗤笑一声，抬手拢了下发丝，望着黎俏斜斜地扬起嘴角："你想多了，老子就是有点看不惯他，但也不至于一定要分出胜负。"

这句话似乎有些牵强，但云厉的表情又透着真诚。

黎俏目光微灼，有些读不懂他眼神里的晦涩："确定？"

云厉一改之前颓废的神态，挑着眉梢戏谑道："你这是怕我针对你男朋友？"

"你也想多了。"黎俏凉凉地瞥他，暗暗舒了口气。

两人坐在桌前各自沉默了一会，云厉看着手机屏幕上传来的消息，抿了抿唇："总部那边有点事，我下午要临时回去一趟。"

黎俏抬眼："下午就走？"她知道佣兵总部在尼亚州，从南洋飞回去最少也要六七个小时。

云厉见她面露惊讶，如同铺了层灰的凤眸亮了几分："舍不得我？"

黎俏没说话，只是微昂着下巴和他对视。

见此，云厉举手投降："得，当我没问。"每次都这样，冷心冷肺，从来不给人一丁点遐想的空间。该死的小崽子。

不到二十分钟，早餐店门口缓缓驶来一辆欧陆。车门打开，里面走下来一名孔武有力的黑衣保镖。他推门而入，在店里扫了几眼，瞧见云厉的刹那，便阔步走来，站定，颔首："云爷。"

"嗯。"云厉歪歪扭扭地坐在桌前，冷淡地应声。

保镖就站在桌前，黎俏也看到了他衣袖上不明显的标志，心知是佣兵团的人，凝眸没有说话。

而云厉则适时开口："等我处理完总部的事，再回来找你。下次，老子一定要吃到你破产。"

黎俏眉眼含笑，不置可否地点头："嗯，那我等着。"把她吃破产？值得期待。

不多时，三人走出了早餐店。

黎俏和云厉来到欧陆车旁，便仰头看着他，摩挲了一下手机，道："佣兵总部的地址给我一份？"

"做什么？"云厉垂眸，眼底深处凝着不敢见光的柔情。

黎俏抬了抬眼皮，不答反问："不给？"

云厉二话不说，掏出手机直接编辑了总部地址的信息，投送到了她的信箱里。

黎俏打开短信，唇角露出一抹淡笑。

蓦地，头顶一片阴影罩下，她抬眸的瞬间，整个人就被云厉抱在了怀里。古龙香水的味道扑鼻而来，黎俏蹙着眉想要后退，但对方早已放手。这根本不能称之为拥抱，他只是虚揽了一下，在她耳边道了句"回见"，随即转身钻进了车厢。怕看见她反感的眼神，也怕再多留一秒就舍不得走了。

欧陆车在黎俏的眼前飞快驶远，云厉来去匆匆，于当天午后就乘坐私人飞机回了尼亚州的佣兵总部。

黎俏没有挽留，因为既已重遇，未来终会再见。当她上了车，手机上也收到了云厉发来的消息："湖蓝色法拉利，钥匙在你外套兜里，车子帮我保管好，等老子回来。"

上午十点，黎俏直接开车回了黎家。她跟管家交代，让他派人去交警队提车，并且特意在黎家的车库找个了车位，用来存放云厉的那辆法拉利。安排好一切，黎俏才步伐懒散地晃进了大厅。

然而，玄关拐角处，两个人的说话声吸引了黎俏的注意。

"小媛，话也不能这么说，你们家里不缺钱，多了少了无所谓，但我们其他几个人，总不能眼看老爷子犯糊涂还由着他胡来吧。"

黎俏在客厅附近顿步，这声音是大姨段淑华的。

紧接着，大舅段元泓的声音也传了出来："我们也没别的意思，主要这件事确实是咱爸做得不对，要不……你帮忙和他商量商量？"

黎俏脸颊微沉，三言两语就听懂了他们的意思。逼她不成，现在跑来黎家逼她母亲出面解决外公的财产纷争了？！

黎俏垂下眼睑，嘴角露出一丝冷笑，她踱步上前，奔着客厅走了进去。而同一时间，段淑媛也不温不火地开腔道："你们是想让我和咱爸说？"

段淑华郑重地点头："嗯，毕竟你和咱爸开口，应该是最合适的。"

"妈。"一道清脆的语调从客厅入口传来，沙发前的几人循声转头，看到黎俏，段淑华的嘴角抿了抿，没吭声。

段淑媛此刻端坐在沙发上，脸色不太好看，瞥见黎俏的身影，面带惊

417

喜地对她招手:"俏俏,今天怎么突然回来了?"

黎俏对着段元泓和段淑华打了声招呼,随即走到段淑媛身边坐下。

她跷起双腿,往沙发上一靠:"周末放假,回来陪陪您。"

她要不是临时起意回黎家,恐怕还不知道段淑华已经找来了。

这时,段淑媛笑吟吟地拉着她的手,余光隐晦地扫了眼段淑华二人:"那你先去楼上休息,等中午吃饭,妈去叫你。"私心里,她并不想让这种家庭内部纷争影响到黎俏。

而黎俏自然明白段淑媛的心意,微微用力捏了下她的手,不紧不慢地摇头:"不用。正巧前两天大姨为了这事刚找过我,我也想听听。"

"嗯?"段淑媛眯了眯眼,移动视线望着对面,语气淡了许多,"大姐,你找过俏俏了?"

闻声,段淑华眸光一闪,悻然地应声:"嗯,那天在咱爸家遇见了,就和她说了两句。"

段淑媛的表情肉眼可见地阴沉了,她端着茶杯浅酌几口,另一手轻轻拍了拍黎俏的手背,仿佛在说"有妈在,妈给你做主"。

少顷,客厅里沉寂的气氛再次被打破。段淑媛将茶杯磕在桌上,发出不大不小的动静。而后她望着目光闪烁的段淑华,轻言细语地说道:"大姐,今天家里也没外人,既然你都提前找了俏俏,那有些话我就直说了。咱爸遗嘱这件事,我们确实不清楚,包括他是怎么分配的,大家也都没看见真正的文件。就算你们说的都是真的,那和我家俏俏也没多大关系。她顶多是个被动受益者,大姐你身为长辈,跑到孩子面前说三道四,未免太不合适了。"

这些年身为黎家主母,段淑媛虽然平时不理世事,但她真不是个没脑子的家庭贵妇。段淑华和段元泓打的什么算盘,她一眼就能看出来。这两人不敢找老爷子当面沟通,反而想利用她和俏俏,坐收渔翁之利。当她这个首富家的主母,那么好利用呢?

这一刻,段淑华和段元泓面面相觑,哑口无言。

段淑媛看着他们的反应,眼底掠过一丝讥诮,四两拨千斤地把问题重新抛了回去:"要不这样吧,我现在给咱爸打个电话,问问这遗嘱到底是真是假。如果是真的,咱们就一起去一趟别舍,有什么问题大家坐在一起开诚布公地谈一谈。咱爸虽然年纪大了,但他可一点儿都不糊涂,真有什么想法,不如你们直接和他说。"

段淑华面色一慌,讪笑着企图粉饰太平:"小嫒,倒也不用现在就找咱爸,他身体还没好利索……"说到底,还是心虚。

不到三分钟,段淑华和段元泓灰溜溜地走了。

门外,俩人站在铁艺大门附近,回头看着黎家奢华气派的别墅,段淑华哼了哼:"这事儿,我不会就这么算了的。"

段元泓摇头叹了口气:"其实……小嫒也没说错,这事本来就和俏俏关系不大。"

"什么关系不大,大哥你也被她洗脑了?"段淑华看不惯段元泓左右摇摆的态度,冷瞥他一眼,转身就上了车。

"欸,小华……"段元泓在身后唤她,但段淑华冷着脸直接开车走了。

不一会,黎家门前的两辆车相继离去,管家通过门口监控看到这一幕,便连忙回客厅禀报:"夫人,他们已经走了。"

厅内,段淑嫒对管家摆摆手:"知道了,你去忙吧。"

管家离开后,她捏着眉心,转眸睇着黎俏:"俏俏,你大姨当时找你都说了什么?"

黎俏放下腿,俯身从茶几上端过茶杯递给段淑嫒:"让我去找外公,更改遗嘱。"

"哼,想得美!"段淑嫒冷笑,捧着茶杯的手指紧了紧,"这么大的人了,为了那么点钱,脸都不要了。"

她扭身看着黎俏,眸里精光一闪:"俏俏,听妈的,不管你外公给你什么东西,你都安心收好,别有负担。其他的事,妈来解决。"

黎俏弯唇,泰然地点头:"好。"原本她并不在意外公的遗嘱,但是段淑华二人的做法,反而让她改变了主意。

段淑嫒欣慰地揉了揉黎俏的脑袋,顺势拉着她的手腕,道:"走,不想这些破事了,妈前两天去时装周又给你买了几套衣服,都在你的衣帽间呢,妈带你去看看。"

午后,黎俏坐在卧室的阳台,享受着近日来难得的平静。桌上的咖啡壶里煮着咖啡,浓香飘荡在四周,舒适且安逸。她拿着手机打开邮箱,再次翻看起昨晚黎少权发给她的资料。

恰在此时,一封邮件投递进来,不等她打开看内容,黎少权的电话如约而至。"我刚给你发了邮件,那个奔驰车里的女人,真的是商琼英啊。"黎少权的惊呼声在耳畔响起,还伴随着擤鼻涕的声音。

黎俏还没说话,又听到黎少权一声哀嚎,听筒里隐约传来二伯怒骂的声音:"兔崽子,你又在和谁偷偷打电话?"

黎少权边喊边跑,好不容易躲进洗手间,捧着电话又喊了两声:"喂喂,你在听吗?"

"嗯。"黎俏语调懒散地回了一句。

黎少权咳了咳,撇嘴道:"我跟你说,我调查商琼英资料的时候,发现了一件奇怪的事。"

黎俏没应声,黎少权看了眼屏幕,又自顾自地说道:"这女人也是帕玛的,和那个商、商少衍来自同一个地方。红客系统里的资料,绝对保真。还有重点是,我昨晚又把监控全都看了一遍,你猜我发现了什么?她那天撞完你的车,转道就去了科研所,你说奇不奇怪。"

黎俏被科研所提前保录的事,黎少权是知道的。所以他才会觉得反常,撞完车不去修车,反而去了科研所。咋地啊,去科研所拿化学药剂修车?

此时,黎俏抬眸,目光悠远地望着前方,有些事忽然间就明朗了起来。

后来黎少权在电话里又絮叨了半天,大意无非是商琼英可能别有用心,让黎俏多加提防之类的叮嘱。

挂了电话,黎俏打开邮件,一段新的监控视频显示,商琼英的奔驰车确实驶入了科研所的停车场。而商琼英的信息一栏,有个标红的字段——医学研究理事会副主席。

黎俏玩味地眯起眸,没记错的话,科研所发起交流大会的事,就是在商琼英出现后的第二天。

残阳西坠,黎俏和段淑媛道别,驱车返回了实验室。恰逢周六,实验楼里显得空旷静谧。

黎俏踱步走进研究室,抬眼就看到江院士和连桢正坐在一起整理着资料。两人听到脚步声,同时回头,一看到她,江院士就笑了:"俏俏啊,大周末的好不容易给你放个假,你怎么又回来了。"

黎俏走上前穿上白大褂,钩过椅子入座:"没什么事就回来看看。"

闻声,江院士立马把手里的资料递给她:"那正好,一起弄吧,这些申请材料你再过一遍,要是没问题的话,下周我就给科研所递上去了。"

黎俏接过材料翻了翻，状若无意地问道："这次的交流大会，除了科研所还有别的机构参与么？"

江院士抬了抬老花镜，笑呵呵地打趣："你这小丫头的消息还挺灵通。"说着，他端起桌上的保温杯，喝了两口后，才对连桢示意："你跟她说说。"

连桢领首，随即看着黎俏，嗓音温润地开腔："是医学研究理事会。昨天我和老师在科研所那边打听到，这次的交流大会主办方就是他们，科研所只是牵头负责而已。"

果然呢。黎俏似懂非懂地点了点头，觑着连桢："医学理事会好像从来没有举办过这种交流会，这次……"

"听说是想要招新，近几年理事会那边都没什么新人加入，可能是想通过这次的交流，招揽一批新的理事会委员。"

黎俏挑了挑眉，不置可否。医学研究理事会凌驾在各类研究实验室之上，若打出招贤纳士的口号，确实会吸引到一大批医学人才，就不知道商琼英在其中扮演了什么角色。

黎俏暗暗将交流大会的事记在心上，转瞬就和江院士二人共同整理申请材料。

……

隔天，周日，早上九点半黎俏才悠悠转醒。

宿舍昏暗，两片窗帘之间的缝隙，透进来一丝不明亮的光线。黎俏躺在床上发呆，半晌才下地将窗帘拉开。天空阴沉，似乎要下雨了。

她斜倚着墙角站在窗前看了一会，一阵若有似无的振动声也从枕头下传来。黎俏转身拿出手机，看到来电显示，不禁勾起嘴角。她的声线带着一丝睡醒后的温软，不似平时那般冷清，水雾般的眸子里也染了笑："早。"

"起来了？"男人醇厚的嗓音稳重磁性，入耳皆动听。

黎俏低头看着自己的脚尖："嗯，刚醒。"

随即，商郁语调慵懒地说道："那下楼吧。"

黎俏眉梢一扬，没多问，说了句"这就来"，便挂了电话。对于他每次都能精准地知道自己所有的琐事细节，黎俏也见怪不怪了。

不到十分钟，她走出宿舍楼。果然在前方实验楼附近，看到了落雨等候她的身影。黎俏不紧不慢地走到她跟前："等很久了？"

落雨抿唇摇头："不久。你的伤怎么样了？有没有按时上药？"

见面就给她来了个灵魂拷问,黎俏不经意地耸了下肩膀,早忘了上药这回事了。

落雨似笑非笑地垂下眸,错身让开一步:"老大在车里。"

"哦。"黎俏作势往前走,但身形蓦地顿了顿,睨着落雨问道,"这么早过来,是要去哪儿?"

落雨落后她半步,也没隐瞒:"听说是秋少安排的饭局,我猜可能有事找你。"

又有事?南洋机械控股的少东家,事儿还真多。

不一会儿,黎俏来到实验楼前的辅路,抬眼就看到了那辆黑色的商务车。

车门自动打开,率先露出了秋桓嬉皮笑脸的面孔:"嗨,妹子。"

黎俏扯唇走上前,唤了声:"秋少。"

秋桓狗腿地下车迎接她:"快上车,里面坐。"

嗯,看来果然有事相求。

车厢内,黎俏入座商郁的身边,秋桓也钻进了后座。

车子刚驶出辅路,黎俏还没坐稳,男人就偏过头看她,鼻翼嗅了嗅,眼底藏着一丝不豫:"没擦药?"

黎俏眨了眨眼,挑眉:"啊,忘了。"

话音刚落,秋桓就俯身趴在了他们的椅背上,一本正经地问道:"妹子哪受伤了?严重么?我看看。"

黎俏和商郁同时回眸,两人看着他的眼神里都充斥着一丝嫌弃。

多事。

秋桓摸了摸鼻梁,重新坐好不吭声了,但他的神情却隐泛着焦灼。

不到四十分钟,一行人来到南洋海鲜馆,进了包厢,秋桓立马给黎俏倒茶:"妹子,听说你爱吃帝王蟹,今天哥给你准备了全蟹宴。"

狗腿得不像话。

黎俏打量完包厢满墙的海景画,扭头看着商郁,狐疑地小声问:"秋少怎么了?"

男人瞥了眼倒茶的秋桓,高深地弯唇:"你自己说。"

秋桓倒茶的手一抖,放下茶壶,叹了口气:"那我可直说了啊,事情是这样的,上个星期吧……"

其实一句话能讲明白的事,秋桓抑扬顿挫地讲了五分钟。他说完,黎俏一言难尽地看着他,给了一句总结:"我三哥动了你的货?"

"对。"秋桓板着脸应声,想发怒又碍于黎俏和商郁的关系,只能冷哼道,"是我家机械工厂的一批精密零件。"

第18章 黎三出事

闻声,黎俏看向商郁,见他微微垂了下眼睫,似默认,便知道秋桓没撒谎。她神色平淡地摩挲着茶杯,略有不解:"他为什么要动你的零件?"你们俩是不是有什么过节?最后一句话,黎俏没有直接问出口。依照她对黎三的了解,无缘无故他不可能会动秋家的精密零件。而且,三哥的生意也根本不涉及精密零件。

这时候,秋桓凝神望着黎俏,无比认真地反问:"妹子,你有没有觉得这个问题去问你三哥更合适?"

黎俏幽幽看他一眼:"秋少如果不说实话,那我可能没办法帮忙了。"

"运输的队伍里欧白也在。"秋桓听出了黎俏的威胁,语速飞快地道出了实情。

黎俏望向秋桓,似笑非笑:"欧白为什么在边境?"

秋桓被她看得头皮发麻,泄气似的往椅背上一靠:"那批零件本来就是要出口的,欧白知道了运输线路途经边境,当时跟我说他闲着没事想出去散散心。我、我哪知道他散心是假,其实是跑去边境找黎三麻烦去了。现在我也联系不上他……"

黎俏一言难尽地移开视线,低头看了看自己的手机,便起身对商郁说道:"我出去一下。"

"嗯,别走远。"男人嗓音浑厚地叮嘱,黎俏点点头离开了包厢。

她走后,秋桓不禁踹了下桌腿,俊脸上噙满烦躁:"你说黎三是不是疯了?他和欧白那点破事,还过不去了?"问题是……他们俩有过节,动机械工厂的货干什么?

商郁深邃的轮廓看不出喜怒,睨着秋桓焦虑的模样,薄唇勾起:"如果是欧白主动找麻烦,那他扣了你的货,不冤。"

秋桓脖子一梗,瞪着商郁气笑了。他抖着腿,倾身道:"少衍,你到底是谁的哥们?"

商郁兀自拿出烟盒,修长的手指夹着烟送到唇边,垂眸点燃之际,斜睨着他:"让厨房把蟹腿处理好再送来。"

秋桓不想和他说话了。欧白生死攸关,他的货不知所终,结果这人还惦记着让厨房给他家小姑娘处理蟹腿。绝交吧。

包厢外,走廊拐角。黎俏斜倚在墙壁,单腿屈在身前,翻出黎三的电话就拨了过去。

响了三声,电话接通。但,不是黎三。

"宝贝?"南昕甜腻腻的嗓音很悦耳。黎俏看了眼屏幕,确定没拨错电话,淡声问:"我哥呢?"

南昕笑了一声,佯怒道:"你就这么不想跟我聊天?"

黎俏眼底掠过一丝笑意,仰头抵着墙壁,耐心解释:"找他有点事,先让他接电话。"

听筒另一端,一阵窸窸窣窣的声响过后,南昕的声音才传来:"宝贝,真不巧,他今早出去了,没带手机,不着急的话,你晚点再打过来?"

"着急。"黎俏漫不经心地丢出两个字,南昕愣了。

她捂着手机,转眸看了眼躺在帐篷里昏迷的黎承,咬着牙深呼吸,音色略显克制地对黎俏笑道:"那我去找他,一会让他给你回电话?"

黎俏直觉有些不对劲,但还是应下了南昕的提议:"嗯,尽快。"

"行,先挂了啊。"南昕匆匆挂了电话,转瞬瘫在椅子上,后背都惊出了冷汗。黎俏不好骗,她现在已经开始发愁,晚些时候要找什么借口蒙混过关了。黎三前天受了伤,至今未醒。边境最好的医生也都来看过,再三确定没有伤及要害,偏偏他一直昏迷不醒,医生们也束手无策。

南昕焦虑得不行,坐在床头看着黎承,手指蜷缩了两下,戳着他的肩膀:"老大,听没听见,俏俏给你打电话了,你再不醒,我可就瞒不住了。"

黎俏和黎三的关系有多好,她比谁都清楚。一旦黎俏知道这件事,后果她都不敢想。

不多时,南昕又愁眉苦脸地回到床前,掐腰瞪着黎承:"老大,我跟

425

你说实话吧,你要是再不醒的话,我可就投靠别人去了。"

帐篷里,一片寂静。

南昕咬了咬牙,再接再厉:"姓黎的,你真不怕我跟别人跑了?我很抢手的。"这些话,换作平时,南昕一句都不敢说。

五分钟后,她一脸挫败地跌坐在椅子上,瞅着黎承昏迷不醒的脸颊,缓缓垂下了眼睫。她大概是膨胀了吧,竟企图用激将法把他唤醒。而那番话,全是和她相关的,或许黎承根本不在意。

南昕的视线游移到他粗糙的手指上。她犹豫再三,颤着指尖缠上他的食指,低声喃喃:"你要是真死了,那以后我受伤谁给我上药啊,还有宝贝也等着你回电话呢,早点醒过来,行不行……"

回应她的,依旧是满室的沉寂。南昕心里特别不是滋味,想杀了欧白的念头不停在脑海中翻腾。

突地,她灵光一闪,从兜里拿出手机,打开相册就飞快地翻找着什么。不一会,相册隐藏文件夹里,她找到了一个视频。那是几个月前,边境工厂拿下了一个超级大订单,所以大家很开心,当晚点了篝火在工厂附近庆祝。这条视频,她藏了很久,里面有黎承被手下打趣灌酒时的鲜活模样。

南昕眼神越来越亮。少顷,她再次走出帐篷,对手下耳语了几句话,并催促:"两个小时内,一定要找到。"

"是,昕姐。"

另一边,黎俏在走廊里等了一会,见手机没有动静,便折回了包厢。

听到开门声,正夹着烟吞云吐雾的秋桓立马挺直腰板,问道:"妹子,你给你哥打电话了吗?"

黎俏捏着手机坐下,一脸镇定地摇头:"我只是去了趟洗手间。"

秋桓咬着烟嘴,闹心地咧着嘴吐出一口白雾。而商郁微微侧身睇着黎俏,不动声色地挑了下眉梢。黎俏则无辜地看着他,趁秋桓不注意,对他眨了眨眼睛。

两人这番小动作,秋桓压根没看见。他搓着脑门,唉声叹息地咕哝:"那批零件是提供给合作方的,再晚几天,我这单生意怕是要毁啊,口碑也砸了。妹子,你一定帮我想想办法啊。"

说出这句话,秋桓感觉自己的心都在滴血。千算万算也没料到,他的货会在边境出问题。真闹心。

这时，黎俏垂眸呷了口茶："嗯，我尽量。"

接下来这顿全蟹宴，秋桓吃在嘴里，食不知味。如此闹心的悲剧时刻，还要忍受着对面俩人腻腻歪歪的小动作。比如这会，商郁从盘子里夹起一块新鲜的蟹腿，没有直接递给黎俏，反而多此一举地为她蘸好了佐料才送到餐盘里。就跟黎俏没有手似的。再看看那小姑娘，慢条斯理地吃着，看到送来的蟹腿，蹙眉："吃不下了。"秋桓又瞄着商郁，结果就见男人放下筷子，耐心十足地偏头哄她："再吃一块。"

去他的全蟹宴吧！秋桓"啪"的一声丢下筷子，起身就往门外走。老憋屈了。一直走到门口，他也没听见有人挽留。所以走出包厢的那一刻，秋桓自找了一个台阶："我去洗手间。"

包厢里的两个人，异口同声："嗯。"

秋桓转身就走。

黎俏望着虚掩的门扉，听到渐行渐远的脚步声，这才放下筷子和商郁对视："我哥出门没带电话，晚点我再问问情况。"

闻声，商郁略微颔首，睨着黎俏，深邃的眸浓沉如墨："嗯，别勉强。"

"那倒不会。"黎俏压下心底道不明的情绪，总觉得事情有点反常，但也只能等黎三给她回电话再问问细节。

安静了几秒之后，商郁音色沉沉地开腔："去帕玛的时间安排了么？"

黎俏懒懒地靠向椅背："我打算周五参加完毕业典礼，再和江院士请假。"毕业典礼就一次，她不想错过。

商郁应声，转眸看着黎俏白净的脸颊，以手背蹭了蹭："安排好时间提前跟我说。"

"嗯，知道。"

黎俏嘴角轻扬，随即侧过身，以肩膀抵着椅背，望着商郁，满眼兴味地问道："你说，我去帕玛的话，会不会遇见商琼英？"

男人摩挲她脸颊的手指顿住，饶有兴致地扬眉："怎么突然问起她？"

黎俏忖了忖，眼里精光四溢："就是有点好奇，医学研究理事会的副主席，到底是个什么样的人。"

商郁的眸中掀起一片凛冽的寒光，他从烟盒里抽出一支烟，放在指尖把玩，玩味地勾唇："会遇见，两天前本家已经把她和商芙召回了帕玛。"

黎俏瞥他一眼，眸底笑意渐深，有点期待了。

427

不多时,秋桓去而复返。他似乎洗了脸,情绪也沉淀了不少。进门后,他拿起桌上的餐巾抹掉下巴上的水珠,刚要说话,黎俏的手机响了。她看到来电人,连招呼都没打,径直起身走出了包厢。

秋桓目瞪口呆:"是不是黎三?"

商郁没理他,兀自点了烟,眸光高深地望着某处,若有所思。

出了门,黎俏便接起了电话。

"俏俏,怎么了?"

黎俏举着手机蹙了蹙眉,听筒里风声呼啸,周遭特别嘈杂,甚至有些听不清黎三的声音。

她凝眉,简单陈述了事情之后,电话那端又传来发动机引擎的轰鸣声,而后对方才说:"我知道,这事你别管了,听话。"

随之,电话挂断。

一切看似正常,却又透着说不出的诡异。不论是对方的态度还是口吻,听起来都和黎三没区别。但有一个不合常理的地方,那便是……黎三从不会让她"听话"。

黎俏面无表情地看着手机屏幕,眼里暗影重重。她眯着眸,又给黎三回拨,却无人接听了。

黎俏瞬间捏紧手机,没有迟疑,直接打了南昕的电话。

很快,南昕笑吟吟的声音响起:"宝贝,他应该给你回电话了吧?"

"回了。"黎俏声线低低的,听不出什么情绪,南昕不自觉地舒了一口气。

黎俏敏锐地察觉到她松弛的语气,目光微凉,开门见山:"有一批精密零件,是不是被扣在了边境?"

"精密零件?"南昕疑惑地重复了一句,随即拍了下脑门,"那几箱废铜烂铁是精密零件?欧白这傻逼怎么还开始倒卖零件了。"

黎俏听着南昕讥诮的口吻,没多问,直接要求道:"那不是欧白的货,负责运送精密零件的运输队送他们出边境,尽快。"

南昕怔了怔:"行,我知道了。"

黎俏神色清冷地回了包厢,撞上秋桓望眼欲穿的神色,不冷不热地说:"今天你的货会出来。"

"真的?"秋桓惊讶地瞠目。

见黎俏点头,他眼神里顿时噙满疯狂的崇拜:"妹子,你怎么这么牛啊。"

他有十分甜

他边说边拍桌,恨不得上去亲她两口,太招人稀罕了。本来没抱太大希望,没承想她一出手就给解决了。

这时,黎俏神色淡淡地瞟他:"秋少还有别的事么?"

秋桓忙不迭地摇头,拎起茶壶颠颠地给她续了茶,又给自己倒了一杯:"妹子,以茶代酒,你就是我秋桓这辈子的大恩人,以后你有事,随时招呼哥,我义不容辞。"

黎俏客套地举杯喝了一口,转眼就看着商郁:"实验室有点事,我可能要先回去一趟。"

男人颔首,掐了烟就顺势站起身:"走吧,送你。"

见状,秋桓指了指桌上还没吃完的帝王蟹:"你们不再吃点了?"

回应他的是黎俏和商郁消失在门口的背影。

秋桓反应慢了半拍,等他出门追赶两人的时候,海鲜馆的门口,就剩下一辆商务车远走的后尾灯了。他笑骂一句,倒是没在意。拿着手机看了眼时间,还不到中午十二点半,也就是再有几个小时,他的货就能继续上路运输了?

正想着,手机来电话了。秋桓看到屏幕显示,骂了一声,接通时,对方大声禀报:"秋少,我们已经从边境出来了,对方没有为难我们,不仅如此,还派了直升机送我们去缅国……"

后来,对方又拍了一通彩虹屁,但秋桓一个字都没听进去。他眸光沉沉地望着街头的方向,对黎俏的感觉突然变得有些恐怖。她在边境,是不是太有话语权了?前后不到十分钟,他被扣押的人和货就全被送出来了,还是直升机送出去的。要知道,他那批零件是一路空运到边境,然后再转陆运送往缅国的。只因缅国和南洋之间,有空中管制,无法直飞,所有货物只能走陆运。黎三在边境,竟然能用直升机运输送货?这是什么待遇啊?

与此同时,商务车上。黎俏一言不发地坐在窗边,漆黑的小鹿眼里如同泼了墨,没有一点色彩。

陆地,温热袭来,黎俏垂下僵硬的眸子,就见商郁拉过她的手,轻轻掰开了她的掌心。男人抚平她的指尖,低头看着手掌被指甲戳出的青紫痕迹,清晰的轮廓逐渐冷峻,嗓音低冽:"怎么回事?"

黎俏缓了缓神,深呼吸后,便舒展眉心,什么也没说,直接倒进了他怀里。

商郁的臂弯绕过她头顶,搂着黎俏的肩膀往怀里拢了拢,语气透着危险:

"是你自己说,还是我派人去查?"

黎俏往他怀里钻了钻,闷声闷气地说:"你先抱紧点。"

商郁压着唇角看着怀里的脑袋,无奈地收紧臂弯,待怀里的身躯逐渐放松时,他才单手挑起黎俏的下巴,迫使她仰头。

两人目光交会,男人沉声道:"说吧,边境怎么了?"

黎俏抿了抿唇,声音也恢复了一贯的冷静:"暂时还不知道,但我怀疑黎三有事瞒我,所以要回去查一查。"

商郁没有出声,却抬眸看向前方的后视镜,流云适时投来视线,瞧见他的目光,便心领神会地颔首示意。

很快,商务车停在了实验楼的街角。

黎俏躬身下车,但还没踏出车门,手臂一紧,整个人又被商郁给拽了回去。惯性使然,她跌坐在男人的腿上。商郁拥着她的腰,低声安抚:"记住,你还有我。"

黎俏轻笑着平视商郁,学着他的动作,拇指和食指捏住了男人线条完美的下颌:"男朋友放心,需要你的时候,我绝不会客气。"

说完她凑上前吮了下商郁的唇,红着脸下了车。

商郁望着缓缓关阖的自动门,拇指摩挲唇角,盖住眼帘,眸中有笑。

而流云和落雨则默默看着彼此,然后,流云从收纳盒里拿出两瓶水,丢给落雨一瓶,两人便动作一致地仰头灌水。这车厢,简直燥热难耐!

黎俏绕过实验楼,回了后院的宿舍。进了门,她靠在门板上沉默了几秒,攥着手机的手指也逐渐用力。但愿黎三没有出事,不然……

黎俏垂下眼睑,噙着几分晦涩,很快就打开了桌上的电脑。切换了主屏幕后,她用账号登录了黎三的信息采购数据库。黎俏的手指飞快地在键盘上操作着,从最近的货运情况再到工厂出单,一切都有条不紊。

蓦地,她捕捉到一条重要信息。一条采购清单上,黎俏发现了近两天有多次药物采购的记录。甘露醇、辅酶 A、ATP、维生素 B6、多肽类脑活素等等,种类很多。大批量的购买记录,其中不乏从国外购入的进口药。采购人:南昕。

边境的生产工厂本就有自己的医疗室,外伤药物会不定期进行补给,这无可厚非。问题是,最近购买的所有药物,全部是治疗脑外伤的。脱水药、脑神经保护药、抗感染药物……黎俏眯了眯眸,一下一下敲着电脑,眉眼

他有十分甜

间的神色愈发冷淡。

数秒后,她再次拨通南昕的电话。

"宝贝,你今天给我打电话的次数,比过去一年都多哦。"

黎俏听着她言笑晏晏的打趣,用鼠标滑动着购买记录,单刀直入:"黎三受伤了?"

医疗室的药品补给,多年来从不需要南昕亲自采购,完全是大材小用。偏偏这次,她全程负责。身为黎三的得力干将,只要是南昕出面的事,必和黎三有关。

这时,南昕似乎在和什么人说话,而后愣了愣,下意识反驳:"没有啊,刚才他不是还给你打电话了?"

"南昕……"黎俏嗓音淡淡地唤了她一声,波澜不惊的口吻听不出任何异常,"你应该知道骗我的后果。"

平淡到没有任何语调的一句话,偏偏让南昕的脑门出了汗。

两人隔着听筒,却互相沉默了很久。

南昕神色隐忍地看向昏迷中的黎承,犹豫再三,一咬牙,还是没说实话:"我当然知道,所以……又怎么会骗你呢,对吧宝贝?"

"好。"黎俏顺势挂了电话,南昕莫名一慌,连忙对着听筒焦急地呼唤,回应她的只剩下嘟嘟的提示音。

三分钟后,黎俏出了门。同一时间,边境和缅国交界处,两架直升机缓缓升空,朝着边境工厂进发。

黎俏戴着蓝牙耳机来到了宿舍停车场。她钻进驾驶室,单手扶着方向盘,对着耳机里吩咐:"安排一架商务机,以最快的时间飞往边境,使用FA312航线直飞。"

对方训练有素地记下了所有要求,挂断电话之前,又问道:"小姐,FA312航线是?"

黎俏直视着挡风玻璃,语气平平:"我的私人航段。"

不到半小时,黎俏便赶到了南洋国际机场。她乘坐机场VIP专车来到商务停机坪,空旷的四周时而能听到飞机起飞破风的声音。

前方一架商务机的舷梯下,站着一名身着西装的中年男人。此人,南洋航空制造集团,商务机国际部专属经理。黎俏是他们的顶级VIP客户,名下有三架私人专属定制飞机。他看到黎俏下车,连忙夹紧公文包,迎面走去:"小姐,刚刚塔台给了通知,下午三点左右可以起飞。"

黎俏踱步的身形一顿,表情有点冷:"三点?"

经理面露难色,小心翼翼地解释道:"是这样的,刚才我问过了,据说另一架专机的私人航线和您的航线有重叠,按照飞行标准,要为对方先行让开低空区域,所以……"

闻此,黎俏低头看了看时间,已经一点半了。她蹙着眉,不耐地低语:"对方航线的编号是多少?"

"FA001。"

居然是南洋开通的第一条私人航线。这航线编号同样也是开通顺序,她的这条航线本应该是 FA012,但她特意申请了 312 的编码,因为是她的生日,容易记。一如她在维纳斯的停车位,编号也是 312。黎俏有点烦,难怪塔台会直接延后她的起飞时间给对方让行。FA001 有这个实力。

忖了忖,她又问道:"对方要去哪里?"两条私人航线在同一天同一时间重叠的概率微乎其微。怎么就让她碰上了。

经理讪笑:"也是去边境的,小姐,要不咱先上飞机等着?"

黎俏陡地抬眸,目光越来越沉。是有人故意和她作对,还是无意中的巧合?边境什么时候成了热门航线?

恰在此时,身后有人喊她:"妹子!"

对方满含惊喜又熟悉的嗓音,让黎俏半阖着眸叹了口气,阴魂不散。她面无表情地回身,果然看到秋桓从熟悉的商务车走下来。而他背后,还有一道黑色的身影。

黎俏的视线直接越过秋桓,神色微愕。此刻,商郁单手插兜步伐慵懒地朝着黎俏走来,后面跟着流云和落雨。偌大的停机坪附近,他一身浓墨的黑,格外显眼。

黎俏怔怔地看了几眼,身体率先做出了反应,她一步步走向商郁,越过秋桓,来到他面前。

男人领口微敞,喉结突出,俯首,勾唇笑问:"要去边境?"

黎俏没吭声,视线从他的喉结缓缓上移,和商郁四目相对的一刹那,她脱口而出:"FA001 的航线,是你的?"

"嗯。"男人应声,错身往前走,并顺势牵住她的手,"一起吧。"

黎俏眸光闪烁,思绪有些乱:"你去边境干吗?"

他有十分甜

还不待商郁回答，秋桓就先声夺人："妹子，是我要去。我那批货太重要了，不亲自去看一看，我不放心。不过，今天不赶巧，我家的飞机正在维修保养，只能借用少衍的专机临时过去一趟了。"

秋桓的解释滴水不漏，黎俏望着他，眸光微闪，不置可否。

这会，不远处的经理正背对着他们接电话。通话结束后，他回身就瞧见莫名多出来的商郁和秋桓等人，愣了一瞬。哪怕是见惯了贵族精英的他，也不免有些恍惚。眼前的两个男人体形修长，轮廓英俊，尤其是举止间散发的矜贵和睥睨，一看便知绝非普通人。

经理敛了敛神，小心翼翼地别开眼，匆匆走到黎俏面前，颔首道："小姐，刚刚塔台来了通知，航线编码 FA001 的专机马上起飞，咱们的 312 航线大约半小时内就可以通航。"

正向前踱步的秋桓猛然站定，幽幽回眸看着那名商务经理，眼神里满是复杂。

而黎俏则摇头："不用，航线取消吧，产生的费用划在我账户。"

经理惊讶地抬眸，余光瞥了眼商郁，连忙点头："哦哦，好的，那您有其他需要再随时联系我。"

转眼，一行人踏上了隔壁等候区的衍皇专机。标准的波音 BBJ 大型公务机，比普通的商务飞机大了三倍不止。黎俏走进机舱，略略打量了几眼，就直接走向了酒柜。

此时，舱门附近，秋桓以肩膀撞了撞商郁，压低嗓音问道："你刚才听没听到那个商务经理的话？"

"嗯。"商郁站定，睨着他少见多怪的模样，浓眉轻扬，"有问题？"

秋桓伸出拇指，朝着机舱里比画了两下："你难道不觉得有问题吗？你家那位，二十二岁，已经有自己的私人航线了？FA312，我没听错吧。"

据他所知，即便是南洋五大家族的五位家主，也是最近几年才拥有了自己的私人航段。黎俏，一个刚毕业的小姑娘，怎么拿到的？重点是，FA312 的编号，一看就是特殊定制。因为整个南洋的私人航线编号到今年也才刚发放到 FA104。

至于秋桓为什么知道得这么清楚，无非是 FA104 的编号是他的，也是他名下的第二条私人航线。在南洋，只要有钱，并且通过了审核，便可以拥有多个不同目的地的私人飞行航线。他有两个私人航线编号，欧白有一个，现在看来黎俏也有。

这时，商郁慵懒地扫了眼秋桓，浅扬的薄唇露出一丝笑纹："嗯，你没听错。"

秋桓僵硬地扭头看着男人，喉结滑动，听没听错他现在不好下定论。但可以肯定，刚刚少衍的语气中，分明透着一股与有荣焉的骄傲。

不到十分钟，航线接到了起飞的指令。

机舱内，黎俏坐在小型吧台前，端着一杯白兰地浅酌。商郁和秋桓从前舱走进来，男人看到她在喝酒，眉心微皱。秋桓懒懒散散地倚着吧台，一双眼睛目不转睛地审视黎俏。

三秒后，黎俏晃了晃酒杯，斜睨他："秋少有事？"

秋桓抿唇，拿着酒瓶倒了两杯酒，加完冰块就转手递给商郁，并开口道："妹子，你什么时候拿到私人航线编号的？"

黎俏小口抿着酒，漫不经心地挑眉："你说第几条？"

秋桓腿一软，好半天才磕磕巴巴地反问："你、你有几条？"

然后，秋桓就看见黎俏蹙眉深思，手指点着酒杯，给出了答案："七条。"

行吧。秋桓也不想多问了，怕伤自尊。毕竟他自己才两条航线，人家已经七条了。这叫什么？实力碾压。

而且他基本可以确定，黎俏手里的航线绝对不是黎家给她的。印象里，黎广明顶多两条。唯一能碾压黎俏的，估计只有少衍了。毕竟，他的FA001，全球不受限。

……

两个半小时的飞行时间，专机于下午四点钟抵达了边境国际机场。由于边境属国际三不管地带，停机坪及周遭设施相对简陋。机舱门打开，湿濡的热带季风气候扑面而来。此刻，黎俏坐在机舱没动身，商郁亦然。只有秋桓带着流云和落雨三人，大步流星地往外走。

临下飞机，秋桓站定回身，望着舱内调侃道："那我可去了啊，这三不管地带，我要是出什么意外，你俩赶紧来救我。"

黎俏一言不发地低头看着手机，商郁则坐在对面，眸光深深地望着黎俏。

秋桓悻悻地哼了一声，迈步踱出舱门。

机舱内寂静蔓延。黎俏心不在焉地摆弄着手机，似乎在等待着什么。

"不打算下去看看？"商郁下巴微抬，声线润了酒，愈发醇厚磁性。

黎俏摇头，侧眸看向舷窗，淡淡地说了两个字："麻烦。"

话音落下的刹那，手机响了。黎俏低头看着，也没有回避，当着商郁的面就接了起来："说。"

对方不知道说了什么，黎俏原本平静的眸光瞬间风起云涌。她依旧看着舷窗，听完前因后果，黎俏阖了阖眸，淡声道："我在机场，把黎三送过来。"

这时，电话那头安静了几秒，对方又谨慎地问道："那如果是……南昕阻拦呢？"

"告诉她，我在边境。"黎俏扬着唇，笑意带着几分危险的意味。

几句简短的对话，泄露出黎俏少有的愤怒。她将手机丢在沙发上，精致的面孔一片冷峭。黎三车祸导致后脑受伤，至今昏迷不醒。

黎俏五指收紧，一寸寸掀开眼帘，眸底是汹涌的波澜。少顷，耳边传来叹息声，也惊回了黎俏的理智。她瞳孔微缩，扭过头的瞬间，嗅到了商郁身上清冽的味道，伴着一道轻缓的低音流入耳畔："衍皇国际医院的脑科专家已经在待命了。"

黎俏呼吸一窒，回过神，眼里惊涛骇浪："什、什么？"

商郁高深的视线落在她眼中，完美的唇线勾勒出淡笑的弧度。他拉过黎俏的手放在膝盖上，嗓音透着令人安心的稳重："随时可以手术，他不会有事。"

这话，明明夹着几分玩笑的口吻，偏偏让黎俏整个人镇定下来。她轻轻吐息着，视线下坠，看着两人十指紧扣的掌心："你什么时候知道的？"说起来，她在刚刚接到的电话里，才得知了黎三重伤昏迷的消息，可商郁却已经提前安排了脑科专家。

商郁姿态惬意地靠在椅背，侧首望着黎俏，瞳深如墨："和你差不多时间。"

谦虚了。黎俏敛去眼底暗洌的幽光，朝着舷窗外看了一眼："那……你应该也知道，我哥是怎么受伤的了？"

"嗯，流云会把欧白带回来，其他的随你。"商郁的语气平静沉稳，表情更是一派淡漠，丝毫没有要为欧白求情的意思。

闻声黎俏低下头，戏谑了一句："有你这句话，那我会手下留情的。"

方才那通电话，她已然知晓所有细节。三天前，黎承在工厂外围谈生意之际，欧白不知道从哪儿冒了出来，开着一辆车直直地朝着黎三撞了过去。

由于要保护工人与合作方，黎承闪躲之际，意外被撞到后腰，导致后脑着地昏迷不醒。

罪魁祸首，欧白。

过了二十分钟，边境国际机场外围驶来三辆乔治巴顿越野车。头顶，两架直升机在半空护航。黎俏透过舷窗看到这一幕，不禁阖眸深呼吸，眉间一片清冷。

商郁依旧拉着她的手，用力捏了一下，放手时便对舱门示意："去吧。"

黎俏和他目光交接，垂眸，眼底情绪难辨。

转瞬须臾，黎俏来到了舱门附近。脚下是延伸到地面的舷梯，眼前是一望无际的开阔停机坪。她伫在门口，始终没有迈出一步。舷梯外的两侧，分别站着机舱乘务人员。两个男人虽然穿着制服，但不难看出他们眼神中的坚韧和凛冽，能出现在衍皇集团专机上的人，皆是训练有素的保镖队成员。

与此同时，车队由远及近。第一辆车停稳后，一个穿着迷彩作战服的男人从驾驶室走出来。他面容刚毅，满身冷酷，对方目光仰望着黎俏，大步流星地踏上舷梯。跨上最后一级台阶，男子左手握拳扣在胸前，俯首弯腰，恭敬且礼貌地唤道："黎小姐。"

"今天麻烦了。"黎俏单手插兜站在舱门内，淡声回应。

男子重新挺起胸膛，看了一眼，又连忙低头："您言重，已经按您的要求，把黎三爷带过来了。"

说罢，他举起手臂，对着停机坪上空的直升机打了个手势。很快，两架直升机降落，随后就有四个同样穿着迷彩作战服的男人，抬着担架匆匆走来。担架上，赫然是头部包着纱布昏迷不醒的黎三。

看到这一幕，黎俏的目光微暗。这些年来，三哥第一次受了这么重的伤。该死的欧白。

黎俏插在兜里的手指紧紧攥拳，她重新看向男子，目光冷清："工厂附近有没有人为难你？"

对方摇头："没有。南昕和另外几个人就在后面，应该马上就到。"

"嗯，辛苦了，你们回去吧。"黎俏垂眸看着自己的脚尖，并对着舷梯下面昂了昂下巴。

见此，男子从裤兜里拿出了一个淡绿色的小锦盒，双手奉上，并字正腔圆地说道："先生知道您一定不会下飞机，所以让我务必把这个交给您。"

黎俏睇着他手里的长形小锦盒，沉吟几秒，慢吞吞地抓到手里："替我谢谢他。"

　　"好的，黎小姐。"

　　这厢他们说完话，那四人也已经抬着黎三走上了台阶。黎俏在舱门内让开身，还不待四人踏进专机，里面又走出几个穿着飞行制服的男人，连同舷梯外的二人，顺势接过了担架。意思很明显，舱内不让进。担架转交完毕，男子便带着人阔步离开。

　　恰在此时，停机坪入口处驶来了两辆边境工厂的运输车。两边的队伍狭路相逢，互相点头示意后，三辆乔治巴顿和直升机便沿着原路返回，眨眼就消失在空旷苍茫的跑道附近。

　　秋桓和流云等人下了车，他望着乔治巴顿的车牌号若有所思。那不是边境的号牌，应该是……缅国的。

　　第二辆越野车的车门也在此时打开，南昕扯着欧白从后座现身。

　　黎俏面无表情地看着这一幕，随着几人走上台阶，秋桓站在舱门口，朝着直升机的方向努嘴："妹子，那些是什么人？"

　　黎俏口吻不疾不徐："朋友。"

　　秋桓吸了一口气，脑子都要炸了："你……在缅国还有朋友？"他认出了直升机上的标志，要是没看错，那是缅国特别执行队独有的狮虎标，隶属缅国军部，长年驻扎在缅国和边境的交界地带。秋桓有点接受无能，看着黎俏的眼神几经变换，感觉越发陌生了。

　　这时，南昕扯着欧白走来，两人身后跟着流云和落雨。欧白一看到黎俏，眼神不停地闪烁，本能地有些心虚。他的双手被麻绳反剪在身后，脚步踉跄地来到舱门，别开脸，目光四处乱瞟。

　　南昕表情晦涩地上前，试探着伸手，扯了下黎俏的衣袖："俏俏，我……"她连"宝贝"都不敢叫了。

　　黎俏没说话，反而目不转睛地看着下巴挂了彩的欧白，下一秒直接出拳砸在了他的颧骨上……欧白被打得身形趔趄，甚至来不及做出反应，整个人径直摔倒在舷梯上。他双手被捆，倒下的姿势狼狈又滑稽。

　　流云和落雨想要上前搀扶，可瞥见黎俏冷漠的神色，又放弃了这个念头。黎小姐盛怒之中，还是别招惹了。

　　秋桓也没料到黎俏会突然动手，他在回来的路上听说了黎三受伤的原因,欧白这次……确实过了。

黎俏一身孤冷的煞气,纤细的身影挡在机舱门口。她单手攥着锦盒,力道越来越大,锦盒不堪重压也渐渐变了形。

一时间,无人开腔。

此时,黎俏的眼睛漆黑深暗,像是最浓墨的夜,压抑得令人透不过气。

舱门四周宛若进入了腊月寒冬,一阵风拂过,竟吹得人遍体生寒。

好半晌,欧白才挣扎着站了起来。昔日的娱乐圈神颜不复存在,下巴挂彩,鼻青眼肿,就连头发都染了灰尘,整个人狼狈不堪。但他目光赤红,死死瞪着黎俏:"你他妈……唔唔唔……"

话没说完,秋桓第一时间上前堵住了他的嘴。

这人肯定是被娱乐圈的那群粉丝给宠坏了,一点也不识时务。

秋桓面色冷沉,单手绕过欧白的后脑捂着他的嘴,目光直直地看着黎俏:"妹子,他做得确实不对,哥代他向你道个歉,你先消消气。"

谁都看得出来黎俏出离愤怒,她不言不语就动手,欧白要是再口出狂言,估计离死不远了。

这时,黎俏目不转睛地和欧白对视,她伸出手,揪住他的衣领,微微一拽就迫使他俯身低头。

她的视线落在秋桓的手上,淡淡地开腔:"秋少,手拿走。"

秋桓心头一紧,暗暗捏了下欧白的胳膊,以眼神示意他不要再乱说话。少顷,秋桓移开手,警惕地看着他们两个,做好了随时上去拉架的准备。

黎俏抓着欧白的衣领与之平视,这般近的距离,欧白甚至能从她的眼睛里看到自己狼狈的姿态。

"你给我放手!"欧白最受不了自己的脸受伤,他扭着肩膀挣扎,语气依旧很冲。

不待黎俏说话,一旁沉默许久的南昕,飞起一脚直接踹在了欧白的腿窝上。又快又狠。以至于欧白猝不及防地吃痛,膝盖一软,直挺挺地跪在了黎俏的面前。

事关男人的尊严,欧白猛地屈膝打算站起来,扭头怒瞪南昕,来了句国骂。但他的动作还没完成,南昕抬脚踩住了他的脚腕。任凭欧白如何挣扎也无法起身,满腔怒火却又无计可施。

这时,黎俏垂眸,良久,语气平静地说了几个字:"你最好祈祷,我哥没事。"如果有事呢？她没说，大家也不敢深想。

说完黎俏也松开了欧白的衣领。他喘了几口粗气，行动自如之际，便用肩膀顶开南昕，满目倔强地从地上站了起来。

而后，欧白背对着秋桓，低声磨牙："给我解开。"

秋桓抿着唇，扭头看着黎俏走回舱内的身影，隐隐松了口气。他解开欧白手腕上的麻绳，还未言语，对方就脚步踉跄，作势要进机舱。秋桓上前一把拉住欧白的胳膊，递给流云一道眼神，示意他们先进去。流云和落雨面色复杂地看了看，随即带着南昕进了机舱。

少顷，舷梯附近恢复了宁静。

秋桓从兜里掏出烟，点了一根转手递给欧白："你真不怕死是吧？"

欧白的脸上余怒未消，瞅着那根烟，半天才手腕颤抖地夹在指缝中。他的手被反绑了太久，早就麻痹僵硬了。

秋桓看着欧白抖手抽烟的动作，就跟得了帕金森似的，忍不住喟叹："你和黎三的过节，该到此为止了。"

闻声，欧白抽烟的动作一顿，指着自己脸上的伤口，冷笑："你再说一遍？"

"再说几遍也是一样，你没看见黎俏刚才的表情？如果不是这些人在场，你以为你现在还能站得起来？"

秋桓的语气很严肃，没有半点玩笑之意。和黎俏相识已久，但今天他是第一次看到她那么杀伐狠戾的一面。她的那双眼睛，冷漠到没有一点温度，看着欧白就跟看个死人差不多。秋桓，心有余悸。

"你仔细想想，你和黎三的过节，真到了不死不休的地步？"秋桓斜倚着舷梯栏杆，用脚尖踢了踢他，"换位思考，如果是黎俏害得你妹妹昏迷不醒，你会怎么做，能比她克制？"

这番提醒，欧白的神色凝固了。他伸手扯下衬衫领口，别开眼看向远处，语气很沉重："你也认为我做错了？"

"找黎三麻烦你没错，但害他重伤，你确实过了。哥们，你知不知道今天如果不是少衍过来，你很可能都没机会走出边境。"

秋桓边说边狠狠拍了下他的肩膀，欧白扭头瞥他，觉得他在危言耸听："你在吓唬我？"

"真不信的话，那你可以再试试。"

439

欧白没什么形象地朝着地面啐了一口，摸了下自己的脸颊，讥讽地扬唇："你是不是把她说得太牛逼了？没有少衍，她算个屁？"没有少衍，他们根本就不知道黎俏是谁。这位欧家少爷可能是没受过社会的毒打，脾气一上来，说话越来越难听。

秋桓低头弹了弹烟灰，挑着眉梢，眼波很沉："欧白，别太目中无人。你刚才下车的时候，真没看见那两架直升机的标志？那是缅国军部特别执行队的人，你觉得还需要我帮她吹牛逼？那些人，不是为少衍来的。"说完秋桓深深看了欧白一眼，丢下烟头用鞋跟狠狠碾了碾，说了句"你自己好好想想吧"，转身进了机舱。

二十分钟后，衍皇的专机从边境国际机场起飞回南洋。商郁和秋桓欧白等人分散着坐在舱内，周围很安静，没人说话。

而后方的机舱休息室，此刻房门紧闭。黎俏站在床边，盯着昏迷的黎三。南昕则低头杵在她身后，偶尔偷瞄一眼，也不敢说话。

黎俏手里还捏着那只变了形的锦盒，沉默良久，才徐徐转身。她什么话都没说，南昕已然腿软想跪："宝贝，是我的问题，我认错，你想怎么罚我都行。"南昕口吻晦涩，低眉顺目地耷拉着脑袋，妖娆的脸蛋也失去了往日的光彩。

黎俏神色平淡地凝视着她，始终一言不发，转身便离开了休息室。

南昕忐忑不安，心里特别难过。她望着黎三那张曾经铁血刚毅的面孔，如今却覆满了憔悴和苍白，眼眶渐渐红了。

黎俏回到前舱，寻了个角落，兀自坐下。她面无表情地看向窗外的白云，眼睛里蒙了一层冷淡的灰。

秋桓和欧白隔空凝视，两人谁都没吭声，而商郁已经放下交叠的长腿，驱步走了过去。见状，秋桓立马扯着欧白去了前方的小吧台，把空间留给他们。

另一边，商郁来到黎俏的身侧入座，沉眸睇着她手中的锦盒，浓眉微昂："拿的什么？"

黎俏回过神，才想起自己手里的东西。由于之前既愤怒又要尽量克制，她一直紧紧攥着锦盒，这会想松手，手指却有点僵硬。

商郁见她颇为费力地舒张骨节，叹息着把锦盒抽了出来。抚平掌心，就看到被棱角硌出来的沟壑痕迹。他不悦地抿唇，随手把锦盒丢在一旁，

他有十分甜

蹙眉拉过她的手,细致地揉捏:"还没消气?"

黎俏活动着手指,撇嘴摇头:"我在想其他的事。"

"想什么?"商郁不露声色地扫了眼淡绿色的锦盒,虽然变了形,但锦盒右下角拓印的烫金狮虎标志依旧清晰可辨。

黎俏的手指在他的按摩下逐渐放松,她靠着椅背,淡声低喃:"如果黎三醒不过来……"

更多的可能性还没说出口,商郁勾起薄唇,五指顺势穿过她的指缝,两人十指紧扣:"信不过衍皇医疗的实力?"

黎俏睨着他,眨了眨眼:"那倒没有。"

不想再继续这个话题,黎俏转身就把锦盒拿了过来。商郁什么都没问,放开她的指尖,慵懒地倚着扶手,沉眸幽暗地睨着这一幕。锦盒里,是一支短小锋利的弯月匕首。手柄上同样刻着狮虎标,冷白的刀刃镌刻着祥云纹路,在机舱灯光下闪着锐利的锋芒。黎俏拿到手里,随意比画了两下,小巧易携带,是个不错的物件。然后,身边的商郁端了端坐姿,嗓音低缓:"喜欢匕首?"

黎俏指尖摸着锋刃,漫不经心地说了一句:"一般吧。"

闻声,商郁的眼睑垂了垂,低头理着袖口,深邃的眸光再次落到狮虎标的印记上——缅国特别执行队!

……

晚八点,飞机抵达南洋国际机场。随着飞机落地,机舱内暗淡的光线也逐渐变得明亮起来。

窝在商郁怀里浅眠的黎俏悠悠转醒,音色又软又哑:"到了?"

"嗯,累不累?"商郁转头,薄唇在她额头上吻了吻。

黎俏蹭着他脖颈,慢声细语:"还好。"其实,一个下午往返边境和南洋,长时间的跋涉飞行,外加担心黎三,确实让她心力交瘁。

她从商郁的怀里直起身,揉了揉僵硬的肩膀,往舷窗外随意一瞥,就看到救护车的蓝光警报灯在飞机外闪烁。这会,舱门打开,商郁拉着黎俏起身。秋桓和欧白随后,但欧白始终和黎俏保持着相对安全的距离。很快,乘务人员就带着医疗急救队从机舱内抬走了黎三。

停机坪舷梯附近,流云和落雨以及南昕三人在几步之外候着,欧白侧身站在秋桓身边,眼神明显有意回避黎俏和商郁二人。

441

这时，秋桓看了看四周，回眸对黎俏说道："妹子别太担心，你哥肯定不会有事。"

黎俏没吭声，只是点头作为回应。

秋桓和他们道别，带着闷头不语的欧白率先离开了停机坪。

救护车一切准备就绪，黎俏等人也登上了商务车。

半小时后，衍皇国际私立医院。VIP休息室，黎俏和商郁坐在沙发上，流云等人则守在门外的走廊。

脑科所有专家正在给黎三做全面的检查，前方墙壁上的投影屏幕能够实时观看到专家会诊的画面。不到二十分钟，私立医院的院长拿着各类检查单和脑部片子匆忙来到休息室。

院长名唤常荣，约莫四十多岁，体态微胖，眉目周正，行为举止透着一股子雷厉风行的果断。

流云为他推开门，常荣踱步入内，对着商郁弯了弯腰，口吻严谨地汇报道："衍爷，检查结果出来了。病人脑后有瘀血，专家们商量立刻给病人进行清除术，您意下如何？"

商郁摩挲着指尖，偏头看向了身侧的女孩。

黎俏靠着沙发，单手撑着额头，不假思索地颔首："那就手术吧。"

常荣小心翼翼地觑着黎俏，眼神中掠过一丝惊奇。衍爷甚少会亲自来私立医院，这次不仅屈尊降贵地来了，身边竟还带着个漂亮的小姑娘。稀奇，稀奇！

这时，商郁睨了眼常荣，冷眸微眯，摆了摆手："尽快安排手术。"

"是，衍爷。"常荣毫不意外地接收到商郁暗含警告的眼神，缩了缩脖子，忙不迭地出了门。

第19章 手术成功

当晚十点半，手术成功。

院长再次折回到 VIP 休息室："衍爷，手术很成功，血块面积不大，幸好发现得及时，不然……"

不然什么，大家都心知肚明。

黎俏抬了抬眼皮，问常荣："他什么时候会醒？"

常荣面露难色地沉吟少许，给了个模糊的答案："目前病人后脑的创面都已经清理干净，具体清醒的时间，还要看他的恢复情况。我们刚刚检查发现，病人之前似乎没有得到良好的照顾，伤口有一点发炎的迹象，不过并不严重，所以您不用担心。"

闻此，黎俏半阖着眸，手指蜷缩。一阵沉默过后，她垂视着自己的指尖，不温不火地说道："麻烦院长，把这些话和门外的人说一遍。"

门外？常荣下意识往外看了看，除了云总和雨总，还有一个长相特别妖艳的女人。他见商郁没有反应，忖了忖，立马低头应声："好的。"

常荣很快出了门，把话又重复了一遍，流云和落雨点点头，两人目光一致地看向了对面的南昕。

而南昕听到这些，早已脸色煞白，神情恍惚地晃了晃，后背生生撞在了墙面上。伤口有感染迹象，脑部还有血块。难怪他一直昏迷，自己还是没照顾好他。

常荣不明所以，和流云二人打了声招呼，又赶忙去安排病人术后的事宜。这可是衍爷亲自送到医院的病人，绝对不能怠慢。

休息室，黎俏紧绷的神经终于松懈下来。她窝在男人身边，眉眼低垂，

443

懒散的姿态有点颓靡。

"不打算回去睡觉?"商郁侧身睨着黎俏,指腹在她红润的眼尾轻轻拂过。

黎俏淡淡摇头,语调低沉,却透着一抹坚持:"我想等他醒过来。"

男人眉骨下的沉眸暗了暗,搂过她的肩拍了两下:"他随时都能醒,你也随时可以来,今晚先回去睡觉,我让流云守着。"

当晚,流云和南昕留守在医院,黎俏则被强行送回了宿舍。

安静的宿舍楼中,商郁在前,右手牵着落后两步的黎俏,随着他们走过,感应灯依次亮起。

进了门,黎俏去了浴室,她掬了一捧凉水扑在脸上,迷糊的神志也清醒了不少。黎俏双手撑着洗漱台,水珠顺着白皙精致的下颌往下滴落。望着镜中神色疲惫的自己,她扯了扯嘴角,脸都没擦就走出了浴室,一抬头,怔了:"你还没走?"

客厅里,没有开大灯,只有四周吊顶的装饰灯带散发着暖黄的光。眼前,商郁慵懒地坐在落地窗前的单椅中,衬衫领口开了几颗扣子,暖灯落在他身上,人影昏黄,如同一幅嵌在黑夜中的名画。男人从窗外收回视线,深眸融了光的暖,对着大床昂首:"去睡觉。"

黎俏站在原地没动,看了看他,又瞥了眼床头:"那你呢?"

商郁眸光绵长地望着她,透着几分耐人寻味的薄笑,直到黎俏眼神闪烁,男人才放下腿,起身走向她,扬唇道:"哄女朋友睡觉。"

这话说的。黎俏眉心一跳,低头搓了下脑门,没说话。

商郁抬手钩住她的腰,轻轻一带,就把人拉到了怀里,垂眸,沉稳的嗓音含着笑:"不然你以为我要做什么?"

黎俏脑门磕在他胸前,双手不自觉地穿过他健硕的腰线搂紧,顺势把脸埋在他怀里,语气闷闷的:"我哪里知道。"

灯光昏沉,人影重叠。商郁宽阔的胸膛和强健的臂弯,像是这深夜里最安全的栖息港。黎俏蹭着他的衬衫,眼皮也越来越重。

"去换衣服。"商郁撑着她的肩膀拉开彼此的距离,手掌向前轻推,示意黎俏。

她慢吞吞地拉开床边的衣柜门,扭头时就见商郁已经踱步往门外走去。实验宿舍楼布局简单,并没有独立的衣帽间。见他离开,黎俏舒展眉心,暗暗松了口气。

换上睡衣，她简单洗漱了一番，再出来房间里也没见男人的身影。或许走了吧。黎俏掀开被子仰身躺在床上，望着头顶的天花板，合上眼帘，沉沉的思绪也逐渐变得模糊。

"咔哒"一声，宿舍的门传来响动。黎俏惊醒，撑起腰朝着门口的方向看了一眼，昏黑的光线里，商郁挺拔的身影徐步而来。她睡眼蒙眬，表情有点恍惚。直到男人来到床畔，微微俯身，她才嗅到一股烟草味。原来是出去抽烟了。

黎俏重新躺下，用被子盖住了半张脸，只露出眼尾红润的小鹿眼。

商郁干燥的掌心抚着她的额角，抿着薄唇，音色压得低："睡吧。"

还真是来哄她睡觉的？黎俏眸光微闪，手指揪着被子，而后就闭上了眼睛。

三秒后，她蓦地扬手拉开被角，往里侧挪了挪，闭着眼问："你要不要也躺一会？"这一天他跟着自己折腾，就算体质再好，也难免会疲乏。黎俏说完话，没听到动静，她皱了皱眉，便掀开了眼角偷看。

视野中，商郁单手插兜薄唇含笑，睇着她掀开被子的动作，笑意渐深。等了一会，黎俏举着被角的胳膊也有点发酸，见商郁巍然不动，便悻悻地放下了手。然而，手臂在半空突然被握住，随着床畔一沉，那抹黑色的身躯上了床。

商郁的长腿交叠搭在床边，背靠着床头，单手枕在脑后，肌理分明的手臂穿过她的颈下，抬臂一揽，黎俏就被他卷入了怀里。两人的姿势过于亲密，商郁揽着她的肩，温厚的掌心一下一下地轻拍，当真在哄她睡觉。

黎俏鼻息间全是熟悉的味道，隐隐蛊惑心神。她仰头，撞进了男人沉邃的瞳中。

商郁睇着黎俏布满血丝的眸，一寸寸压下俊脸，目光透着玩味："不困了？"

黎俏直觉话中有话，扯唇闭上了眼："困。"

男人喉间传出低低的笑声，搂紧她的同时，烫热的呼吸洒在了耳畔，沉声戏谑："要是不想睡，倒是可以考虑做点其他的事。"

其他的事……黎俏往他怀里埋了埋脸，梦呓似的嘀咕了一句，商郁垂眸，却发现女孩已经秒睡了……

445

隔天，晨光熹微。骄阳穿破窗帘的缝隙，倾泻在宿舍的大床上。

室内昏沉，黎俏睡意蒙眬之际，感觉有点热，伴随而来的就是嘴唇上的痒意。她迷糊着睁开眼，入目便是一张轮廓清晰的俊魅脸颊。

黎俏意识还没彻底清醒，目光迷离地瞅着，对方又俯身亲了亲她的鼻尖，并在她耳边提醒道："你哥醒了。"

黎俏眨眼，顿时清醒了几分，望着男人额前微乱的短发，她不自禁地伸手揪了一下："黎三醒了？"

"嗯。"商郁瞥着黎俏的小动作，拉下她的手微微勾唇，"还想睡？"

黎俏摇头，借着男人手臂的力量从床上翻身而起。

小姑娘刚睡醒，没了平日的冷清，眉眼间挂着惺忪，看起来有点呆。这是商郁第一次看见黎俏刚睡醒的模样。

黎俏搂着被子坐在床上，愣了会儿神，这才意识到不对劲。她望着男人压出了褶皱的衬衫，以及他染了淡青色的眼睑，扭身从枕头下摸出手机，点亮屏幕，时间六点十二分。这么早，他昨晚是不是没走？

黎俏胡思乱想着，商郁已经起身走到了对面的墙桌，一阵纸袋窸窣的声音过后，沉稳的声线传来："去洗漱，吃完早饭送你去医院。"

黎俏凝视着他的背影，目光里交织着复杂的情绪，应了声，便翻身下地，趿着拖鞋去了浴室。

不到半小时，黎俏和商郁并肩出了门。窗外的阳光渐浓，两人上了车。车子行驶中，商郁仰头靠着椅背，似在闭目养神。

黎俏侧身望着他眼尾的倦色，有点心疼。大概是担心她昨天的状态，所以这男人才会彻夜守着。思及此，黎俏的眼中泛起了一丝迷蒙。怎么这么温柔体贴呢？这段日子以来，她几乎再难从他身上看到独属于南洋商界霸主的霸道。成熟稳重，不拘一格，霸道是他，偏偏温柔也是他，但不管什么样的他，她都喜欢。

很快，车子抵达私立医院。停车场，车厢的自动门打开，黎俏不等商郁起身，就越过他率先下了车。她站在车外，单手撑着车门，睨了眼商郁，便转脸面向驾驶室："落雨，送他回公馆休息。"

闻声，商郁饶有兴致地扬眉："不请我上去坐坐？"

黎俏板着脸，医院有什么好坐的？她直视着商郁微红的双眸，语气软了不少："等你休息好了，我随时请你上去。落雨，关门吧。"

见状，落雨回眸，视线在两人之间穿梭不停，经过了好几秒的思考，她选择服从黎俏："好的，黎小姐。"她依言按下了自动门的开关。

商郁坐在车内，唇边挂着若有似无的笑，余光睨着落雨，神情玩味。

随着车子重新驶出医院，落雨往后视镜里看了几眼，见男人没有任何不悦的神色，便踩下油门放心大胆地驶入了主干道。

VIP私人病房区。

黎俏走出电梯，不紧不慢地来到了病房门口。

此时，南昕低头靠在墙边，额前碎发遮挡住眉眼，看不清她的神色。听到脚步声，她缓慢地转过头，立马扯出一抹笑："宝贝，你来了。"

南昕的神色很憔悴，牵强一笑，比哭还难看。她目光微灼，神态有些拘谨。从昨天到现在，黎俏没和自己说过一句话。南昕内心忐忑不安，又不敢多问。

两人站在病房门口互相对望，少顷，黎俏伸手推开了病房门，终是淡声开了口："他怎么样？"

南昕呼吸一窒，差点没哭出来。她别开脸，揉了揉眼睛，嗓音带着不易察觉的哽咽："还好，你先别进去，医生正在给他做检查。"

闻声，黎俏迈出的脚步收了回来。她重新关上房门，瞥了南昕一眼："流云呢？"

南昕垂着眼睑，往走廊另一侧努嘴："出去买早餐了。"

黎俏凝视着她极力隐忍的模样，默了半晌，叹气道："知道后悔了？"

这话一出口，南昕的眼泪瞬间就涌了出来。连日来的担惊受怕，以及满腔的懊悔沮丧，密密麻麻地笼罩着她。其实南昕很少哭，要不是情绪积压到极限，她或许还能忍住不落泪。

此情此景，黎俏也不忍多说，到底是自己放在心坎里的朋友。她抿唇上前，拍了下南昕的肩膀："真丑，别哭了。"

南昕吸了吸鼻子，见她目光柔和，得寸进尺地趴到她肩膀上开始呜咽，鼻涕眼泪蹭了黎俏一身。

不一会，稳健的脚步声从电梯的方向传来。黎俏抬头看了一眼，是流云回来了，他手上还拎着食盒。

"黎小姐。"流云来到她面前，毕恭毕敬地颔首。

"昨晚辛苦了。"

"您客气。"流云说着就把手中的食盒递给南昕。

然后他又从黑西服的外套兜里掏出了两个物件："黎小姐,这是您的车钥匙,车已经从机场开回来了,在楼下VIP停车场V3车位。还有这个锦盒,昨天您落在飞机上了。"

黎俏接过车钥匙和锦盒,对流云点了下头："谢了。"

这会,病房门也恰好打开。几名医生从里面鱼贯而出,为首的依然是昨晚见过的院长常荣。

"医生,他怎么样了?"南昕抱着食盒上前急急地问了一句。

常荣说了句"您别急",又对身后的医生摆手,待其他人离开后,他才笑呵呵地望着黎俏,寒暄道:"您来了。"

黎俏对常荣点头示意,不疾不徐地走到他跟前。

见状,常荣便说道:"我们检查过了,病人的确已经苏醒,目前看来恢复情况还可以。但毕竟伤了后脑,之前又伴随感染迹象,可能有其他的后遗症和并发症,我建议还是留院再观察观察。"

常荣尽职尽责地解释了一番,黎俏心下了然,颔首道谢:"常院长费心了。"

"不不不,都是应该做的,您千万别这么客气。"常荣受宠若惊地连忙摆手,又交代了几句养伤注意事项,便转身回了办公室。

转眼,黎俏几人走进了病房,一阵浓烈刺鼻的消毒水味氤氲在四周。

她站在门口看着病床上输液的黎三,敛了敛神,踱步走上前。曾经铁血的男人,此时面容透着病态的苍白,头上还包着纱布,穿着病服趴在床上的姿势,也没了在边境时的霸气和狂傲。

黎三睁着眼睛,侧头趴着,幽暗的目光瞬也不瞬地盯着黎俏,就跟不认识她似的。兄妹俩对视了几秒,黎俏缓缓眯起眸,站在他几步远的地方,挑眉道:"失忆了?"

跟在她身后的南昕眼皮一跳,把食盒塞进流云怀里,跨步走到床前,白着脸弯下腰:"老大,我是谁?"要是黎三真的失忆了,那他还会记得自己吗?南昕暗暗骂了一声,又想哭了!

病房里,寂静蔓延。黎三虽然清醒,但伤在头部,还有些虚弱乏力。他眼看着南昕眼眶猩红,脸上蜿蜒着泪痕,鼻尖还挂着一抹亮晶晶的东西,黎三觉得那是鼻涕,顿时嫌恶地拧紧了浓眉。

好半晌,他薄唇嚅动,说了一个字:"丑……"这女人怎么一副被踩躏的模样,他昏迷这段时间,她都经历了什么?

黎三不忍直视地合上眼皮,南昕梗了梗脖子,转身就去了洗手间。完了,形象没了。

而不远处的黎俏听到黎三的话,弯起唇角兀自点头,看来没失忆。她走到床边,居高临下地打量着黎三,兄妹俩再次对视,黎三滚了滚喉结,语气缓慢地问:"这哪儿?"

"南洋。"

闻声,黎三深呼吸,果然和他想的一样。这豪华病房的装修和布局,一看就不是在边境。他动了动腿,趴卧的姿势很不舒服,眼神眯了眯,又问:"欧白呢?"

黎俏钩过旁边的椅子坐下,拿起桌上的水杯,用手背试了试温度,回道:"给你留着呢。"

"嗯,懂事。"黎三欣慰地感慨了一句,脑海中已然开始琢磨,等他出院该怎么整治欧白了。

由于黎三身体还很虚弱,简单聊了几句,他就困倦地闭上了眼。黎三睡着了,南昕也从洗手间走了出来。

黎俏没在医院久留,叮嘱南昕小心照顾,又待了一会就下楼驱车回了实验室。抵达实验楼下,还不到早上九点。黎俏侧眸看着副驾驶的小锦盒,稍加思索,便放进了收纳盒里。

她进门没上三楼,反而先去了二楼的药品研发部门。

恰好几个负责人正在整理资料,看到黎俏就热情地起身相迎:"小黎,早啊。"

黎俏简单说明了来意,研发负责人立马从药柜里拿出了几瓶试验药:"这几个特效药对治疗外伤有很好的效果,都经过了科研所的检验,有很多,不够你再来拿。"

"嗯,谢谢章老师。"黎俏拿过几个药瓶,道谢后就离开了研发部门。

章老师望着她的背影,忖了忖,连忙招呼自己的助理:"小刘,咱们之前研发的外伤试验药,你一会去科研所多拿几瓶回来,越多越好,拿回来都交给小黎。"

一整个上午,黎俏都待在实验室和连桢整理着交流会的申请资料,临近晌午工作才告一段落。

"一起去吃饭?"连桢看了看手表,将资料做好标记放在了档案夹里,转头问道。

黎俏拿着手机摇头:"不了,有点事要出去一趟。"说罢,她起身脱下大褂,便离开了研究室。

恰好江院士从办公室走出来,瞥见黎俏没穿白大褂的身影,走进研究室就问连桢:"俏俏又出门了?"

连桢应声:"她说有事要去处理。"

江院士摘下老花镜揣进衣兜,咂舌道:"这富人家的孩子,生活也不清闲啊。啧,怪优秀的。"

连桢无语,江院士对黎俏的每日一夸,他都习以为常了。

正午十二点,黎俏又去了医院,给黎三送试验药。这些都是经过科研所检验的,市面上没有,属内部特效药,且效果极佳。

黎俏从医院离开后,并未回实验楼。她坐在车里给落雨打了通电话,不知道这会他睡醒了没有。

"黎小姐。"落雨一接听就恭敬地唤人。

黎俏手肘搭在车窗上,淡声问她:"他在公馆?"

落雨觑了眼坐在公馆客厅的几人,压低嗓音回道:"嗯,在公馆,秋少和欧少也在。"

闻声,黎俏玩味地扬起嘴角。如今三哥醒了,他和欧白之间的事,确实要有个了断。黎俏没多说,挂了电话后就打算去一趟南洋公馆,但中途路过星光天地商场,她又临时变道,拐进了商场的地下车库。

与此同时,南洋公馆的客厅里,气氛不太妙。商郁和秋桓以及欧白三人,分别坐在对角沙发里,黑金大理石茶几上,还摆着几份合同。落雨和流云负手跨立站在不远处,目不斜视。

此时,欧白目光落在文件夹上,半晌,才难以置信地望着商郁:"少衍,你这是什么意思?"

秋桓跷着二郎腿,夹着烟姿态惬意地吐出烟雾:"还能有什么意思,帮你的意思呗。"

"你闭嘴,我没问你。"欧白冷瞥他一眼,转而又看向商郁,"干吗突然让我去英帝国拍戏?"

本来这次边境出事之后,他就打算息影一段时间,好好休养生息。结果少衍突然拿出几份衍皇文娱的新合同,让他去英帝国那边继续拍戏。是想怎样啊?压榨劳动力?

这时,商郁坐在欧白的对面,右腿搭着左腿,松了松衬衫领口,口吻低沉:"不想去?"

秋桓见欧白一脸不忿的模样,连带着他下巴的那条伤口看起来都有点狰狞。于是,秋桓隔着茶几踢了他一下:"是不是傻?你这次差点害死黎三,要是不把你送出去,你不怕他伤好出院找你麻烦?"

欧白怔了怔,显然没想到这层关系。他神情晦涩地望着商郁,一时间不知还能说什么。这举动,看似是保他,其实也是一种变相的教训。这几部戏约,保守估计一年都拍不完。

见欧白不说话,秋桓也揣摩不透他的想法,又瞥了眼表情淡漠的商郁,才补充道:"欧白,不是哥们多嘴,这次你确实过分了。少衍这么做,你也别觉得委屈,是你的错,你得认,再不愿意也得受着。"

另一边,星光天地商场,五楼男装区,TA品牌店。黎俏挑选了三件顶级黑色贝母扣衬衫,刷完卡就坐在贵宾区,等着柜员为她封袋装箱。她手里拿着品牌杂志,随意翻了翻,感觉还不错。

黎俏不知道商郁平时穿什么牌子的衬衫,对男装也了解不多。但这家奢侈店,有两百多年历史,算是欧洲皇室御用的品牌。一件衬衫三十多万,做工精致优良,在她看来也很符合商郁矜贵傲然的气质。

不到十分钟,专柜店员礼貌地拎着特制皮袋递给黎俏,并服务周道地送她出门:"小姐,欢迎您下次再来。"

黎俏低头看了看装衬衫的黑色皮袋,确实很讲究,对着店员道谢后就离开了专柜。

店员站在门口目送她离开,心里只有一个想法:这女孩真有钱,花了一百多万买了三件一模一样的男款衬衫,当她男人太幸福了吧?

黎俏拎着皮袋走进电梯,按下了负三层。随着电梯下降到一层,门开,有两个男人并肩走了进来。此时轿厢里只有两个人,黎俏和另一个保洁员。

那两人迈步站定的一刹那,便有人惊喜呼唤:"黎小姐!"

黎俏懒洋洋地掀开眼帘,看着那张有些熟悉的面孔,想不起来了。

对方见黎俏噙着陌生又茫然的表情,连忙自报家门:"黎小姐,您还记得我吗?我是景瑞安。"

黎俏听到他的姓氏，便恍然地点了下头："你好。"五大家族之一的景家的二公子。

景瑞安目光灼灼地望着黎俏，喜不自胜。他眉眼微垂，看到她手中拎着的皮袋，没话找话："黎小姐自己来逛街？"

"嗯。"黎俏冷淡地回应，眼神却瞟着电梯屏幕上跳动的楼层数。

对于她的冷淡，景瑞安毫不在意，他仔细打量着三个独立包装的皮袋，又笑言："这是TA家的衬衫，皇室御用品牌，黎小姐很有眼光。"

问题是，TA衬衫是男装，她买给谁的？景瑞安想追问，又怕太唐突。

而黎俏顺着他的视线看了看，晃了下皮袋，语气漫不经心："也没有，主要是男朋友喜欢。"

一句话，砸得景瑞安晕头转向。她有男朋友了？什么时候？

景瑞安一直认为，如果黎家打了联姻的主意，那么能配得上黎俏的人选，五大家族里，他自己最有胜算。可这才短短几日，她哪来的男朋友？

"黎小姐……"景瑞安神色愕然，话没说完，电梯门开了。

黎俏低着头道了句"再见"，径直走出了电梯。

景瑞安目送着她的身影，下意识想跟出去，但身边的同伴看不清形势，一把拉住了他的胳膊："瑞安，干吗去，负四楼还没到呢。"

因同伴的阻拦，景瑞安最终没能跨出电梯，随着电梯门的关闭，他的视野中只能看到黎俏越走越远的身影。她男朋友是谁？黎伯父知道吗？景瑞安心神俱乱，回了景家老宅就直奔家主景恒升的书房。

……

下午一点，黎俏从盘山公路行驶到公馆，途经之前出事的地方，她便瞧见山体已经用铁丝护网做好了防护，被毁坏的路段也重新做了翻修。短短几天修缮到这种程度，已经很及时了。很快，黎俏的奔驰大G驶入了平台。

停好车，她从副驾驶拎着衬衫就踱步进了公馆大厅。偶尔有路过的保镖看到她，各个恭谨地唤她"黎小姐"。如今在南洋公馆，黎俏和商郁的关系，并不是秘密。

客厅入口处，黎俏踱步往里走，欧白的声音也恰好响起："少衍，那我什么时候去英帝国拍戏？"

黎俏顿步，眉眼间一片清冷。他要送欧白到英帝国？在黎三刚刚清醒的这天，就要把他的好兄弟送走？保他，护他？她垂下眼睫，盖住眸中的冷意，沉淀须臾，走进了客厅。

此刻，见黎俏出现，商郁眸中划过一丝笑意，视线下垂看到她手中拎着的皮袋，不禁扬了下浓眉："拿的什么？"

黎俏一声不吭地走到沙发前坐下，把皮袋往扶手上一搭，斜倚着靠背，似笑非笑地看了眼商郁，然后低头摆弄指甲，就是不说话。

而欧白看到她，心虚地直起了腰板，但转念间又镇定下来。在边境机场的时候，黎俏亲口说过，只要黎三没事，那他就没事。听说那土匪今天早上已经醒了，黎俏也应该不会食言吧。

这时，商郁敏锐地察觉到黎俏的不悦，他抬了抬眼皮，睨着对面的秋桓，朝着客厅入口昂了昂头。

秋桓立马心领神会，俯身从桌上拿起那几份戏约合同，拍到欧白的胸口上，拉着他站起来："我们还有点事，先走了啊。"

欧白不明所以，但也没拒绝。现在他对黎俏的感觉很复杂，更不想和她过多接触。

两人眨眼就离开客厅逃之夭夭。一旁的流云和落雨，见此情形也悄无声息地溜了。

客厅里蔓延着令人压抑的沉寂。

黎俏依旧在摆弄指甲，余光瞥到身侧一抹暗影袭来，她板着脸往旁边挪了挪，随即望着窗外，小情绪很明显。

"生气了？"商郁温热的掌心落在头顶。黎俏晃了晃，保持着看风景的姿势，不答反问："我生什么气？"

男人薄唇微勾，臂弯搭着沙发背，倾身向前，这样的姿势让他的领口大开，露出左侧好看的锁骨："难道不是怪我把欧白送走？"

提及欧白，黎俏蓦地扭头看着商郁，表情淡得没有任何波澜。她抿唇，意味不明地说道："这值得生气吗？毕竟他是堂堂衍爷的朋友，能理解。"嘴上说着能理解，但心里怎么想的就不知道了。

商郁嗓音沉沉地笑了，那双深邃的眸紧锁着黎俏的身影，冷峻的轮廓也柔和了许多。他笑着，没有说话。

黎俏的目光越来越沉，有什么好笑的？她瞥了眼新买的衬衫，扯着嘴角就起身往外走："我回实验室了。"

在这件事上，黎俏心里明白他们俩的立场不同。但即便如此，她依然会有种很不舒服的情绪。她三哥是后脑受伤,不是随便挨了一拳。但凡不够幸运,现在黎家老三可能已经入殓了。她可以看在商郁的面上对欧白手下留情,可这男人倒是给她上了一课。

然而,黎俏刚往前迈了两步,腰线一紧,整个人直接被商郁揽着腰给拽了回来。她猝不及防地跌进了男人的怀里,鼻尖也撞在了他坚硬的锁骨上。黎俏闷哼一声,撑着他的肩膀微微挣扎。

"别动!"商郁收紧臂弯,在她耳边沉声警告了一句。

黎俏不动了,眸色沉沉的小鹿眼里却燃着火光,抬起头撞上男人的瞳,挑衅似的扬起了眉梢,他是不是以为自己打不过他?

商郁眯了眯眸,轻轻捏住她的下颌:"连解释的机会都不给我?"

黎俏依旧板着脸,双手环胸,直挺挺地坐在他怀里,斜了男人一眼:"那你说吧。"

商郁健硕的手臂搂着她往自己怀里压了一下:"真以为我会为了他不顾女朋友的感受?"

这话说得真好听。黎俏心软了,眼波闪了闪,耷拉着眼尾应声:"看起来是这样的。"

商郁唇边的笑淡了几分,掌心贴着她的腰侧,倾身拉近彼此的距离,捧着她的脸颊扭到自己面前,二话没说,俯首惩罚似的在她唇上用力吮了一下。

黎俏吃痛,不满地皱了皱眉。

第20章 我的男朋友，南洋商少衍

反正，解释的话还没说完，两个人倒是你来我往地亲了半天。

直到彼此拉开距离，黎俏才得以喘息。

商郁抵着黎俏的额头，深深呼吸后，才嗓音沉哑地说道："送欧白去英帝拍戏，是保护，同样也是惩罚。"

男人坦荡的言辞，让黎俏蜷起了手指，他承认在保护欧白了？

商郁低头看着黎俏，以下颌轻轻摩挲着她的额头："我说的保护，不是不给你哥机会。在南洋，欧白的背后有欧家，也有秋家，而我同样身在南洋，如果欧白有事，我们都不能坐视不理。"

话音落下的刹那，黎俏猛地从他怀里抬起头，眼里满是狡黠。

见状，商郁捏着她的脸颊，斜斜地扬唇："想明白了？"

黎俏若有所思地眯起眸，拉下男人的手指攥住，试探道："你故意的？"

"嗯。"商郁缓慢地垂了下头，眸光逐渐幽深，"欧白和你哥的矛盾究竟要怎么化解，那是他们的事。倘若你哥在南洋找他麻烦，牵扯出的矛盾只会更多。"言外之意，如果黎三想算账，英帝是最好的地方。

黎俏目光悠远地看着商郁，良久才回神戏谑："欧白要是知道你的想法，他可能死都不会去英帝国了。"

"不管他知不知道，都必须去。"男人的口吻夹着不容置疑的霸道，"你哥如果找他麻烦，最起码查理斯能在英帝国保护他。这，就够了。"

这一刻，黎俏不得不佩服商郁的用心。把欧白放在家族势力之外，又安排了查理斯护他。三哥想要算账，大可以去英帝找欧白。

这时，商郁用指腹蹭了下她的脸颊，神态也恢复了一贯的随意和慵懒："这样的安排，女朋友可还满意？"

黎俏眨眼，拍了下他的手背："凑合吧，但你怎么确定查理斯一定能护住欧白？"三哥这次差点魂归西天，不用想也知道，他和欧白的梁子越结越深了。

闻声，商郁表情高深地扬起薄唇："别小看查理斯，英帝是他的地盘，说不定还能充当和事佬。"

听起来，似乎很公平。英帝国的范围，同属双方势力之外，不上升到家族，不掺杂其他势力。单单就是两个大老爷们的过节，怎么解决就看他们自己了。

想清楚这层利害关系，黎俏心头那点小情绪也随之烟消云散。她手指拨弄着商郁胸前的衬衫扣，似笑非笑地睨着他："既然男朋友都做了这么多安排，那我也跟三哥说一声，尽量手下留情。"但愿真如商郁所言，查理斯能化解他们的恩怨。

商郁薄唇溢出浅笑，亲了亲她的脸颊，余光扫到侧边扶手，以眼神示意黎俏。见此，她挑着眉梢从他怀里起身，拎起衬衫皮袋，转手往他面前一送，煞有介事地说道："看在你昨晚那么辛苦哄我睡觉的分上，给你买了几件衬衫，聊表谢意。"

商郁深深看着她，而后视线落在品牌商标上，眉峰轻扬："怎么知道我只穿这个牌子的衬衫？"

黎俏面色一愕，眼里有笑，歪打正着了。

男人看着她一闪而过的愕然，伸手接过袋子，冷眸微眯："看来是不知道？"

话都让他说了。黎俏瞥着商郁，抿嘴点头："现在知道了。"

说罢，她又对着皮袋努了努嘴："你要不要试试？这是柜员推荐给我的尺码，不知道合不合身。"

商郁见她一脸认真，眼睑微垂，唇角勾着若有似无的笑，坐在沙发上，抬起右手的指尖，优雅又随意地解开了衬衫扣子。

黎俏眼睛都直了，她不是这个意思啊。大白天的，你试衬衫不去衣帽间吗？黎俏扭头往旁边瞟了瞟，但余光又忍不住一直偷觑。第二颗，第三颗……

随着他单手解开衣扣，肌理分明的蜜色胸膛也祖露得越来越多，黎俏的眼神移不开了。但，第三颗扣子解开之后，商郁的手不动了。黎俏皱了下眉头，大脑可能宕机了，说话也没过脑子，直接问了一句："解不开了？"

商郁唇边的笑意加深，他低头看着微敞的衬衫，一寸寸掀开眼帘，深邃的眸里波澜涌动。随即，他站起身，顺手拎起一件皮袋，拉着黎俏就往楼上走去。

"哎？干吗？"黎俏被男人拉着手腕，三两步就进了拐角的电梯。

电梯间，商郁一手拎着衬衫，一手撑着黎俏耳侧的轿厢墙壁，含笑低语说了两个字："解开。"

"嗯？"黎俏茫然地抬起头，视野里男人碎发微乱，衣襟半敞，动作透着几分狂野。尤其是他深不见底的瞳眸里，融着炙热的火光。

两人四目相对，见商郁压下俊颜，黎俏便顺着他的动作看去，这才发觉他所谓的解开是什么意思。

黎俏搭在他肩头的手指紧了紧，面上一片镇定，心里小鹿乱撞。

商郁扶着墙壁再次欺身向前，浓烈的男性气息萦绕在四周，眯起的眼底噙满幽光："不敢？"

激将法，没有用的。黎俏昂头和男人对视，扯唇反问："有什么不敢的？"她目光直视商郁，探出右手的食指在第四颗扣子上一勾一挑，扣子顺势崩开。然后以同样的动作，解开了衬衫最后一颗扣子。

完美紧实的腹肌映入眼帘，黎俏匆匆看了一眼，再次抬眸望着商郁。即便她一脸从容不迫，但手心……早就出汗了。

此时此刻，商郁身上的黑色衬衫彻底敞开，露出来的肌肉纹路无一不彰显着健硕和魅惑。

封闭的轿厢里，温度有点热。黎俏蹙眉，总感觉电梯攀升的速度是不是太慢了？

正想着，身前的商郁低头吻了下她的眉心，然后才回身去按下了电梯键。

哦，不是电梯慢，是压根没按楼层。黎俏低下头，喟叹着搓了下脑门，整个人恍恍惚惚的。

转眼，电梯抵达三楼。

商郁牵着她的手，走进了偌大的衣帽间。她站在门口，看着明黄色的灯光下，三面环墙的衣柜里，入目皆是黑色的服装。唯一的色彩恐怕就是正中间的矮柜里，摆放的各类名表和口袋方巾了。

黎俏略略打量了几眼，重新抬眸寻找男人的身影时，目光停住了。此时，他背对着她，衬衫也放在了换衣凳上，暖黄的灯光落在他挺阔的肩上，镀了层金芒般惑人。

　　黎俏堪堪别开眼，目光愈发闪烁，她曾在边境也见过其他男人的样子，但都不及商郁这般具有冲击力。刚刚粗略扫过，他的后背好像有疤痕，黎俏视线移动回去，想着再看一眼，却发现他已经穿上衬衫朝她走来。只不过，衬衫的扣子依然敞着。

　　可能是福至心灵吧，她看到这般景象，没有任何迟疑，直接走上前为他系上了贝母纽扣。除了屏住呼吸有点手抖之外，黎俏看起来没什么不同。好不容易把扣子系到了领口位置，她暗暗舒了口气。

　　这时，商郁低头看了看，浓眉皱了下，对着衬衫下摆努嘴，嗓音磁性地开腔："还有。"

　　黎俏后退一步的动作硬生生顿住了。她撑开眼皮看着商郁，又低头瞅了瞅衬衫，他的意思是……让她帮忙把下摆塞进腰带里？

　　黎俏头皮差点炸了。她伸拽着衬衫下摆，又抚平上面的痕迹，然后一本正经地抬眸："这样挺好看的。"

　　商郁笑了，从唇边溢出的浑厚笑声丝丝缕缕地窜入黎俏耳畔，气氛愈发诡谲迷离。他单手环住黎俏的腰，脚下一旋就将人压在了玻璃衣柜上，用力地吻着她。

　　更多情绪的迸发，只在短短一瞬间。商郁的手钻进了衣角，却瞬间感受到女孩微微绷紧了身形，所以他只是轻轻摩挲着她的肌肤，没再继续。

　　而这个吻也没有持续太久，商郁放开她的唇，俯首贴着她的侧脸，音色很是沙哑，带着一丝不确定："害怕？"

　　黎俏闷在他肩头的位置，小口喘息着，她低头看了看，才发现她不知何时捏住了他的手腕。可能是下意识的举动，也可能是过于紧张和迷乱，让她有些惶然。

　　逐渐冷静过后，黎俏的脑海中闪过很多画面。她的手指紧了紧，而后轻轻摩挲着男人手腕的肌肤，仰头，底气不足地说道："那倒没有，有什么好怕的。"

　　这话说得利索，就是声音挺虚。

　　商郁呼吸平稳后，在她耳际洒下一片灼烫的热气："真是个乖女孩。"

说话间，男人收回了手，隔着衣料搂住黎俏的腰带入了怀中。

商郁揽她入怀，宽厚的掌心一下下轻抚她的脊背。直到感觉怀里的身躯渐渐放松，他才滚着喉结，牵着她走出了衣帽间。

五分钟后，黎俏捧着水杯一个人坐在客厅里，眼神持续发飘。

商郁没有下楼，说是去了洗手间。

黎俏窝在沙发上，思绪有点乱，脑海中不停浮现着刚才的一幕幕。

直到此刻，她还能感觉到腰侧肌肤被他摩擦的战栗和烫热。

哎，露怯了。

没一会，沉稳的脚步声从背后传来。黎俏顿时坐直了身子，循着声音回眸，男人黑色的身躯已近在眼前。他站在沙发后方，双手撑在两侧，俯身看着女孩持续泛红的耳尖，伸手弹了一下："在想什么？"

黎俏的耳朵很敏感，被他这样一弹，汗毛都竖起来了。她捏紧手里的水杯，往沙发前面挪了挪，企图拉开安全距离。他身上清冽的气息扑面而来，太刺激感官了："没什么，实验室有事，我得回去了。"说罢，黎俏起身就走。商郁依旧站在沙发椅背后方，望着她慌乱不自知的模样，扬唇沉笑："女朋友要拿着水杯开车回去？"

黎俏刚走到客厅入口的身影瞬间停下了。她低头看着手里的杯子，阖眸叹息，抹了把脸。行吧，冷静没了，形象也没了。

就这样，在商郁有意的引导下，黎俏彻底乱了。

少顷，男人走到她身边，拿过水杯转身放在了茶几上，而后牵着她的手往门外走去："走吧，送你回实验室。"

"不用，我自己可以……"

话未落，商郁捏了下她的手指，眸光深邃地看着她，耐人寻味地侧首反问："确定可以？"

她的手心，全是汗。很明显，她不可以。黎俏悻悻地扯唇没再吭声，任由商郁牵着她走向了衍皇集团的车队。而她的奔驰车则交给了落雨开着。

半小时后，车子抵达实验楼。

商郁眸光慵懒地瞥向黎俏，叠着腿的坐姿清隽又随性，音色醇厚地提醒道："记得请假。"

黎俏回眸，点头应声："嗯，知道。那我走了。"

男人垂了下眼睫，目光中多了些认真。在黎俏临下车前，他向前倾身把她搂进怀里，亲了亲她的脸颊："去吧，晚上等我。"

"晚上有事？"她不解地反问。

而商郁则高深地看着她，表情有些玩味："去医院坐坐。"

她嗔了商郁一眼，转身下了车。

男人则目送着黎俏的身影，回首仰头靠着椅背，对流云低声吩咐："给江院士打个电话，让他批假。"

流云顺着后视镜投来视线，恭敬地颔首："好的老大。"

实验楼下，黎俏从落雨手里接过车钥匙，便开车去了停车场。

时间临近下午两点，她坐在车里出神，就算冷静下来，但脑海中仍旧不自觉地回想起先前在公馆里发生的一切。特别是男人穿着衬衫在电梯里的那一幕，狂野邪肆，比任何时候都动人心魄。黎俏双手搭着方向盘，下巴也顺势垫在了手腕上，似回味，似羞赧，总之越想脸越红。

大概过了五分钟，她才慢吞吞地下了车，甩上车门一转身，前方十几米的地方，江院士和连桢正站在原地若有所思地打量着她。

一阵风拂过，吹乱了她鬓角的碎发。黎俏伸手理了理，泰然自若地走了过去。

此刻，江院士拿着保温杯搓了搓，和连桢对视一眼，就朝着黎俏的方向撇嘴，意思很明显，让他问问怎么回事。

连桢双手插在大褂的兜里，无奈地摇头，望着踱步而来的黎俏，温声开口："小黎，你没事吧？"

黎俏面露不解，左右看了看，摇头："没，怎么了？"

江院士往前走了一小步，一双炯炯的眸子露出忧色："俏俏啊，你是不是身体不舒服？瞧这脸红的，发烧了？"

黎俏以手背擦过脸颊："没有，可能刚才车里有点热。"

这话，江院士一点也不信。他狐疑地看着黎俏，刚才这丫头趴在方向盘上好半天，虽然看不清她当时的表情，但从举止来看，好像不太开心的样子。

江院士想到了某种可能，立马用过来人的口吻叮嘱："俏俏啊，现在这个社会太浮躁，你们年轻人如果有摩擦很正常，千万别吵架，要学着互相体谅，一切都会过去的，明白吗？"

这一番语重心长的说教是为哪般？她满腹疑惑，但也没心思多问，敷衍地点头应声:"嗯,老师说得对,那我先回实验室了。"

黎俏对两人颔首示意,而后不紧不慢地走进了实验楼。

江院士扭身望着她的背影,对连桢轻叹道:"那咱也回去吧。"

他们俩本来是下楼溜溜弯缓解疲劳,没成想遇见了心事重重的黎俏。江院士觉得,这孩子肯定和那位爷吵架了,奈何人家的身份摆在那儿,她受了委屈可能也得自己扛着。怪可怜的。

傍晚来临,黎俏没精打采地趴在桌子上,饿的。中午从医院赶去了南洋公馆,紧接着又被商郁撩得神志恍惚,早就忘了吃午饭的事。她点开屏幕看了看时间,随即就埋头把脸颊藏在了臂弯里。

这时,身在办公室的江院士有点坐不住了。他透过贴膜的玻璃窗隐约能看到黎俏趴伏的身影,又扫了眼电脑屏幕的时间,等不及似的,起身蹙着眉走了出去。

江院士来到研究室,在每个研究员身后都溜达了一圈。转眼他站在黎俏的背后,清了清嗓子:"俏俏啊,干吗呢?"

闻声,黎俏从桌子上直起腰板,缓缓仰头:"没干吗,老师需要我做什么?"

江院士看着她恹恹的模样,握拳抵着嘴角咳嗽一声:"不需要你做什么,但你……有没有什么事要和老师说的?"

黎俏不假思索地摇头:"没有。"

"嗯,那你继续趴着吧。"江院士斜她一眼,转身走了。他得给那位爷汇报一下,不是他不批假,是这孩子一直不张嘴请假啊。

五点半,黎俏接到了商郁的电话。她和连桢等人道别,步伐懒散地来到街角,钻进车厢的一刹那,肚子不合时宜地咕噜了两声。

商郁从文件中扬眉看向她:"饿了?"

黎俏瞥他一眼,拉上车门就枕着椅背,闷闷地应声:"嗯。"

"去水晶苑。"商郁以脚背撞了下前排座椅,高深的视线落在黎俏脸上,皱起浓眉,"中午没吃饭?"

闻此,黎俏眼尾掀开一条缝,她中午有时间吃饭?她没出声,但商郁已然从她的眼神里读出了一丝控诉的意味。他合上手中的文件放在一旁,偏头瞅着黎俏,拉过她的手指揉了揉,沉声戏谑:"是我照顾不周。"

黎俏努了下嘴角,身子一歪,直接靠在了他的肩膀上:"你真要去医院?"

商郁抬起手臂环住她,垂首看着她没什么精神的脸颊:"不想我去?"

"没有不想。"黎俏扯着唇,看向了窗外飞速掠过的街景,欲言又止。

带着商郁去医院意味着什么,他们心里都清楚。但愿重伤未愈的三哥,别被气死就好。

晚七点,两人吃完饭,便直接来到了衍皇国际私立医院。安静的高级病房走廊里,一行人的脚步声尤为清晰。流云手里拎着果篮,落雨则拎着一个小药箱。不多时就来到了黎三的病房前,房门依旧虚掩。

黎俏扭头看着商郁,见他眸光慵懒地挑了下眉梢,抿唇上前推开了门。

瞬间,传出了南昕的嘀咕声:"你今天排尿的次数也太多了,是不是前列腺不好。"

病床前,黎三侧躺着,南昕则扭头弯腰在他面前忙活,空气中还飘来一阵水声。反正,两个人谁都没注意到门外的情形。

然后就听见黎三磨牙的声音:"要不你也试试输液输十几瓶是什么滋味。"

此时,南昕弯腰提着夜壶,却倔强地扭着脖子,目不斜视地盯着眼前的大白墙,余光都不敢乱瞟,生怕一不留神就看歪了。

说话之际,水声也停了。

南昕也不敢乱看,边转身边作势挪走夜壶。殊不知她动作太快,夜壶边缘直接划到了黎三,只听他闷哼一声,骂了句。

南昕动作一顿,拢着头发下意识就转头看去:"欸,没事吧?"

两个人就这么双双愣住了,黎三怒目瞪着她,南昕怔怔地看着,忘了收回视线。

"你看够……"黎三动作缓慢地想盖被子,但这诡异的气氛里,突然有人敲了敲门……

南昕回眸,黎三也挑眉看去,两人瞬间有一种社会性死亡的错觉。

眼前,黎俏斜倚着门框,一脸促狭。她身边是单手插兜神态倨傲的商少衍。两人的背后,则站着面色严肃的流云和落雨。

南昕一手拎着夜壶,一手默默地拉高被子遮在了黎三的身上。然后游魂似的拿着尿壶就去了洗手间。黎三侧躺在床,闭眼捂着脑门,额角青筋暴露。

一会儿,黎俏和商郁来到了床前,流云放下果篮,推着两把椅子放在他们脚边,而后就和落雨走到不远处静立。

"三哥,介绍一下。"黎俏坐下后,直接把自己的手塞在了商郁的掌心里,"我男朋友,你见过,南洋商少衍。"

这句话说出口,黎俏的心也传来一阵悸动。相识已久,她好像是第一次如此正式地将他介绍给自己的家人。南洋商少衍,是她黎俏的男朋友。

此刻,黎承蓦地掀开眼皮,幽深暗冽的眸直勾勾地盯着黎俏:"你再说一遍?"他今天早上刚醒来,说话的语速仍旧有些慢。这让黎三更加闹心了,当着商郁的面,他气势全无。

黎俏目光平静地与之对视,耐着性子重复道:"我男朋友,商少衍。"

黎三咬紧牙关,阖眸吐息一瞬,再次睁开眼,便移动眸子看向了商郁。两个出色且各自称霸一方的男人,在这样的情境下相遇,黎三接受不了。他沉冷的视线撞在商郁浓黑如墨的眼底,谁都没说话,仿佛在进行着无声的较量。

只不过,黎三穿着病号服侧躺着,气势上注定落了一截。他薄唇紧紧抿着,眼底涌动着波涛,来不及口出狂言,商郁便偏头递给落雨一道视线。

见此,落雨捧着小药箱站在床尾,颔首道:"黎先生,这是衍皇医疗实验室的特效药,对治疗脑部外伤效果显著。"

黎三压着眼皮瞅了她一眼,语气格外生硬:"不需要。"

落雨眉心微皱,望着黎俏似乎在征求她的意见。

黎俏对着桌子昂首:"放那儿吧。"

黎三眯眸看着黎俏,绷着脸:"你想气死我?"

黎俏弯了弯唇:"三哥,气大伤身。"

闻此,黎三耷拉着眼睑不说话了。

没一会,他又眯起眸,视线在黎俏和商郁之间来回穿梭。他们就那么端坐在他的眼前,本不该有交集的两个人,偏偏此刻看起来那么登对。黎承强行压下心底那股诡异的想法,蹙眉反问:"如果我不同意呢?"

此刻,商郁靠着椅背,姿态慵懒地搭着长腿,抬着眼皮对上黎三闪烁的目光:"你不同意的立场是什么?"

黎三怔住,凝视着商郁,眼底仍旧藏着几分忌惮,语气缓缓地道:"我是她哥。"

这时,黎俏同样跷着二郎腿,手肘却撑着膝盖扶额,眼神凉飕飕地落在黎三的脸上:"我同意。"言外之意,你不同意有什么用?

黎三喉咙一哽,沉着脸瞪她:"你先出去,我和他单独聊聊。"

黎俏拧起眉心,转头就看向商郁。

男人不紧不慢地垂眸,捏着她的指尖叮嘱:"去吧,别走远。"

黎俏应了声,倒也没再坚持。她带着流云和落雨离开病房,关上房门时目光掠过洗手间。也不知道南昕在做什么,一直闷在里面不出来。

病房里,一片沉寂。

黎三在病床上缓慢地挪了挪腰腹,寻了个舒服的姿势,才喟叹道:"为什么一定是黎俏?"说着,他睨向商郁,口吻严肃又郑重,"整个南洋,你想要什么样的女人都可以,为什么偏偏是我妹?"

这时候,商郁姿态优雅地靠着椅背,双手交叉贴在腹前,语气夹着玩味:"南洋,只有一个黎俏。所以必须是她。"

黎三被噎得哑口无言。

他还有好多话想说,可面对商郁沉邃幽深的双眸,一个字也说不出来了。

黎三的神色几经变换,好半响才找回了自己的声音:"你认真的?商少衍,你身份特殊,跟我妹在一起,你确定能保护好她?除了带给她危险,你还能给她什么?"

这番追问,不乏担忧,也带着一丝成见。黎三出于本能对商少衍多有忌惮,可他也不能眼睁睁看着自己的妹妹深陷龙潭虎穴。即便抛开一切不谈,单单商少衍这个名字在商界就树敌无数。黎俏和他在一起,未来将要面对的不是柴米油盐,反而极有可能是龙潭虎穴。

两个男人目光交接,黎承的眼里充斥着对商郁的不信任,而后者眸深似海,令人无法参透他真实的想法。

短短片刻,黎承听到了男人无比轻描淡写的一句话:"所有。以及,我的命。"

黎三心头大骇,满目震惊。这句话从谁的口中说出来都不会让他如此失态,但商少衍不一样。他杀伐果断,权力与地位傍身,享受着无上尊荣,往往这种人,最残忍也最是惜命。偏生他轻而易举就能说出"把命给黎俏"这种话。

黎三深知自己和商郁都是雄踞一方的男人,且不屑妄言,必是一诺千金。

黎承沉淀着情绪,他反复思考,如果是自己,能不能为黎俏豁出性命?

也许能,也许不能,毕竟他的顾虑太多。

沉默半晌，黎三垂下眸，攥紧的手指也逐渐放松："是不是无论如何，你们都会在一起？"

一语双关。

商郁此时放下了长腿，双臂撑着膝盖向前倾身，摩挲着手指："那就……拭目以待。"

该有多强大的自信才能说出这种话？黎承彻底失语了。第一次和商郁心平气和地交谈，他恍然惊觉，难怪这位南洋商界霸主的身边拥趸无数，不管是他的气度还是心胸，确实有令人甘拜臣服的霸气。

不多时，黎三还在兀自沉思，而床畔的男人则扬起唇角，沉声低语："该问的都问了，接下来不如跟我谈一笔生意。"

过了十几分钟，病房的门开了。倚着走廊窗台望夜景的黎俏幽幽回眸："聊完了？"

商郁阔步走来，站在她面前对着房门昂首："进去吧。"

"哦。"黎俏应声往前走了两步，又蓦地站定，望着商郁欲言又止。

见状，男人顺势靠着窗前，右腿微微弯曲搭着左腿："怎么？"

"没什么。"到嘴边的话还是被黎俏咽了回去。

她不疾不徐地走进病房，眼前只有黎三目光悠远地躺在床上若有所思。南昕，还在洗手间没出来。

黎俏来到床前，脚尖钩过椅子坐下，打量着他难辨的神色，咂了下舌尖，等着他开口。

黎三吐出一口气，斜睨着她："你真决定要和他在一起？"

"嗯。"黎俏扯着嘴角点头，"我说过，他会是你未来妹夫。"

黎三抿嘴没出声。这妹夫，不只气度过人，还非常会投机取巧。刚刚大手一挥就送了他三个亿的工厂订单，跟玩儿似的。

黎三扭了扭僵硬的脖子，深深睇着黎俏，叹气："这件事……爸妈知道吗？"

黎俏神色淡淡："还没说。"

"先缓一缓吧。"黎三说，"既然你想好了，我也就不多嘴了。但你记住，如果有一天，他欺负你了，你随时告诉我，三哥一定给你做主，替你出气。"

黎俏淡然的眉眼掠过一丝浅笑，睇着黎三煞有介事的神态，垂眸道："嗯。"可能不会有那么一天。最后一句话，黎俏在心中默念，没有说出口。

好歹是自己的亲哥，总不能真把他气死。

随着天色渐晚，黎俏也打算离开病房。

黎三则压着唇角，在她离开前，对着前方哼了一声："去，把南昕给我叫出来。"

黎俏漫不经心地走上前，以脚尖踢了踢洗手间的木门。

转眼，南昕慢吞吞地拉开门，眼神飘忽地站在原地。她似乎刚洗完脸，腮边的波浪长发有几缕粘在了额头上，下巴滴着水，问道："宝贝，你要走了？"

"嗯，我哥叫你。"黎俏说完就离开了病房。

南昕恍恍惚惚地看着病房门被关严，这寂静的深夜，就剩下她和老大孤男寡女，可如何是好啊。

"过来！"黎三沉冷的嗓音窜入耳畔，南昕浑身一激灵，刚挪了一步，又听见他似笑非笑地说，"来，跟我说说，你刚才看见了什么。"

南昕想，现在逃回边境还来得及吗？

离开医院，车子行驶在马路上，窗外路灯在眼前划过一片朦胧的昏黄。

黎俏侧身睨着身畔的商郁，还没开口，男人就抛来一句询问："请假了么？"

哦，忘了，忘得很彻底。黎俏眸光闪了闪，一脸镇定地胡诌："老师下午比较忙，我明天和他说。"

说完她就发现商郁深暗的目光里噙着耐人寻味的深意，而后伸手捏着她的脸颊："也许明天他也忙，现在给他打电话请吧。"

黎俏眼神无辜地看着商郁，摸出手机看了眼时间，快九点了："要这么着急？"

男人不言语，只是挑起眉梢，满含深意地凝视着她。

见状，黎俏便点头："嗯，也行。"对于去帕玛这件事，商郁似乎比她想象的还要着急。

就这样，当着他的面，黎俏拨通了江院士的电话。她简单说明了请假的意图，江院士立马如释重负地松了口气："没问题，十天够不够？反正最近研究都暂停了，要是不够，老师给你二十天。"

挂了电话，黎俏匪夷所思地盯着屏幕沉默了良久。老师您批假的态度是不是太随意了？她隐隐猜测着某些可能性，而流云兜里的手机恰好响了。

他单手扶着方向盘，拿出手机一看，冷酷无情地挂了。

黎俏倒是没注意流云的小动作，捏着手机扭头，耸肩道："请完了，老师给了我十天假。"

"嗯。"商郁满意地弯起薄唇，望着后视镜，便对流云吩咐，"安排周五晚上的飞机回帕玛。"

"是，老大。"

……

两天后，周四下午，关明玉和关明辰兄妹再次来到了实验楼。由于明天毕业典礼结束后，黎俏要出发去帕玛，所以叫他们过来，打算交代一些事情。

会议室里，关明玉似乎比前阵子更圆润了。关明辰仍旧穿着褪了色的迷彩服，兄妹俩望着黎俏和连桢的眼神里都不乏尊敬。

这时，黎俏从兜里掏出了两个药瓶："这两种药物，是研发部门针对你持续发胖的症状研制出来的特效药。"

关明玉的眸子一亮，满含感激地道谢："真的？黎小姐，连先生，谢谢你们。"

黎俏抬手，表情始终淡淡的："先不用谢。药物还没有经过临床试验，暂时不确定对你的病症到底有没有用。所以，明天开始用药，也需要你配合实验室，让研发团队及时记录药物的作用和反应。"

关明玉不假思索地点头："没问题的。"

见此，黎俏和连桢交换视线，并把药瓶交给了他。

连桢了然地颔首，随后对关家兄妹建议道："药物测试大概要持续一个月，如果方便的话，你们可以先住进实验楼的宿舍，住在这里总好过你们每天来回奔波。"

这般安排，兄妹俩欣然接受。

黎俏又交代了几句细节，蓦地想到了一件事："你高考考得怎么样？"

关明玉直视黎俏，抿着嘴角细声道："我自己估分650左右，不过明天才出成绩，到时候我告诉您，黎小姐。"

"嗯，那你们回去收拾收拾，尽快搬过来。"

没一会，关家兄妹便匆匆离开了实验楼。

黎俏站在走廊目送他们，而后看着连桢："连师兄，未来几天他们就麻烦你了。"

"这算什么麻烦。"连桢温润一笑,低头看着手里的药瓶,"你安心去休假,实验室的事不用担心。没准等你回来,她的病症已经有所好转了。"

对此,黎俏笑了笑,但愿吧。

当晚,黎俏回了黎家。进了客厅,没看到黎广明和段淑媛,问过管家才知道,两人出了门。管家说:"夫人和几位贵太太去了临市散心,老爷在雁城开会。"黎俏点头说"知道了",随后就上楼进了自己的卧室。

明天要去帕玛,她回来拿些东西,顺便把商纵海给她的稀金钻卡带上。虽然没去过那个神秘的国度,但黎俏也多有耳闻。据说,帕玛的常住人口有一半都是南洋人,且各个富可敌国。而由于当地的矿产资源极其丰富,为了保护当地居民的利益,甚少会允许外来人口随意出入帕玛。以至于在很长一段时间内,帕玛都以神秘著称。

卧室里,黎俏看着手中的稀金钻卡,就是这么一张卡片,能够让她无限制地自由出入帕玛。可想而知,能拥有钻卡的商氏,其家族地位怕是万人之上了。

黎俏带着钻卡和各类证件,并简单整理了几件衣服,不到半小时就拎着一个墨绿色的皮箱下了楼。

正在忙碌的管家看到她手里的小皮箱,愣了一秒:"小姐,您要出门吗?"

"嗯,临时出去几天。"黎俏淡声回应道。

管家见她不想多说,不禁又问:"您去哪儿?那需不需要给您安排飞机或者高铁?"

"不用。"黎俏拖着皮箱往外走了两步,又回头对管家交代,"如果爸妈问起我,您就告诉他们我临时出差了,大概十天后回来。"

"好好,那小姐你注意安全啊。"

……

第二天,周五,清早七点。

黎俏开车去了南洋医科大学,今天是学校的毕业典礼。她把车停进车位,刚拉开车门,手机便收到一条短信。是关明玉发来的,寥寥几字,却不难看出她的雀跃。关明玉:"黎小姐,我的高考分数672分。"这个高考分数,确实很高了。黎俏看着短信后面简单的颜文字,抿唇给她回了一个大拇指。

下了车,黎俏戴上墨镜,不疾不徐地走向了学校大礼堂。

还不到上午八点，气派的礼堂门前已经聚集了不少大四的学生。每个人都穿着学士服，戴着学士帽，是身份的象征，也是一段生涯的结束。

人群里，唐弋婷不时踮着脚张望，好不容易看到黎俏的身影，捧着学士服就跑了过来："哎呀，我的小祖宗，你可算来了。喏，我帮你领的衣服和帽子，快找个地方换上。"

黎俏接到手里，透过墨镜在四周张望了一圈："今天的典礼大概多久？"

唐弋婷摇头："不知道，按照往年的流程，两个小时左右吧。不过我刚才听说，今年好像邀请了荣誉校友来观礼，还有讲话环节。我看校长和段处长他们都正装出席，似乎挺重视的，没准时间会更长。怎么了？你有事啊？"

说话间，黎俏也没避讳，三两下就把学士服套在了身上，而后揪着学士帽上的流苏，撇撇嘴："没事。"这种典礼，形式大于意义，她来参加仅仅是为了不留遗憾，但着实不太喜欢这种纷乱的排场。

八点十分，准毕业生们悉数走进了礼堂，典礼将在八点半准时开始。黎俏和唐弋婷同校不同专业，两人的位置也分隔较远。生物工程系的毕业生，只有不到一百人，还有一部分据说是因为没有达到毕业标准，只能延期毕业。作为南洋医科大学最顶尖的生物细胞工程专业学生，他们全部坐在礼堂前排的位置。黎俏被安排在主席台下方第二排正中间入座，很优越的观礼席位。她的左右两边分别是系草和班长，两个大男孩端端正正地坐着，看似目视前方，但余光不停地往黎俏身上瞟。

随着时间流逝，上千平的礼堂里也坐满了人。

校领导还没上台，台下一片人声鼎沸、嘈杂混乱。

这时，有人从后面拍了拍黎俏的肩。她淡淡地回眸，一个粉色的礼品袋递了过来："黎、黎俏，后面传过来说是给你的。"

黎俏挑了下眉梢，看着那礼品袋上的品牌标，以手背抵住："不是我的，麻烦传回去。"

"啊？"那名女同学愣了愣，这可是L家的奢侈品礼袋，人家点名送给她，她居然不要？

黎俏冷淡地对着后方昂首："传吧，谢谢。"

莫名其妙。大学里的学子，基本上已经不用写情书的方式求爱了。出手阔绰者，香包名表，毫不手软地往外砸。刚刚那个礼袋，是L家的名表系列。

过去四年，黎俏在校园里基本上就是个异性绝缘体。而毕业典礼这天，她大概想不到，还有更多的"惊喜"在后面等着她。

八点二十五分，校园文艺部的两名主持人已经走上了礼台。麦克风响起刺耳的杂音后，礼堂内吵闹的声音也渐渐微弱下去。然而，主席台下方第一排的十张贵宾椅，正中间的两个席位始终空缺。

不多时，校领导和段元辉等人依次上台入座。两位主持人拿着手稿来到校长跟前，指了指第一排的贵宾席，不知在商量着什么。

眼看时间已经快八点半，但毕业典礼还没开始，台下的学生们不禁窃窃私语。"怎么回事啊？中间的贵宾席一直空缺，该不会观礼的校友代表不来了吧？""谁知道呢。欸，快看，校长开始打电话了。""搞什么，参加毕业典礼居然还迟到，这届校友代表行不行啊。"

讨论声越来越大，几乎盖过了后方礼堂双扇大门打开的声音。

此时，正在拨打电话的校长，循声看去，顿时眉眼大亮。他把手机丢进裤袋里，绕过主持人，疾步走下了台阶。

这一瞬，全场的学生以及各级领导纷纷扭头看去。如同说好了一般，头排贵宾席的校友代表全部起身，主席台上的校领导也跟着起立。

黎俏漫不经心地扫了一眼，视线也在这一刻定格了。礼堂后方，阳光从双扇木门泻了一地耀眼的白。两道身影从门外逆光走来，时间恰好八点半。

校长顶着无数道瞩目的视线，热情相迎："您二位总算来了，咱们里面请，里面请。"

来人，商郁和秋桓。毕业生们并不清楚他们的来历。

只是在此起彼伏的吸气声中，无数女同学双手捧心，满眼爱慕。"我的妈呀，他们是明星吗？""绝对不是明星，娱乐圈要是有这样的颜值，那还有欧白什么事啊。""卧槽卧槽，不行了，我要回家偷户口本，我和黑衬衫未来合葬的地址我都已经选好了。"

黑衬衫，黑西裤，颠倒众生，这是商郁。

蓝西装，银方巾，邪魅清绝，这是秋桓。

两个男人颀长俊逸的身形穿过礼堂的夹道，所有人都在对他们行注目礼。相比而言，大腹便便憨态可掬的校长，则完全成了陪衬。

校园学子还未踏入社会，何曾见过这等神秘又迷人的男人。他们不同于稚气未脱的校园大男孩，成熟稳重的气度最是容易打动怀春少女的心。

很明显，他们两个也是今天的校友代表。无数人在扼腕，为什么没有早生几年，如果能和他们当同窗，这辈子也值了。

此刻，偌大的礼堂鸦雀无声。直到全场目送着他们坐在了头排的贵宾席中，亲眼看到其他八位校友对着二人弯腰颔首，周遭陷入了沉寂，转眼便是爆发而来的喧嚣。

明明典礼还没开始，礼堂却仿佛进入了高潮。没人知道他们是谁，却各个翘首以盼，期待着主持人公布身份。而黎俏则默默地扬起唇角，目不转睛地看着商郁坐在了她的正前方。很巧，两个人，一前一后，皆是焦点席位。

待校长和其他领导纷纷稳坐主席台，这场南洋医科大学有史以来最特别的毕业典礼也正式拉开帷幕。

两位主持人慷慨激昂地在台上念着开场白："六月，草长莺飞；六月，栀子花开；今天是个特殊的日子……"

冗长的开场白过后，男主持人看了看手卡，用标准的播音腔说道："首先，由我来给大家介绍今天参加毕业典礼的荣誉校友代表，第一位南洋建业集团董事长陈魏先生、第二位翼博影业总裁高强先生……"

介绍完前面八个校友代表，主持人的目光落在了台下。他抿了抿唇，用更加亢奋地语气宣读道："第九位，南洋机械控股实业副总裁，秋桓先生。让我们大家以热烈的掌声欢迎各位校友的莅临。"

掌声倒是响起来了，但是台下的学生却满腹疑惑。十位校友代表，为什么只介绍了九个人？正中间的黑衬衫呢？他什么身份？

但不管台下有多少疑问，主持人显然不打算再过多介绍。因为他也不知道那位是谁。

随着校领导介绍完毕后，主持人便邀请荣誉校友代表上台讲话。站起身的人，是一身藏蓝色西装搭配银色方巾的秋桓。假如没有商郁的对比，那么秋桓依旧是好看英俊的。他没有拿发言稿，步伐稳重地走到发言台，双手撑在桌角两侧，对着立式话筒温雅地寒暄："学弟学妹好，我是秋桓。"

"学长好！"

"学长，加个微信吧。"

面对学子的高呼，秋桓眉目清朗一笑："感谢南洋医科大学的邀请，也感谢学弟学妹的厚爱……"

黎俏望着台上发言的秋桓，对他的感观也略微有了变化。南洋机械控股的少东家，的确不是草包。身为荣誉校友代表，一席言论，字字珠玑，落地成章。

黎俏听着秋桓的演讲，同时一心二用地悄悄给前排的商郁发起了微信。

黎俏："衍爷和秋少也是南洋医科大学毕业的？"

她确实没问过他的毕业院校，没想到这么巧。发完消息，黎俏抬眸，果然见到前排的男人掏出了手机。她抿嘴浅笑，看着屏幕等着他的回复。

数秒后，手机振动，屏幕上也传来了这样一句话："原本不是，但今天可以是。"

黎俏眼底微愕，猛地抬眸望着男人的背影，万般思绪浮上心头，还有一丝说不清道不明的复杂。她甚至有一种错觉，商郁之所以会来参加毕业典礼，就是为她而来。人生里特殊的日子和时刻，他用这种方式陪着她一起走过……

黎俏用力捏着手机，努力克制着想从身后抱他的冲动。冷静，这是毕业典礼。她深呼吸，再次低头戳屏幕。

然后，台上的秋桓却点名了："第二排中间的女同学，是我的演讲不好听还是不够有趣？你为什么一直低着头？"

黎俏发微信的手指顿住了。

身畔的班长和系草不约而同地看着她，也不知道怎么想的，两人竟异口同声地仰头解释："秋学长，她身体不舒服。"

其他毕业生瞬间起哄："哦——"

黎俏沉默无语了，故意打趣的秋桓也愣住了。

他们确定没有彩排？

秋桓伸手撸了下西装的衣袖，目光若有似无地看向了商郁。果不其然，大佬此刻表情阴沉，正似笑非笑地和他对视。

秋桓摸了摸鼻梁，暗自懊恼不该嘴欠。他清了清嗓子，又对台下说道："开个玩笑，大家别当真，那位女同学如果身体不舒服，不如你在前排椅背上趴一会。"

多此一举。黎俏清凌凌的眸子隔空瞥了秋桓一眼，懒得理会，而后便继续低头发微信。

很快，毕业典礼进行到一半，主持人又念出了一批优秀毕业生的名字，黎俏赫然在列。

典礼接近尾声，所有学生开始上台接受校领导拨穗仪式。

黎俏作为本专业的优秀毕业生，不意外地成了第一批上台的学员。她纤细的身影穿着学士袍走上主席台，从校长手里接过证书，微微半蹲，看着学士帽的流苏从眼前被拨到左侧，黎俏礼貌地弯腰道谢。此时，她手捧证书，站在校领导身边合影留念。而台下的商郁，姿态优雅地叠着双腿，在无数少女爱慕的眼神中，他拿起手机，对着黎俏拍下了一张照片。

一阵哗然声瞬间响起，医大校花果然名不虚传呢，连这位神秘男人都主动拍了她的照片。他想干吗？

不仅如此，流淌着轻音乐的礼堂中，突然有人朗声大喊："黎俏，我喜欢你，做我女朋友吧。"从礼堂后方传来的朗声告白，几乎让所有人的视线都看向了黎俏。不少人也在回头打量，想看看到底是谁如此有胆量，敢在毕业典礼上告白抢风头。

而众人聚焦的地方，果然看到有一个身穿着学士服的男生，手捧着鲜花和礼物，一脸紧张又期待的表情走向了主席台。哦，金融系的系草，据说是个家庭比较富裕的富二代。刹那间，礼堂中响起了无数学生起哄看热闹的调侃声。

与此同时，台下贵宾席的秋桓不禁扶额偷笑，他用臂弯撞了撞身边的商郁，低声戏谑："听说你家小姑娘是校花，看来很受欢迎啊。"本是一句调侃，但回应秋桓的，则是商郁幽冷不悦的视线。大概没有任何一个男人，能够欣然接受女友被当众求爱的盛大场面。

后方那名男同学显然有备而来，不仅他自己手捧鲜花和礼物，身后还簇拥着四五名好哥们，每个人手里都拿着各种各样的奢侈品礼盒。大多出身普通的学子，看到这场面纷纷露出了艳羡的表情。

此时此刻，已经合影结束的黎俏再次对着校长和各领导弯腰鞠躬，随即淡定地拿着证书走下了主席台。

校长看着台下的商郁，讪笑着面露难色。毕业典礼求爱的场面以前也不是没发生过，他虽身为校长，可大学校园恋爱自由，学生也没做什么出格的事，身为校领导更没有立场干预。但是吧……黎俏这个学生，好像与这位爷关系匪浅。校长一直记得当初有人大闹论文答辩现场时，这位爷特意致电嘱咐他，务必保证黎俏顺利毕业。

这时，商郁没注意校长为难的神色，反而在黎俏走下主席台时便屈膝站起了身。后方求爱的男同学还走在夹道的路上，而商郁起身的刹那，无数人又纷纷扭头，瞩目的焦点也再次落到了他的身上。他太英俊了，身高腿长，体形完美，尤其是高高在上的冷漠气势，更令人心动神往。

有人在小声嘀咕："他的手好好看，细长匀称，和他牵手该是什么感觉啊？"

也有人在目光痴迷地喃喃："他会喜欢女孩子吗？我真的想象不到和他谈恋爱是什么样的，会幸福死吧。"

然而谁都没料到，这些充满了美好幻想的问题，很快就有了答案。

此刻，黎俏迈步走下最后一级台阶，她举目便和商郁的沉眸隔空相撞。两人距离短短几米，随后男人袖口上卷的手臂在无数道凝眸的视线中，缓缓抬起对着黎俏摊开了掌心。她还穿着学士服，周遭涌动的空气吹荡了帽沿垂挂的流苏。黎俏无视全场倒吸冷气的声音，清冷的眉眼覆了层柔色，单手拿着证书，一步步走向商郁，并且把自己的手指放在了他的掌心之中。

礼堂内，针落可闻。拨流苏的校长动作停了，拍照的摄影师愣了，全体校领导目瞪口呆地望着这一幕，学生们则难掩震惊，不自禁地站起来争相张望。

最惊讶的莫过于段元辉，他自然认识商郁。曾在校长办公室两人有过一面之缘，尤记得当时校长让他称呼对方为"衍爷"。而南洋的衍爷，只有一位。

此时，段元辉眼看着黎俏和商郁在大庭广众之下手指交握，整个人都蒙了。他不想知道他们俩是怎么勾搭在一起的，却在很认真地思考，以后如果再相遇，是不是能听见南洋商少衍称呼他一声"小舅舅"？

思及此，段元辉猛地倒吸一口凉气，不禁有点暗爽，他的人生要到巅峰了！

同一时间，黎俏和商郁手牵手的刹那，无数女孩听到了自己心碎的声音，无数男同胞也注定要空欢喜一场。啪嗒一声，鲜花掉在了地上。那名求爱的金融系系草，站在贵宾席不远处，如遭雷击。不是说黎俏没有男朋友吗？！但，根本没人在意他，大家的视线全都凝望着黎俏和商郁。这俩人站在一起，男俊女美，居然该死地般配。

这时，黎俏面色不耐地往商郁跟前挪了挪，而不经意的动作，也导致她头顶的学士帽歪到了左侧。

商郁薄唇含笑,深眸里倒映着她的脸颊,随后抬手为她整理学士帽,又将她耳边的碎发拨开,声音磁性醇厚地开腔:"原来女朋友在学校里这么受欢迎。"这话似打趣,又不难听出一丝酸味。

黎俏目不斜视地仰头看着他,捏了捏男人的手指,眼含促狭:"男朋友也不遑多让。"别以为她没看见那群女同学如狼似虎的眼神。

他们彼此这般旁若无人的对话,清晰地传入周围同学的耳朵里。全体心碎了。人家是正经的男女朋友,恋爱关系。

而刚刚那些满心幻想的女孩,各个捂着耳朵,一脸陶醉。黑衬衫连说话声音都这么好听。

至于那名在典礼上求爱的系草,白着一张脸,恍恍惚惚地丢下手中的礼物,转身跑了。身后那几名助威的哥们也手足无措地面面相觑,最后匆匆捡起地上的礼盒追了出去。这场面,还求什么爱啊。人家两个人慢声细语地交谈,对于系草的浮夸追求压根没用正眼瞧过,无声无息就把他碾到了尘埃里。

简直是大型的碾压现场。

于是,在所有同学聚焦的视野里,商郁单手插兜,牵着黎俏越过人群,穿过夹道,转眼就消失在校园的礼堂中。两个人不紧不慢的身影,踏着满地的阳光,在无数人的眼中刻下了难以忘怀的痕迹。